*소중한 것일수록
작은 목소리로*

『大事なことほど小声でささやく』（森沢明夫）
DAIJINAKOTOHODO KOGOEDE SASAYAKU
Copyright © 2013 by Akio Morisawa
Original Japanese edition published by Gentosha, Inc., Tokyo, Japan
Korean edition published by arrangement with Gentosha, Inc.
through Japan Creative Agency Inc., Tokyo and BC Agency, Seoul

이 책의 한국어 판 저작권은 BC에이전시를 통해
저작권자와 독점계약을 맺은 문예춘추에 있습니다. 저작권법에 의해
한국 내에서 보호를 받는 저작물이므로 무단전재와 복제를 금합니다.

소중한 것일수록 작은 목소리로

초판 1쇄 발행 2026년 1월 31일

지은이 모리사와 아키오
옮긴이 이수미
펴낸이 한승수
펴낸곳 문예춘추사

편집 구본영
디자인 이새봄
마케팅 박건원, 김홍주

등록번호 제300-1994-16
등록일자 1994년 1월 24일
주소 서울특별시 마포구 동교로 27길 53, 309호
전화 02 338 0084
팩스 02 338 0087
메일 moonchusa@naver.com

ISBN 978-89-7604-771-7 03830

* 이 책에 대한 번역·출판·판매 등의 모든 권한은 문예춘추사에 있습니다.
  간단한 서평을 제외하고는 문예춘추사의 서면 허락 없이 이 책의 내용을
  인용·촬영·녹음·재편집하거나 전자문서 등으로 변환할 수 없습니다.
* 책값은 뒤표지에 있습니다.
* 잘못된 책은 구입처에서 교환해 드립니다.

소중한 것일수록 작은 목소리로

모리사와 아키오 지음 | 이수미 옮김

문예춘추사

차례

프롤로그 - 006

1장 혼다 소이치의 추신 - 012

2장 이노우에 미레의 해방 - 066

3장 구니미 슌스케의 양 날개 - 118

4장 시카이 료이치의 잠자리 - 177

5장 스에쓰구 쇼자부로의 사죄 - 225

6장 곤다 데쓰오의 아훔(阿吽) - 283

역자후기 작은 목소리로 전하는
우리 모두의 이야기 - 331

프롤로그

먼 어둠 속에서 소방차 사이렌 소리가 들린다.

그 소리가 얕은 잠에 빠져 있던 나를 꿈에서 현실로 불러냈다.

눈꺼풀을 살짝 들어올리니 어둠 속에서 하얀 천장이 희미하게 떠올라 보였다.

나는 후우…… 하고 힘없는 한숨을 내쉰 다음 침대 위에서 뒤척이다 새우처럼 몸을 동그랗게 말았다.

남향으로 난 창문이 눈에 들어온다.

환기를 위해 살짝 열어둔 창틈을 거리의 축축한 밤바람이 비집고 들어온다.

살랑, 살랑.

가녀리게 흔들리는 레이스 커튼이 희미한 달빛을 머금고 있어 마치 꿈처럼 아련하게 빛났다.

예쁘다. 나는 그런 생각을 하며 다시 눈을 감았다.

잠의 세계로 돌아가자. 아직 일어나기엔 너무 이르다.

눈을 감고 있는데 어디선가 자동차 경적소리가 들렸다. 이어서 술 취한 사람들의 괴성이 가까워진다. 그 소리가 점점 멀어지자 이 방에 밤의 고요함이 되돌아왔다.

이제 잠들 수 있을 것 같다고 생각한 순간……,

내 귀에 가시 같은 소리가 박혔다.

째깍, 째깍, 째깍, 째깍, 째깍…….

무자비하게 시간을 새기는 벽시계의 초침 소리.

깊은 밤 홀로 이 소리를 들으면 문득 살아 있다는 느낌이 들지 않을 때가 있다.

째깍, 하고 바늘이 한 번 움직일 때마다 내 육체가…… 남은 생이 귀이개 한 스푼만큼 깎여나가는 것 같은 기분이 든다.

10초에 열 스푼.

1분에 예순 스푼.

나의 미래가 조금씩 줄어든다.

1시간에 3천6백 스푼.

오늘 하룻밤이라면…….

생각하지 않으려 할수록 어둠 속에서 불안의 쓰나미가 밀려와, 나는 어김없이 소리 지르고 싶은 충동에 휩싸인다.

하아, 하아, 하아…….

제정신이 들었을 때 이미 나는 과호흡 상태에 빠지려는 참이었다.

산소가 부족한 금붕어처럼 헐떡이며 이불을 밀어젖히고 창문 쪽 침대 옆으로 일어났다.

오른쪽 손등으로 이마를 훔친다.

땀이 흥건하다.

양손으로 심장 부위를 누르며 한 차례 심호흡을 했다. 발밑에 굴러다니는 금속덩어리를 본다. 덤벨이다. 창문을 통해 들어온 어슴푸레한 달빛이 그 둥그스름한 윤곽을 차갑게 감쌌다.

하악, 하악, 하악⋯⋯.

나는 묽은 먹빛을 띤 어둠을 세차게 빨아들였다가 내뱉으면서 덤벨 두 개를 손에 들었다.

힘차게 팔을 굽혔다 펴기 시작했다.

째깍, 째깍, 째깍, 째깍, 째깍⋯⋯.

규칙적이고 냉엄하게 나의 미래를 갉아먹는 소리. 그 참을 수 없는 리듬이 어둠 속에 서서히 퇴적된다.

팔이 잘려나가는 것 같은 두려움에 항거하며, 나는 오로지 차가운 금속덩어리를 위아래로 움직였다.

원하는 것은 육체의 고통이다.

몇 번이나 쉬지 않고 덤벨을 움직이는 동안, 과호흡과는 조금 다른 숨가쁨이 폐를 압박해왔다. 위팔 근육도 삐걱거리며 열을 내기 시작했다.

여기서 멈출 수 없다.

좀 더 좀 더 나를 몰아붙여야 한다.

나는 억지로 덤벨 들기를 반복했다.

얼마 지나지 않아 의식 표면에 희끄무레한 안개가 끼기 시작했다.

한계에 가까워진 것이다.

근육이 타는 듯이 아프다.

그래도 좋다.

근육이 고통받으면 그와 같은 분량만큼 초침에 대한 불안이 엷어진다. 마음의 고통이 육체의 고통으로 바뀌기만 한다면 나는 살 수 있다.

불법 개조한 오토바이가 근처를 지난 것 같은데, 어쩌면 환청인지도 모른다. 지금 내 귀에 와 닿는 것은 나 자신의 거친 호흡과 고막 안에서 울리는 고동뿐이다.

한계 저편이 보이기 시작한다.

그래도 나는 극한의 고통에 계속 맞섰다.

"으으으윽……."

억지로 짜낸 목소리가 어금니 사이로 새어나왔다.

더 이상은 무리일까?

아냐, 아직 세 번은 더 들 수 있어. 그렇게 나 자신을 다그쳤다.

숨을 멈추고 마지막 힘을 짜낸다.

에나멜이 벗겨질 정도로 어금니를 꽉 물었다.

얼굴에 피가 몰려 관자놀이가 터질 것 같다.

한 번.

두 번.

세…….

반쯤 올라가다 움직임이 멈췄다.

올라간다!

나는 할 수 있다앗!

의지와는 반대로 덤벨이 아래로 슬금슬금 내려갔다.

"윽, 으아아아……."

의식이 끊어지기 직전, 나는 멈췄던 숨을 한꺼번에 내뱉고 힘이 다 빠져버린 몸으로 바닥에 덤벨을 내려놓았다.

하악, 하악, 하악…….

다시 밤공기를 격렬하게 폐로 불러들였다. 과호흡 상태로 돌아가지 않도록 양손을 팔에 대고 나 자신을 안았다.

발밑에 둔 덤벨이 달빛을 파랗게 반사한다. 이 금속덩어리는 나의 신경안정제. 벌써 꽤 오래전부터.

이마에서 관자놀이까지 흘러내리는 땀을 손으로 닦았다.

그런데도 여전히 뺨을 타고 내려와 턱 끝에서 방울져 뚝뚝 떨어진다.

땀이 아니라 눈물이라는 건 혼자만 알면 된다.
　나는 멍한 얼굴로 천천히 창가로 걸어가 크림색을 띤 반달을 올려다보았다.

1장

✳

혼다 소이치의
추신

"아얏……."

퇴근길의 만원 전철에 몸을 맡긴 혼다 소이치의 입에서 무심코 작은 비명이 나왔다.

등을 돌린 채 딱 붙어 서 있던 여성의 뾰족한 굽에 발을 세게 밟힌 것이다. 가운뎃발가락에서 꾸욱 하는 불길한 소리가 났으니 적어도 멍은 들었을 것이다. 그런데도 그 여자는 사과는커녕 이쪽을 돌아보지도 않고, 아무 일도 없었다는 듯 전철의 흔들림에 몸을 맡긴 채 딴 쪽으로 눈길을 주고 있었다.

혼다는 미간을 찌푸리며 유리창에 비친 여자의 얼굴을 관찰했다. 윤기 나는 생머리 덕분인지 뒷모습은 예뻤지만, 유리창에 비친 얼굴은 뜻밖에도 수수했다. 특히 눈가에서 입술까지 철썩 들러붙은 피로감이 두꺼운 화장 아래 배어나와, 굳이 표현하자면 불운한 인상을 자아냈다. 깊은 주름이 새겨진 미간. 지친 듯 감긴 눈꺼풀.

아아, 이 여자도 피곤하구나.

퇴근길인 듯한 이 여성의 신통찮은 얼굴을 보고 있으니 왠지 묘한 친근감이 느껴져서 짜증스러웠던 마음은 전철의 흔들림과 함께 사라졌다. 하지만 밟힌 발은 여전히 욱신욱신 아프다.

재수 없는 날이란 이런 거지.

혼다는 자포자기 심정이 되어 양손으로 손잡이에 매달린 채 조용히 눈을 감았다.

세상이 어두워지자 귀에 익은 우우우웅 하는 지하철 소음이 배경음악으로 깔리면서 혼다의 눈꺼풀 안쪽에 오늘 낮의 한심한 영상이 떠오른다. 단골 거래처 회의실과 상사의 책상 옆에서 쩔쩔매며 고개를 숙이는 마흔다섯 살 먹은 초라한 남자. 승진이 늦은 만년 대리……바로 자신의 모습이다.

오늘은 아침부터 정말이지 최악이었다.

3일 전 부하 직원에게 프레젠테이션 자료를 만들라고 부탁했는데 그걸 깜빡했다는 사실을 출근하자마자 알았다. 프레젠테이션까지 혼다에게 남은 시간은 고작 두 시간. 당황한 혼다는 부하 직원을 꾸짖을 새도 없이 혼자 급히 자료를 작성하여 회사를 뛰쳐나왔다. 그로부터 5초 뒤, 하늘에서 떨어진 비둘기 똥이 철썩 하고 양복 어깨에 명중했다. 불길한 예감을 느끼면서도 '아냐, 똥 맞는 건 운이 좋을 징조지'라고 자신을 달래며 손수건으로 닦고 지하철 계단을 뛰어 내려갔다. 마침 정차 중인 전철에 뛰어드는 데 성공하여 한시름 놓았는데, 신호기 고장으로 운행정지 상태여서 한참을 기다려야 했다.

그 시점에 이미 약속된 프레젠테이션 시간에 맞춰 도착할 수 없다는 것이 확실해졌다. 혼다는 발길을 돌려 죽을힘을 다해 역 계단을 뛰어 올라가 이번엔 택시를 잡아탔다. 앞쪽에 사고 난 차가 있었는지 500미터 정도 가다가 또 예상치 못한 정체에 휘말리고 말았다.

결국 거래처에 도착한 건 약속 시각보다 30분이 지나서였다. 어이없어하는 사장에게 몇 번이나 머리를 숙이고는, 가까스로 만든 프레젠테이션 자료를 나눠주고 자리에 앉은 것이 그로부터 5분 뒤. 그리고 3초 뒤에 오늘 최대의 비극이 발생했다.

사장이 얼음 같은 목소리로 이렇게 말하는 것이다.

"혼다 씨, 콘돔 회사라고 지금 우리를 놀리는 건가?"

무슨 뜻인지 짐작을 할 수 없었다.

"예? 설마요. 그런 당치도 않은……."

"우리 회사 이름 말이야."

"예?"

"이거 아니잖나."

사장이 손끝으로 톡톡 두드린 자료의 첫 페이지를 본 순간,

혼다는 그만 정신이 아득해졌다.

이 회사는 바로 눈앞에 팔짱을 끼고 앉은 다나카 세시로(田中淸史郎)가 창업한 중견 콘돔 회사다. 정식 이름은 사장의 이름을 딴 '세시로(淸史郎) 고무 주식회사'다. 혼다는 오늘 아침 급히 자료를 만든 탓에 한자 변환을 하면서 공교롭게도 이런 중대한 실수를 저지르고 말았다.

'세시로(精子漏) 고무 주식회사 귀중'

콘돔 회사에 '정자가 샌다'는 뜻의 한자를 붙이다니.

얼굴이 화끈 달아오른 혼다는 머리를 숙이고 수십 번 사죄하며 결코 악의가 없었다는 사실을 절절히 호소했다. 불쾌한 표정을 거두지 않는 사장을 어떻게든 자리에 앉히고 급조한 자료를 조심스레 넘기며 신상품 패키지에 관한 안을 설명하기 시작했는데, 아직 설명이 반도 끝나지 않은 때에 세시로 사장에게 결국 제지당했다.

"아아, 그만 됐어요. 댁의 회사랑은 잘 안 맞을 것 같으니까."

"어, 저기……사장님, 죄송합니다. 아까는 단순한 변환 착오였고, 이 신상품 패키지는 성심성의껏……"

"됐습니다. 비키세요."

"……"

말을 붙여볼 틈도 주지 않았다.

고개를 떨군 채 회사로 돌아오자마자 부장에게 불려가 직원들 앞에서 30분이나 잔소리를 들어야 했다.

"자네는 늘 마지막 한 걸음이 부족해. 이름이랑 마찬가지로."

부장이 그렇게 말했을 때, 같은 방을 쓰는 직원들이 킥킥 소리 죽여 웃는 걸 혼다는 축 늘어진 어깨 너머로 들었다.

부장이 말하는 '이름이랑 마찬가지'란 이런 뜻이다.

혼다 소이치. 이름 끝에 '로(郞)'만 붙으면 전설적인 기업가인 '혼다(HONDA)'의 창업자와 동성동명인데, 그 한 글자가 부족했기에 작은 판지 가공업체의 영업팀 대리밖에 못 되는 거라고 간접적으로 비꼰 것이다.

혼다에게 회사가 내리는 평가는 잘해야 중간을 밑도는 정도이다. 같은 해에 입사한 동기가 다섯 명인데, 아직 직급이 '대리'에 머물러 있는 건 혼다뿐이다. 나머지 네 명의 명함에는 과장, 차장, 혹은 프로듀서라는 직함이 표기되어 있다. '대리'에서 벗어나면 연봉이 꽤 오르는 모양인데, 오늘 저지른 큰 실수를 생각하면 그날이 언제 올지 까마득하다.

솔직히 여태까지 회사를 그만두고 싶었던 적도 몇 번이나 있었다. 하지만 이렇다 할 장점도 없고 헤드헌팅된 경험도 없는 자신이 40대 중반에 이직을 하여 잘 되리라는 기대는 품을 수 없었다. 요즘 불경기인 데다 인터넷 경제 뉴스를 보면 이직하여 급여가 오르는 경우도 거의 없다고 하고…….

지하철이 터미널 역에 도착했다.

꽉꽉 차 있던 금속상자에서 샐러리맨들이 우수수 쏟아져 나온다.

혼다의 발을 밟은 여자도 구깃구깃한 양복 무리에 섞여 문쪽으로 떠밀려갔다.

혼다는 그러는 사이에 운 좋게도 빈자리를 발견하고 그곳을 향해 걸었다. 앉으려고 막 몸을 돌린 찰나, 옆에서 잽싸게 끼어든 아줌마한테 그만 자리를 빼앗기고 말았다. 무거운 몸을 의자에 털썩 내려놓은 아줌마는 금테 안경 속의 누렇고 흐린 눈으로 혼다를 올려다보았다. 그 시선에는 분명 승자의 우월감이 배어 있었다.

어휴……. 나도 당신 같은 생명력이 필요해. 이런 강인함이 조금이라도 있었다면 지금쯤 '만년 대리' 딱지를 뗐을지도 모르는데…….

아줌마의 뽀글뽀글한 파마에 보라색으로 염색까지 한 머리를 내려다보며, 혼다는 오늘 내쉰 한숨 중 가장 깊은 한숨을 내쉬었다.

금속상자가 무수히 토해낸 샐러리맨들을 다시 꾸역꾸역 삼키기 시작했다. 귀에 거슬리는 소리를 삐걱삐걱 내면서 길고 어두운 터널 속으로 움직였다.

그때 양복 안주머니에서 부우웅 하고 진동이 울렸다. 휴대폰 메시지다. 꺼내보니 아내 도모코에게서 온 것이었다.

'수고 많았어. 오늘 저녁은 집에서 먹는댔나?'

짧은 문장 속에 귀여운 이모티콘이 몇 개 섞여 있었다. 혼다는 아내의 배려에 마음이 조금 치유된 듯한 느낌을 받으며 '응, 30분 후에 도착할 거야'라는 답을 보냈다.

메시지 창을 닫자 대기화면으로 바뀌었다. 혼다는 온화한 마음으로 화면을 응시했다. 화면에 외동딸 아야카의 웃는 얼굴이 활짝 피어 있다. 아야카가 아직 초등학생이던 7년 전 가족여행으로 바다에 갔을 때 찍은 사진이다. 근무 중 몸과 마음이 지칠 때마다 책상 아래에서 이 사진을 몰래 꺼내 보며 힘을 냈기에 여기까지 올 수 있었는지도 모른다.

아야카의 웃는 얼굴. 생각해보니 이 사진을 찍었을 무렵엔 얼굴을 마주할 때마다 "아빠, 사랑해요!"라며 안겨서 볼에 뽀뽀해주곤 했다. 아야카가 넘어져서 다치거나 감기로 열이 나서 아파하는 모습을 볼 때마다, 혼다는 자기가 대신 아팠으면 좋겠다고 진심으로 생각했다. 종종 목욕도 함께했고, 휴일이면 손을 잡고 놀이공원이나 동물원에도 놀러 갔다. 그림처럼 행복한 아빠와 딸의 데이트였다. 혼다는 아무리 피곤해도 아야카에게라면 휴일을 온전히 바칠 수 있었고, 조금 쑥스럽지만 그런 아버지인 자신이 좋았다.

아침에 넥타이를 매고 밖으로 나오면 권태감과 열등감을 질질 끌며 한 걸음씩 내딛어야 하는 지루한 하루가 기다리고 있었다. 하지만 저녁에 "다녀왔어." 하고 인사하며 아늑한 집 현관문을 열면 그 안에는 무엇과도 바꿀 수 없는 행복이 있었다. 평범한 가정에서 평범한 아빠로 산다는 것. 어디에나 있을 법한 환경에서 이토록 큰 행복을 느끼리라고는 솔직히 독신 시절에는 상상도 하지 못했다.

"내 목숨보다 훨씬 더 소중한 존재가 이 세상에 있을 수 있다니, 아이를 갖기 전엔 상상도 못했지."

어린 아야카를 재운 뒤 거실에서 아내 도모코와 종종 이런 대화를 나누며 미소 짓곤 했다.

그런데 지금은······.

쌀쌀맞은 고등학생 딸을 생각하며 혼다는 '후우' 하고 짧은 숨을 내뱉었다. 전철이 덜커덩 흔들려서 발에 힘을 주었더니 아까 밟힌 부위가 욱신거렸다.

아아, 이런 하루가 다 있구나.

아무튼 내일은 밑져야 본전이니 세시로 사장에게 빌러 가야겠다.

혼다는 마음속으로 중얼거린 후에 구조를 요청하는 듯한 눈빛으로 대기화면을 다시 한번 차분히 바라보았다. 아야카 얼굴 뒤로 화창한 봄날 바다가 반짝반짝 빛나고 있었다. 손잡이에 매달린 채 다시 눈을 감으니 그때 그 파도 소리가 들려오는 것만 같았다.

* * *

혼다는 집에 돌아와 샤워를 한 뒤 웃통을 벗은 채 목에 수건을 감고 거실로 갔다. 맥주를 찾아 냉장고로 향한다. 설령 '늙은이 냄새 풀풀 풍긴다'는 말을 들을지언정 목욕 후의 이 한잔은 역시 포기할 수 없다.

고등학교 2학년이 된 아야카와 아내 도모코가 나란히 거실 마루에 앉아 있었다. 둘 다 몸을 조금 앞으로 기울인 채 TV만 뚫어져라 쳐다본다. 작년에 새로 산 TV 화면 안에서, 아직 어린 티가 나는 앳된 얼굴의 아이돌이 상반신을 드러낸 채 액션 장면을 연기하고 있었다. 영화 예고편인 모양이다.

"우와! 저 탄탄한 가슴 좀 봐. 완전 멋있다. 운동을 얼마나 하면 저런 몸이 될까?"

휴일에 시부야나 하라주쿠 부근을 걸으면 풍경에 스르르 녹아들 듯한, 말하자면 요즘 애들과 전혀 다르지 않은 아야카가 눈을 반짝반짝 빛내며 말했다. 도모코까지 "그러네, 정말." 하고 맞장구치며 희열에 찬 한숨을 흘린다.

"아빠도 말이야, 젊었을 땐 저 정도 됐어."

혼다가 냉장고에서 맥주와 오이절임을 꺼내며 말했다. 뒤돌아보니 아내와 딸이 입을 꾹 다문 채 이쪽을 쳐다보고 있다.

"응? 아야카, 왜?"

"아냐."

무뚝뚝하게 두 글자로 대답한 딸이 다시 천천히 TV 화면으로 눈길을 돌려버린다. 어휴 하는 표정으로 도모코가 일어난다. 불쌍하다는 듯 혼다를 살짝 흘기며 지나치면서 혼다의 옆구리를 쿡 찌르고는 저녁식사 준비를 하러 간다.

"뭐, 뭐야……."

말하면서 아내에게 찔린 자신의 옆구리로 시선을 떨어뜨렸다. 뚱뚱하다고 할 정도는 아니지만, 거기엔 분명 젊었을 적엔 없었던 군살이 두툼하게 붙어 있었다. 흔히 말하는 '배둘레햄'이라는 녀석이다. 배꼽도 살 속에 숨어버렸다. 무심코 옆구리 살을 잡아보니 상상했던 것보다 두꺼워서 약간 충격이었다. 게다가 살을 집었던 손을 팍 놓는 순간, 배둘레햄이 격하게 부르르 떨렸다.

으으, 이 정도면 좀 추하긴 하다. 이렇게 생각한 순간,

"우와! 쩐다. 정말 간지나는데?"

아야카가 TV를 향해 새된 목소리로 외쳤다.

혼다는 이른바 '청소년 은어'를 유창하게 쓰기 시작한 딸의 뒷모습을 바라보았다. 보라색 운동복을 아래위 한 벌로 헐렁헐렁 단정하지 못하게 입고 있는 아야카. 노랗게 물들인 머리카락은 등 한가운데까지 내려온다. 어깨부터 허리까지는 날씬하고 엉덩이는 포동포동. 인정하고 싶지 않지만, 딸은 분명 여자

가 되어가고 있었다.

"아 참, 아야카. 요즘 공부하는 건 어때? 내년에 고3이잖아."

이런 의미 없고 무심한 대사야말로 사춘기 딸이 가장 싫어한다는 걸 알면서도, 어찌된 일인지 나도 모르게 입 밖으로 나와버린다.

"으응? 그냥 그렇지 뭐."

이쪽을 보지도 않고 대답한다. 뒷모습이 분명하게 '짜증나' 혹은 '냅둬'라고 말하고 있다. '꼴 보기 싫어'까지는 아니……라고 생각한다. 아야카는 다시 TV에 몰두했다. 뭔가 세련된 느낌의 요리 프로그램이었다.

머쓱해진 혼다는 말을 더 걸기도 어색하여 주방에서 요리하는 도모코를 보았다. 도모코는 킥킥 웃더니 고개를 좌우로 살짝 흔들어 보였다.

사춘기니 어쩔 수 없지 뭐.

아마도 그런 의미의 몸짓일 것이다.

일본의 어느 가정에나 흔히 있을 법한 '아빠의 짝사랑'에 슬퍼진 혼다는 쏟아질 것 같은 한숨을 밀어 넣기 위해 맥주를 단숨에 들이켜고 빈 캔을 으스러뜨리……려 했는데, 그만 어중간하게 찌그러지고 말았다. 나이 탓인지 악력도 약해진 모양이다. 손 안에서 슬프게 찌부러진 캔을 보니 왠지 자기 자신의 모습인 듯하여, 밀어 넣었던 한숨이 트림과 함께 밀려나왔다.

일단 맥주를 마셔서 땀은 식혔기에 위에도 잠옷을 걸치고 식탁에 앉았다.

"자, 여기, 힘내." 하며 도모코가 꺼내준 두 번째 맥주를 따고 느릿느릿 신문을 펼친다. 신문에는 늘 그렇듯 성가신 전단지가 잔뜩 끼워져 있었다. 그 전단지 뭉치를 치우려다 문득 손을 멈췄다.

레오타드 차림으로 환하게 웃는 건강한 미녀 사진.

'올여름 시선이 두렵지 않은 BODY로 바다에 가자!'

근처 헬스클럽 광고지가 눈에 띈 것이다.

어이어이, 슬로건이 너무 진부하잖아…….

속으로는 비웃으면서도 '지금 오시면 입회비 무료! 월 회비는 단돈 1만 엔!'이라는 미심쩍은 업소 광고지에 실릴 것 같은 문구까지 읽고 있었다.

시선이 두렵지 않은 BODY라…….

아야카의 뒷모습을 보았다. 그 등 너머 TV 화면에서는 아이돌의 탄탄한 몸이 움직이고 있었다. 요리 프로그램과 영화 소개 프로그램을 번갈아 보고 있는 모양이다.

한 달에 단돈 1만 엔이라…….

"오늘 메뉴는 마파두부인데, 고기도 조금 구울까?"

도모코가 주방에서 말을 걸어왔다.

평소라면 틀림없이 '우와, 좋지!' 하고 눈을 반짝였을 텐데,

오늘의 혼다는 달랐다. 촌스러운 전단지에서 눈을 떼지 못하고 고개만 저었다.

"아니, 고기는 됐어."

* * *

헬스클럽 사브(SAB)의 라커룸은 퇴근길에 들른 듯한 회원들로 북적거렸다. 혼다는 유니클로에서 구입한 트레이닝복으로 갈아입고 헬스장으로 이어지는 계단을 올랐다.

유리문을 열고 형광등이 환하게 빛나는 헬스장 안으로 들어선 순간, 후끈한 공기에 몸이 움찔 밖으로 밀려날 것 같았다. 나란히 놓인 열다섯 대의 러닝머신에서 들리는 '위잉' 하는 기계음이 유난히 시끄럽게 느껴졌다.

곧 20대 초반쯤 되는 젊은 남자 스태프가 다가와 "안녕하세요?" 하고 활기찬 목소리로 인사했다.

"저기, 오늘 처음 왔는데요."

"아, 그러세요? 반갑습니다. 그럼 지금부터 제가 안내할게요. 저는 스즈키라고 합니다. 혹시 운동을 시작하시면서 목표로 삼은 게 있으신지요?"

"시선이 두렵……. 아, 아뇨. 저기, 군살을 빼고, 근육을 조금 키울까 하고요."

"알겠습니다. 올여름엔, 바다로! 가셔야죠?"

스태프는 의미심장한 미소를 흘리는 듯하더니 곧 하얀 치아를 시원스레 빛내며 웃었다.

"아, 아뇨, 특별히 그런 건……."

"우선 기구 사용법부터 설명드리겠습니다. 시선이 두렵지 않은 보디 만들기는 근육량을 늘리는 것부터 시작하는 게 효율적이거든요."

"아니, 그러니까……."

"괜찮습니다. 근육은 정직하니까요! 자, 이쪽으로 오세요."

"……."

한 번 더 하얀 이를 번쩍인 스태프는 혼다의 말을 흘려들으며 각종 헬스 기구 사용법을 척척 설명하기 시작했다. 찰랑찰랑한 단발머리에 꽤 근육질인 이 스태프는 지나치다 싶을 만큼 밝고 시원시원하면서도 무척 인상이 좋은 청년이었다.

30분 정도 일대일로 설명을 들었더니 조금 친해진 것 같아서 사소하지만 신경 쓰였던 점을 물어보았다.

"이 헬스클럽 이름 말인데요, 뭔가 게이 클럽 같은 느낌이랄까. 사브가 무슨 뜻이에요?"(SAB는 1974년 11월에서 2002년 2월호까지 일본에서 출판된 게이 전문 잡지 이름이기도 하다–역주)

"아하하하. 그거 손님들이 자주 물어보시긴 해요. 스포츠 앤드 뷰티의 머리글자를 따온 거랍니다."

"아아, 그렇군요. 그런 뜻이었구나."

"네. 저도 여기 처음 왔을 때 무슨 뜻인지 궁금해서 선배에게 물어봤죠."

"은근히 신경 쓰이는 이름이에요."

스태프는 친근감 넘치는 미소를 짓더니 "여기까지 대충 알려드렸는데, 혹시 또 질문 있으신가요?" 하고 물었다.

"아뇨, 괜찮아요. 고마워요."

혼다도 미소 지으며 고개를 저었다. 이제부턴 혼자서 자유롭게 운동하며 땀을 흘리고 싶었다. 다만, 마지막으로 하나만 더 묻고 싶은 게 있었다. 헬스장 안쪽에서 들리는 '으아아악!' '우으으윽!' '드아아악!' 하는 기이한 소리는?

"저 안쪽에서 괴성이……아, 그보다, 덤벨이랑 바벨 있는 곳도 자유롭게 이용해도 되나요?"

"프리웨이트 존 말씀이시죠? 물론 이용하실 수 있습니다. 본격적으로 트레이닝하실 분께는 덤벨이나 바벨 같은 프리웨이트 트레이닝을 권해드리지만, 일단 익숙해질 때까지는 머신 쪽이 안전하거든요."

"그렇구나." 혼다는 프리웨이트 존으로 눈길을 돌리면서 대답했다. 그곳엔 역시 마초남이 많았다. 애초에 몸에 걸친 운동복부터 다른 사람들과는 달랐다. 모두 젖꼭지가 다 보이는 가느다란 탱크톱을 입었다.

"우와! 저 사람 뭐야. 엄청 크네요."

키가 2미터는 족히 될 듯한 프로레슬러같이 생긴 남자. 혼다는 그 남자를 보고 깜짝 놀라 눈을 둥그렇게 떴다.

"아아, 곤다 씨 말씀이시군요. 우리 헬스장 단골 고객이십니다."

"저렇게 큰 사람도 있구나. 굉장하네."

"그렇지요? 저분만큼 대단한 마초남은 없을 겁니다."

혼다와 스태프의 시선을 느꼈는지, 곤다라는 이름의 거구의 사내가 통나무 같은 목을 돌려 이쪽을 보았다. 거의 끈이라고 말해야 할 듯한 충격적인 꽃분홍색 탱크톱. 새까만 젖꼭지 두 개가 옆으로 삐져나왔다. 젖꼭지의 토대가 되는 가슴근육의 박력 또한 장난이 아니었다. 마치 그 자체가 별개의 생물인 양 꿈틀거렸고, 피부 아래 근섬유 다발까지 비쳐 보이는 듯했다. 각진 턱과 툭 불거진 광대뼈, 의지가 강해 보이는 눈썹. 반들반들 광이 나는 스킨헤드가 형광등 빛을 멋지게 반사했다.

곤다는 말없이 이쪽을 바라보고 있었다.

어마어마한 눈빛이다…….

혼다는 바로 앞에서 야생 곰과 딱 마주친 것 같은 기분을 느꼈다. 양팔에 소름이 돋았다. 자기도 모르게 침을 꿀꺽 삼켰다. 그때 곤다의 커다란 입술이 쏙 오므라들었다가……, 그다음 순간.

찡긋!

오른쪽 눈만 감겼다.

"아윽!"

바람까지 느껴지는 그 윙크에 혼다는 잔뜩 얼어붙었지만, 옆에 있던 스즈키는 엄지손가락을 세워 화답했다. 그러자 곤다가 이번엔 호쾌하게 손으로 키스를 날린다. 그 키스는 스즈키가 아닌 혼다를 향해 날아왔고, 깜짝 놀란 혼다는 자칫 뒤로 넘어갈 뻔했다.

"저, 저, 저 사람…… 혹시, 게이?"

혼다는 스즈키에게 기어드는 목소리로 물었다.

"네. 그래도 굉장히 친절하고 유쾌한 분이어서 다들 좋아한답니다. 우리 헬스클럽의 인기 회원이시죠."

"다, 다시 한번 확인하고 싶은데요, 사브라는 이름은……."

"하하, 그것과는 관계없습니다."

스즈키가 유쾌하게 웃었다.

곤다도 멀리서 애교스럽게 몸을 비틀며 웃었다. 그러다 글러브처럼 커다란 손을 이쪽으로 쓰윽 내밀었다. 혼다를 향해 이리 온 이리 온 손짓한다.

혼다는 보이지 않는 실에 이끌리듯 곤다를 향해 걸었다. 왠지 마법에 걸린 것 같기도 하고, 꿈속에 있는 것 같기도 했다. 공중에 붕 뜬 듯한 신비로운 감각이 몸을 지배하여 발이 저절로 움직였다.

"그럼, 저는 이만."

스즈키라는 이름의 스태프가 떠나간다.

"아, 잠깐……."

스태프를 붙잡고 싶은 마음도 있었지만, 그 이상으로 곤다가 끌어당기는 힘은 무시무시했다. 도저히 발이 멈추지 않았다.

아아, 나는 이제 새로운 세계로 발을 들여놓을 것이다. 어떤 세계인지는 전혀 모르지만, 아무튼 지금까지와는 전혀 다른 진한 인생이 시작될 것 같은 예감으로 마치 오한이 드는 듯 몸이 떨렸다.

프리웨이트 존은 주변보다 한 단 높은 곳에 있었다. 바닥 전체에 검정색 고무가 깔린 그 공간 속으로 발을 들인 순간, 공기 밀도가 한층 높아진 것 같았다.

거기서 네 걸음 반을 걸어 거구의 사내 앞에 멈췄다. 마법 같은 손짓도 멈췄다. 혼다는 목을 활처럼 젖히고 사내 얼굴을 올려다보았다.

크다. 아무리 그래도……너무 크다.

자신과 같은 영장류라는 생각이 들지 않았다. 곤다가 그곳에 서 있는 것만으로 바람의 압력 같은 것을 느낄 정도였다.

"우후후. 당신 신입이지? 첫날부터 스즈키 군한테 배우다니, 운이 좋은 거야."

위협적으로 들릴 만큼 낮고 굵은 목소리였지만 왠지 요염하게 느껴지기도 했다. 전형적인 게이 말투였다는 점이 혼다를 아주 조금 안심시켰다. 뭐랄까…… 신주쿠 2번가의 게이바 마담과 대화하는 것 같은 편안한 분위기를 느꼈다.

"어, 저기. 네, 신입입니다. 혼다라고 합니다."

"후후후. 그렇게 긴장하지 말아요. 즐겁게 운동해요."

프랑크푸르트 소시지 같은 곤다의 집게손가락이 혼다의 코끝을 콕 찔렀다.

"자, 자, 자……, 잘 부탁드립니다."

"어머, 너무해. 긴장하지 말랬잖아아."

곤다가 아까보다 가벼운 윙크를 날리며 싱긋 웃으니, 혼다의 긴장도 서서히 풀렸다.

* * *

스즈키가 말한 대로 곤다는 겉모습과 달리 친절하고 유쾌한 남자……아니, 게이였다. 이 헬스클럽 바로 옆에 있는 전철역 근처 뒷골목에서 '히바리'라는 작은 술집을 운영하는데, 운동을 끝낸 뒤부터 해 뜰 무렵까지 카운터에 앉아 있다고 한다. 헬스장 친구들이나 술집 손님들이 친밀감을 담아 '곤마마'라는 별명으로 부르는 모양이었다.

"보시는 바와 같이, 나란 사람, 손님들을 다 홀려버릴 만큼 미인이죠오? 정말, 팬이 너무 많아서 곤란하다니까."

이런 농담으로 혼다를 웃기면서도 곤마마는 부지런히 운동을 계속했다. 양손에 든 커다란 덤벨을 올렸다 내렸다 하며 이두박근을 단련하는 중이었다. 무심코 그 덤벨에 박힌 숫자를 봤는데, 놀랍게도 45킬로그램이나 되었다.

"근육이 정말 굉장하시네요."

혼다는 '넓적다리'라 부르고 싶어지는 팔뚝을 보며 말했다.

"우후후. 근육은 남자와 달리 정직해서 나를 속이거나 하지 않아요. 공을 들인 만큼 정확히 보답하거든. 그래서, 당신은 어디를 단련하고 싶은 거야아? 사타구니만 아니라면 내가 가르쳐줄 수 있는데."

곤마마는 역시 밤의 마담다운 대사로 혼다를 웃겼다.

"아하하하. 나는, 글쎄요……."

혼다는 점점 유쾌한 기분에 젖어, 아이돌의 탄탄한 가슴근육을 보고 감탄하던 아야카를 떠올렸다.

"아무래도 가슴이겠죠?"

"어머나, 당신 제법 아는구나. 여자는 대부분 가슴에 반한다오. 내가 조금 가르쳐줄게, 시키는 대로 해봐요. 준비됐죠? 나는 S(사디스트)의 여왕님, 당신은 M(마조히스트)."

"M이요?"

"어머? 보기와 달리 밤엔 S짱인 거야?"

"아뇨, 그런 게 아니고."

"일단 이리 와봐, 내가 잘 가르쳐줄 테니. 자, 이 벤치에 반듯이 누워봐요. 자, 얼른. 바지는 안 벗어도 돼요."

혼다는 곤마마의 경쾌하면서도 묘한 농담에 몇 번이나 빵 터지며 덤벨 프레스를 배웠다. 벤치에 반듯이 누워 양손에 쥔 덤벨을 올렸다 내리는 것이다. 처음엔 가벼운 5킬로그램부터 시작했다.

"그렇지. 웨이트 트레이닝은 내릴 때 천천히 해야 하는 거야. 자세를 확인하면서 해요."

그럭저럭 자세가 나오니 곤마마가 이번엔 제법 묵직한 덤벨을 가져왔다. 하나에 17.5킬로그램이나 된다.

"열 번째를 빠듯하게 올릴 수 있을 만한 무게로 하는 게 효율적이야. 그 덤벨로 한번 해봐요. 자세가 망가지면 절대 안 돼."

"네, 여왕님."

혼다는 곤마마에게 장단을 맞추며 17.5킬로그램 덤벨을 들어올리기 시작했다. 처음 다섯 번까지는 쉬웠는데 왠지 여섯 번, 일곱 번째부터 갑자기 쑤우우욱 무거워져서 여덟 번째 도중에 힘이 바닥나는 바람에 포기하려 했다가 곤마마에게 야단을 맞았다.

"자, 지금부터가 중요해. 죽을힘으로 세 번만 더 들어보자앗!"

혼다는 '읍' 하고 숨을 멈추고 여덟 번째를 들어올린 후, '우왓!' 하고 소리 내며 가까스로 아홉 번째를 들었다. 열 번째를 올리려는데 팔이 후들후들 떨려 더는 불가능한 지경에 이르렀다.

"자, 올린다! 할 수 있어! 이걸 못 올리면 가장 소중한 사람을 빼앗긴다 생각하고 죽을힘을 다하는 거야!"

가장 소중한 사람……, 너무 힘을 내느라 하얗게 변해버린 의식 속에 도모코와 아야카의 얼굴이 떠올랐다. 휴대전화 대기 화면 속의 웃는 얼굴도.

"우웃……."

"자, 올라간다!"

"우우우핫……. 우하하, 하, 핫……."

"올려!"

"우하, 하, 핫, 하하핫."

웃음소리 같은 기묘한 목소리가 새어나오긴 했어도 가까스로 열 번째를 들어올리는 데 성공했다.

"좋았어, 오케이야. 덤벨 내려요."

시키는 대로 덤벨을 천천히 내리고 바닥에 쿵 떨어뜨렸다. 배에 잔뜩 힘을 준 탓인지 호흡이 격렬하게 흐트러졌다.

"처음 하는 것치고는 참 잘했어요. 꽤 근성 있는 남자네? 이걸 오늘 3세트 하는 거야. 당신도 조만간 멋지게 꿈틀대는 젖가슴을 가질 수 있다고."

곤마마는 젖꼭지가 그대로 드러난 가슴을 씰룩씰룩 움직여 보였다.

"아, 네."

혼다는 벤치에서 일어나면서 "아아, 힘들었어." 하고 중얼거렸다. 그렇게 중얼거리면서도 자신이 웃고 있다는 걸 깨달았다. 여태까지 맛본 적 없는 성취감이 혼다 안에서 넘쳐나고 있었다.

지난 45년간……, 이렇게 진심을 다해 뭔가에 도전한 적이 있었던가? 아니, 없었다. 죽을힘을 다해 뭔가를 이룬다는 것. 달성했을 때의 그 쾌감. 가슴근육에 여전히 뜨겁게 남은 뻐근함도 신기할 정도로 마음에 들었다.

음, 운동이란 거 재미있을지도 모르겠어.

소년처럼 들뜬 기분으로 곤마마를 올려다보니 거구의 스킨헤드가 의미심장하게 싱긋 웃고 있었다.

"당신, 힘을 최대한 쥐어짤 때 내는 소리, 꽤나 수상해. 약 먹고 정신이 이상해진 사람이 웃는 것 같았어."

부, 분명, 혼다 자신도 그렇게 생각했다.

"덕분에 당신 별명이 떠올랐지 뭐야."

"별명이요?"

"여기서는 다들 별명으로 부르거든."

"아……."

"당신은 오늘부터 게라짱(웃음소리를 표현하는 의성어 중에 '게라게라'가 있다-역주). 웃으면서 덤벨을 들어올리니까 게라짱. 좋지?"

게라짱이라니……. 마흔다섯이나 되어서 별명으로 불리게 될 줄은 몰랐다. 게다가 오늘 처음 만난 사람에게…….

"어머, 마음에 안 들어? 아니면 원래 다른 별명이 있는 거야?"

"아뇨, 살면서 단 한 번도 별명으로 불린 적이 없거든요."

혼다는 자신의 '별명 없는 인생'을 되돌아보았다. 장점도 특징도 없고, 다른 사람에게 칭찬받을 일도 욕을 들을 일도 없었던 평범한 나날. 이처럼 '지루한 인생'이 또 있을까?

곤마마는 그런 건 상관없다는 듯 교태를 부리며 웃었다.

"그럼 더 잘됐다. 당신의 첫 경험을 내가 따먹은 셈이네. 고마워, 게, 라, 짱."

혼다는 푸훗 하고 웃음을 터뜨렸다.

곤마마도 우후후 하고 웃었다.

"가장 힘들 때 웃는 건, 사실은 그게 인생을 잘 살아가기 위한 비법이라오."

"그렇군요."

정말 그럴지도 모르겠다.

게라짱……뭐, 나쁘지 않네. 게다가 가장 힘들 때 웃을 수 있는 인생이라니, 꽤나 매력적인데?

좋았어.

혼다는 17.5킬로그램 덤벨을 다시 손에 들고 벤치에 반듯이 누웠다. 트레이닝에 들어가기 전에 곤마마에게 물었다.

"곤마마. 오늘 운동 끝나고 '히바리'에 한잔 하러 가도 되나요?"

곤마마는 삐져나온 젖꼭지를 노골적으로 꿈틀거리며 "아잉, 그 말을 아까부터 기다렸잖앙." 하고 장난스럽게 웃더니 이번엔 50킬로그램의 거대한 덤벨을 손에 들었다.

잘 봐, 아야카. 게라짱이 된 아빠, 힘낼게.

혼다는 심호흡을 한 번 한 뒤 덤벨을 움직이기 시작했다.

이번엔 일곱 번째부터 우하하핫 하는 기묘한 소리가 나오고 말았다.

* * *

헬스클럽 사브에서 나와 음식점이 즐비한 역 뒷골목 작은 번화가를 향해 걸었다. 밤 10시가 넘은 베드타운 역 앞 교차로는 퇴근하는 샐러리맨들로 제법 혼잡했다. 이따금 가을밤의 요염한 바람이 불어와 막 목욕을 끝낸 목덜미를 식혀주었다. 그 바람 속에 금목서 꽃향기가 녹아 있었다. 매년 이 향기를 맡을 때마다 혼다는 문득 미소 짓곤 한다.

이제 곧 아야카의 생일이군.

17년 전 가을, 혼다는 금목서 향기 속을 걸어서 산부인과에 갔다. 출산을 하고 입원한 초보엄마 도모코와 갓 태어난 신생아 아야카를 만나기 위해, 초보아빠 혼다는 날마다 그 길을 걸었다. 행복을 음미하면서.

추억의 금목서 향이 섞인 밤바람. 운동 후의 기분 좋은 피로감. 이제 생맥주만 마시면 극락이 따로 없겠다.

"곤마마."

혼다는 옆에서 나란히 걷는 거구의 게이를 불렀다.

"응?"

"히바리에 생맥주도 있나요?"

"물론 있지요. 우리는 맥주잔도 냉장고에 넣어두거든. 최고로 맛있을 거야."

곤마마는 2미터 높이에서 혼다를 내려다보며 찡긋 하고 박력 만점의 윙크를 날렸다.

"그보다 게라짱, 첫 근력운동을 마친 소감이 어때? 꽤 힘들었지?"

"네. 힘들었지만, 아니……힘들었기에 더 기분 좋았어요. 모든 걸 다 쏟아낸 후의 나른한 피로감도 신선했고. 아무튼 이런 쾌감을 느낄 줄은 몰랐어요."

혼다는 조금 전 맛보았던 성취감을 회상하며 진지한 목소리로 말했다. 곤마마는 이 기회를 놓치지 않겠다는 듯 싱긋 웃으며 잽싸게 받아쳤다.

"아잉, 게라짱, 너무 야하잖아."

"네?"

"나는 동정을 잃은 순간의 소감을 물은 게 아니거든."

동정? 몇 초간 곤마마가 한 말의 의미를 생각하고 자신이 내뱉은 대사를 되새김한 순간, 혼다는 무심코 웃음을 터뜨리고 말았다. 이 사람의 뇌는 대체 어떻게 생겼지?

그로부터 두 사람은 가벼운 이야기를 나누며 번화한 역 앞의 샛길로 들어가 조금 수상쩍은 골목길에 접어들었다. 스쳐 지나가는 사람마다 곤마마의 거대한 몸을 보고 깜짝 놀란 얼굴을 한다. 혼다는 그 표정을 보는 게 무지 재미있었다. 왠지 경호원을 거느린 마피아 두목이라도 된 듯한 기분이었다.

"자, 도착. 이 계단을 내려가면 우리 가게예요."

곤마마가 프랑크푸르트 소시지 같은 손가락으로 왼편을 가리켰다. 그쪽을 보니 가로등에 비친 골목길 한구석에 낡고 오래된 건물이 쓸쓸히 서 있었다. 그 건물이 어쩐지 20세기 유물 같은 느낌이 들어, 혼다는 말로 표현할 수 없는 그리움에 사로잡혔다. 1층은 부동산 중개소이고 2층부터는 잡다한 사무실이 여럿 들어와 있는 것 같았다.

"이 건물 지하인가요?"

"맞아."

"가게 간판이나, 그런 건 없나요?"

"있죠, 여기."

아, 그 말을 듣고 자세히 보니 지하로 이어지는 계단 입구 벽에 엽서 정도 크기의 플라스틱판이 붙어 있었다. 하얀 바탕에 검정색 글자로 'Bar 히바리'라고 작게 적혀 있었는데, 간판이라기보다 문패라고 해야 할 정도로 눈에 띄지 않았다.

"이렇게 작으면 잘 안 보일 텐데……."

"괜찮아요. 소중한 것일수록 작은 목소리로 속삭여야 하거든. 그래야 상대 마음 깊숙이, 정확하게 전달되니까. 간판도 마찬가지죠."

곤마마 말에서 왠지 묘한 설득력을 느꼈지만, 곰곰이 되새겨보니 아니라는 생각도 들었다. 그때 갑자기 발밑에서 '야옹' 하는 소리가 들려 혼다는 무심코 "우와아, 깜짝이야!" 하고 소리 지르며 펄쩍 뛰어올랐다. 소리의 주인공은 검은 고양이였다. 밤하늘을 향해 기다란 꼬리를 꼿꼿이 세우고 있었다.

"우후후. 이 아이는 길고양이 치로예요. 우리 가게를 지켜주는 경비원이지. 아, 고양이니까 경비원이 아니라 경비묘네."

치로는 혼다를 가만히 올려다보며 다시 한번 '야옹' 하고 울더니 칠흑 같은 몸을 혼다의 정강이에 비벼댔다.

"어머, 게라짱 대단한데? 첫날부터 치로 마음에 들다니, 흔한 일이 아니야."

"아, 그래요? 그것 참 기쁜 일이네요."

혼다는 쭈그리고 앉아서 치로의 목을 쓰다듬었다. 치로는 부드럽고 윤기 나는 예쁜 털을 갖고 있었다. 마치 물에 젖은 까마귀 깃털 같았다.

"야옹."

"이 예쁜 것. 내가 좋아? 너, 사람 보는 눈이 있네."

"게라짱이 정말 좋은가 보다. 아, 미리 말해두자면, 치로는 수컷 냥이랍니다."

"엥……."

우후후후, 하고 유쾌한 듯 웃으며 곤마마가 먼저 어둑어둑한 계단을 내려갔다. 모처럼 좋아해준 치로에게 괜한 실망감을 느끼며 혼다도 거구의 사내 뒤를 따랐다.

* * *

히바리의 내부 공간은 혼다가 머릿속에 그린 대로였다. 어스레한 조명 아래 여덟 명이 앉을 수 있는 L자형 카운터가 하나, 4인석 테이블이 둘. 가게 구석에 노래방 기계가 있고, 천장에는 구식 미러볼도 달려 있었다.

단골손님인 듯한 투박한 뒷모습의 남자가 카운터 석에 앉아서 여점원을 상대로 쾌활한 목소리로 이야기하며 웃고 있었다. 안쪽 테이블엔 중년 남녀가 나란히 앉아 노닥거렸다.

일본 각지 어디에나 있을 법한 변두리 작은 바 광경이었다. 결정적으로 다른 게 있다면 카운터에 있는 점원이 학창시절 반장을 연상케 할 정도로 너무나 성실해 보이는 은테 안경의 미녀라는 점과 그 미녀 옆에 선 사람이 2미터가 넘는 거구의 게이라는 사실이었다.

"카오리, 수고 많았어. 소개할게. 오늘 헬스장에서 친구가 된 게라 씨야."

"안녕하세요? 카오리입니다."

카오리라 불린 반장 스타일 안경녀는 혼다를 흘끗 보더니 고개를 꾸벅 숙였다. 고개를 숙이자, 땅아서 늘어뜨린 검은 머리카락이 위로 휙 튀어올랐다. 묘하게 천진난만한 표정, 코스프레가 아니냐고 추궁하고 싶어지는 검정색 바텐더 의상. 아무리 봐도 미성년자 같은데, 설마 아니겠지?

"어이쿠, 헬스장 회원이시라면 저하고도 친구가 되겠네요! 자, 여기, 이쪽으로 와서 앉으세요. 24세기 근육에 대해 뜨겁게 토론해보자고요. 아하하하하."

카운터에 앉은 투박한 사내가 쾌활한 목소리로 말을 걸며 일어서더니 혼다의 어깨를 껴안듯이 하여 억지로 옆자리에 앉혔다. 처음 만나는 사이인데 너무 친한 척하는 거 아닌가 싶었지만, 왜 그런지 불쾌하지는 않았다. 오히려 옛 친구와 오랜만에 만난 것처럼 쑥스러우면서도 즐거운 기분이었다.

"게라짱, 이 거칠고 무례한 금발 소프트모히칸은 시카이 료이치 씨예요. 이래봬도 치과의사 선생님이에요. 조금 무서워 보여도 물지는 않으니까 걱정 마시고. 다들 '센세'라 부르죠."

"어어어, 무서워 보인다니, 곤마마한테만은 듣고 싶지 않은 말이네, 아하하하. 반가워요. 나는 '넉 사(四)'자에 '바다 해(海)'자를 써서 '시카이'라고 하지요. '치과의'랑 시카이랑 발음이 비슷하죠? 정말 완벽하다, 아하하하. 다음에 우리 병원에 놀러 와요. 치석 깨끗이 제거해서 반짝반짝한 이로 만들어드릴 테니."

금발 소프트모히칸 센세는 자기가 한 농담에 자기가 웃으며 혼다의 등을 퍽퍽 때렸다.

"아, 다음에 꼭 방문하겠습니다."

혼다는 센세의 따발총 대사에 압도된 채 어떻게든 웃는 얼굴로 응했다.

카오리가 생맥주를 잔에 따라서 가지고 왔다. 곤마마와 혼다가 각각 맥주잔을 드니, 센세도 마시던 위스키 잔을 손에 들었다. 카오리는 오렌지주스다.

"자, 게라 씨의 근육 비대를 위해, 건배!"

센세의 선창으로 넷이서 쨍쨍 잔을 부딪쳤다.

혼다는 꿀꺽꿀꺽 목을 울리며 잔을 반쯤 비웠다.

"와아, 맛있다."

혼다가 무심코 눈을 가늘게 뜨고 웃으니 그 모습을 본 센세도 "역시 운동한 뒤 마시는 맥주가 최고죠?" 하며 웃었다.

"그러고 보니 센세는 오늘 운동하러 안 오셨네?"

단숨에 맥주잔을 비운 곤마마가 말했다.

"오늘은 치과의사 모임이 있었어요. 진짜 지루한 세미나였는데, 도중에 너무 졸리는 거야. 책상 밑에서 몰래 장요근 아이소메트릭을 했지."

"아이소메트릭이 뭐예요?"

혼다가 고개를 갸우뚱하니 센세가 의자를 이쪽으로 휙 돌리고 기다렸다는 듯 설명을 시작했다.

"간단히 말하면 정지한 자세로 하는 근력운동이에요. 예를 들어, 가슴 앞에서 합장하듯이 양손을 모으고 좌우에서 꾹 힘을 주면 가슴근육이 단련되거든요. 온 힘을 다해서 7초 정도 그 자세를 유지하면 그럭저럭 트레이닝 효과가 나와요."

"오호. 그런 트레이닝도 있군요. 심오하네요."

"그렇지? 근력운동은 남자보다 심오해. 하지만 게라짱한테는 아이소메트릭이 안 맞을 거야. 그걸 하면 더 수상해 보일걸?"

"어, 왜 나한텐 안 맞아요?"

"그렇잖아, 당신은……."

'게라'라는 별명의 유래를 곤마마가 재미나게 이야기하자 센세도 카오리도 손뼉을 치며 웃었다.

들어보니 헬스클럽 사브의 프리웨이트 존에 친하게 지내는 사람이 몇 명 더 있는 모양이었다.

늘 음탕한 생각만 하는 광고 대행사 사장, 스에쓰구 쇼자부로 씨. 별명은 샤초. 나이는 68세라고 하니 제법 노익장인데, 아무래도 나이 든 사람이어서 마초남은 아닌 모양이었다.

그다음은 조금 시건방지면서도 수줍음을 많이 타는 현역 고교생 구니미 슌스케 군. 얼굴 생김새는 아이돌 같은 미남형이다. 학교를 빼먹거나 세상을 삐딱하게 보는 경향이 있는데, 오히려 그 점이 헬스장의 불량 중년들에게 귀여움받는 이유라고 한다. 운동하는 모습도 시원찮아서 헬스클럽에 아무리 오래 다녀도 여전히 빈약한 소년 체형이라고. 다들 슌 군이라고 부른다.

그리고 마지막은 베일에 싸인 섹시 미녀, 이노우에 미레 씨. 호칭은 그대로 미레 씨이고 나이는 25세 정도. 직업은 아무리 물어도 가르쳐주지 않는다고 한다. 늘 앞가슴이 깊게 파인 옷을 입고 헬스장에 나타나서는 남자들 근육을 슬쩍슬쩍 만지니 아무리 마초남이라도 미레 씨에게는 맥을 못 춘다고 한다.

"그 미레 씨랑 데이트 한번 해보려고 샤초가 애쓰고는 있는데, 미레 씨가 절대로 안 넘어온단 말이지."

센세가 우습다는 듯 말하자 곤마마가 "당연하지. 미레짱은 겉보기와 달리 속은 착실한 아이거든." 하고 말하며 세 잔째 맥주를 벌컥 들이켰다. 이 거구가 들면 생맥주 잔이 소주잔처럼 보인다.

"조만간 게라짱도 만나게 될 거야. 그치, 센세?"

"그렇겠죠? 게라 씨, 기대해주세요. 다들 얼마나 독특한지. 아하하하."

지금 눈앞에 있는 두 사람만으로도 이미 충분히 독특한데…….

혼다가 그렇게 생각했을 때, 카오리가 그 마음을 대변해주었다.

"곤마마랑 센세가 가장 독특하시죠. 술로 표현하자면, 테킬라 정도."

"어머나, 카오리, 너무한 거 아냐? 테킬라는 너무 독하잖아. 막걸리 정도로 해줘엉."

"그럼 나는 남자답게 목코리(남성 성기가 팽창한 모양을 가리키는 단어로, '막걸리'의 일본식 발음과 비슷하다-역주)로! 아하하하."

센세의 어설픈 음담패설을 혼다는 흘려들었지만, 카오리는 볼을 핑크빛으로 물들이며 모범생처럼 안경을 고쳐 썼다. 그러고는 "게라 씨, 생맥주 한 잔 더 드릴까요?"라며 미소 띤 얼굴을 살짝 기울인다. 너무 정중하지도 않고, 그렇다고 너무 격의 없지도 않은, 무척 호감 가는 태도였다.

"예, 한 잔 더 주세요."

두 번째 '근육 비대를 위한 건배!'를 한다.

건배하느라 들어올린 맥주잔 무게에 조금 전 운동으로 혹사한 어깨근육(삼각근이라고 하는 모양이다)이 비명을 지르고 팔도 부들부들 떨렸지만, 그 느낌마저 왠지 기분 좋은 운동 첫날밤이었다.

* * *

혼다는 다음날도 그다음 날도 쉬지 않고 헬스클럽 사브에 다니며 열심히 땀을 흘렸다. 곤마마나 센세를 만난 날은 매번 근력운동을 충실히 배웠……달까, M과 S 관계가 되어 훈련을 톡톡히 받았다. 말로만 듣던 '독특한 얼굴들'과도 인사했다.

전력을 다할 때 여전히 '우하하하' 하는 괴상한 소리가 새어 나오지만, 그래도 '독특한 얼굴들'은 웃어넘겨주니 고맙다. 순군만 "아저씨, 소름 끼쳐요"라며 쓴웃음을 짓지만, 뭐, 고등학생 남자아이들이란 원래 그러니까.

혼다에게 헬스장은 제3의 거처였다. 가정, 회사, 그리고 헬스장. 회사에서 지치면 가정에서 위로받고, 또 헬스장에서 즐기며 스트레스를 해소한다. 이 삼각형이 확립된 시점부터 혼다의 생활은 서서히 바뀌었다. 예전보다 긍정적인 태도를 갖게 됐고, 다양한 일에 적극적으로 나서게 되었다.

칼로리 섭취량을 의식하기 시작했고, 담배도 딱 끊었고, '히바리' 외의 다른 곳에서는 주량도 반으로 줄였다.

한 달쯤 지나니 벨트 구멍이 하나 당겨졌으며 체중도 5킬로그램이나 줄었다. 왠지 젊었을 때처럼 몸에 활력이 그득해진 것 같아, 만원 전철에서 발끝으로 서보거나 출퇴근할 때 한 정거장 앞에서 내려 일부러 조금 걸어보기도 했다.

아침밥을 든든히 먹기 때문인지 일할 때도 집중력이 생기고 실적도 서서히 올랐다. 부하 여직원에게 "대리님, 살 빠지셨네요? 젊어 보이세요"라는 말을 듣고 신이 나서 젊은이들이 즐겨 입는 스타일의 양복을 새로 맞추기도 했다. 거래가 끊긴 콘돔 회사 세시로 사장에게 사죄 편지와 새로운 기획안을 몇 번이나 보냈고, 마침내 거래를 다시 트기로 했을 때는 감격에 겨워 눈물까지 흘릴 뻔했다.

헬스장에 다니기 시작하여 두 달이 지났을 땐 벨트 구멍이 또 하나 줄었다. 와이셔츠 목둘레 사이즈도 작아졌고 구두끈까지 헐거워졌다. 턱 밑 군살도 빠져서 이중 턱이 말끔히 사라졌다.

자신감이 붙은 혼다는 이제 딸 눈치를 보지 않고 아버지다운 태도로 당당하게 딸을 대한다.

어느 날 밤 용기를 내어 TV를 보고 있는 아야카에게 이런 제안을 해보았다.

"아야카, 아빠랑 가끔 데이트도 하고 그럴까? 어디든 원하는 곳에 데리고 가주마."

하지만 아야카는 이쪽을 돌아보지도 않았다. 그 뒷모습이 단호하게 거부의사를 밝혔다. 혼다는 '어쩔 수 없구나' 하고 짐짓 가볍게 넘기려 했지만, 속으로는 어깨가 축 처졌다는 사실을 인정하지 않을 수 없었다.

프리웨이트 존의 유쾌한 얼굴들과는 날이 갈수록 친해졌다. 센세의 병원에 가서 치석 제거도 했고, 음흉남 샤초에겐 수상한 중국산 정력제 같은 걸 선물로 받았다(무서워서 먹지는 않았지만). 슌 군과는 온라인 친구가 되었고, 미레 씨는 혼다의 몸도 슬쩍슬쩍 만지곤 한다.

최근에 곤마마에게 보디빌더 포즈 중 하나인 '사이드 체스트'를 배웠다. 배 앞에서 오른손으로 왼쪽 손목을 꼭 잡고 몸을 살짝 기울인 채 다리를 앞쪽으로 내밀어 조금 굽히는 기본자세다. 기분 탓인지 가슴근육이 제법 붙은 것 같다고 생각하던 차에, 그런 혼다에게 곤마마가 입문편으로 가르쳐준 것이다.

프리웨이트 존 주위의 벽은 거울로 되어 있어, 혼다와 곤마마는 그 거울을 보고 나란히 서서 자세 연습을 한다. 마치 부모 자식처럼 체격 차이가 나서 보기만 해도 웃음이 나왔다.

곤마마가 '사이드 체스트'를 취하면 온몸에서 맹렬한 아우라가 분출되는데, 혼다는 그 모습에서 인간을 초월한 박력을 느꼈다. 반면에 혼다에게서는 박력의 'ㅂ'조차 보이지 않았다.

"아아, 나는 아직 멀었네."

혼다가 부끄러워하며 머리를 긁적이면 곤마마는 고개를 저었다.

"괜찮아. 게라짱도 계속하다 보면 그럴듯한 모양이 나올 거야. 부끄러워하면서 어정쩡하게 취하는 자세가 가장 꼴불견이라는 거 알아? 보는 사람까지 부끄러워진다니까. 그러니까 자, 이렇게, 있는 그대로의 자기 모습을 모두 드러내고……으흠!"

곤마마가 포즈를 취했다. 와이어 같은 근육 다발이 스멀스멀 움직이면서 혈관이 머스크멜론처럼 울룩불룩 도드라졌다. 엄청난 박력에 살기마저 느껴졌다. 혼다의 등에 소름이 돋았다.

그러던 어느 날.

급히 처리해야 할 일이 있어서 야근을 한 탓에 헬스장에는 가지 못하고 느지막하게 집에 돌아왔다. 오랜만에 집에 있는 자그마한 욕조에 몸을 담갔다. 헬스클럽의 거품 욕조도 좋지만 이렇게 콧노래를 부르며 혼자 하는 목욕도 나쁘지 않다.

목욕이 끝나고 세면대 거울 앞에 서니 예전보다 제법 단단해진 상반신이 비쳤다. 그 얄미웠던 '배둘레햄'도 거의 사라지고 없었다.

'시선이 두렵지 않은 BODY'가 되려면 아직 멀었지만, 나이 치고는 그럭저럭 합격선에 들어간 듯하다. 혼다는 흐뭇해하며 무의식중에 곤마마에게 배운 자세 '사이드 체스트'를 시도했다. 조명 때문인지 가슴근육이 약간 커진 것 같았다.

오오, 이 가슴팍, 좋아, 좋아.

혼다는 온몸의 근육에 한층 더 힘을 실은 채 거울 속의 자기 모습에 홀려 있었다. 그 순간……, 뒤에 선 아야카의 모습이 거울에 비쳤다.

"으악……!"

깜짝 놀란 혼다는 '사이드 체스트' 자세 그대로 굳어버렸다. 아야카도 순간 경악한 표정이었지만 곧 원래 얼굴로 돌아가서 "소름 끼쳐"라고 한마디 중얼거리고는 거실 쪽으로 사라졌다.

슌 군은 그렇다 치고 딸한테까지 그런 말을 듣다니 충격이었지만, 조금 전의 나르시스틱한 행동을 냉정하게 되돌아보면 역시 그런 말을 들어도 싸다.

나는 거울 속의 피에로구나. 힘 빠진 '사이드 체스트'에 쓴웃음을 짓고 말았다.

에구 에구 하고 마음속으로 중얼거리면서 체지방 측정기에 올랐는데, 혼다의 기분을 순식간에 높여줄 수치가 표시되었다. 목표였던 체지방 20퍼센트를 달성한 것이다.

오오, 해냈어, 곤마마!

스승이라 할 수 있는 거구의 얼굴을 떠올렸다. 동시에 그 말이 뇌리에 되살아났다.

있는 그대로의 자기 모습을 모두 드러내고……으흠!

좋아. 이렇게 된 이상…….
혼다는 웃통을 벗은 채 거실로 갔다.
"나 좀 봐."
갑작스러운 혼다 목소리에 즐겁게 대화를 나누던 도모코와 아야카가 이쪽을 돌아보았다. TV에서 광고가 흘렀고 분위기 있는 크리스마스 노래도 들렸지만 상관없었다. 크게 숨을 들이마시고 단호하게 말했다.
"아빠가 훨씬 더 소름 끼치는 걸 보여줄게!"
혼다는 그렇게 말한 후 최선을 다해 '사이드 체스트'를 선보였다. 순식간에 거실 안의 공기가 얼어붙었다……고 생각했는데, 도모코가 "뭐야, 그게!"라고 손뼉을 치며 웃음보를 터뜨렸다.
그러자 아야카도 "바보 같아, 아하하하!" 하고 웃었다. 그건 무척, 정말로 오랜만에 보는 딸의 순수한 웃음이었다.
혼다도 포즈를 취한 채 '우하하하하' 하고 소리를 질렀다. 물론 소중한 가족과 함께 웃었다……기보다 그 '괴상한 소리'가

나온 것이다.

***

"아야카가 졸업하면 프랑스에 유학 가서 장래에 프랑스 셰프가 되고 싶대. 당신, 어떻게 생각해?"

도모코가 그런 뜻밖의 이야기를 꺼낸 건 2월 3일 입춘 전날 밤이었다. 이날도 혼다는 운동을 끝내고 집에 와서 언제나처럼 '최고의 맥주'를 마시고 있었다. 그 말이 운석처럼 혼다의 정수리에 곧바로 떨어지자마자 한때의 작은 행복 따위는 산산조각 나고 말았다.

"프, 프랑스? 그 나폴레옹의 나라?"

말을 내뱉자마자 혼다는 자기 말이 조금 엉뚱했다는 사실을 깨달았다. 도모코는 그에 대해선 별말 없이 진지한 얼굴로 말을 이었다.

"응. 나폴레옹을 낳은 프랑스 말이야. 요리는 어릴 때부터 좋아했고, 레스토랑에서 아르바이트하면서 나름대로 생각한 게 있나봐."

"자, 잠깐만……. 너무 갑작스럽잖아. 요리사가 되고 싶다면 일본에 있는 전문학교에서 배우면 되고, 진로는 대학 졸업하고 나서 천천히 생각해도 돼. 왜 고등학교 졸업하고 바로 프랑스에 가겠다는 거야?"

"지금 프랑스의 일류 레스토랑을 몇 군데 돌면서 요리를 배울 수 있는 교육 프로그램이 있대. 현지 와이너리에서 와인 공부를 할 수 있는 유학 패키지도 있고. 거기 참가하고 싶대."

"기간은 얼마나 되는 거야?"

"최소 1년, 긴 코스는 3년이래."

"3년이라니……."

혼다는 마시던 캔 맥주를 테이블에 내려놓고 팔짱을 꼈다. 눈을 감고 한 차례 심호흡을 한 뒤 냉정하게 머리를 굴려보았다. 말도 전혀 통하지 않는 프랑스에 홀로 건너가, 엉큼한 외국 남자들이 득시글한 주방에서 허드렛일을 하는 아야카……. 상상 속의 아야카는 당장이라도 울 것 같은 얼굴이다. 결론은 곧 나왔다.

아, 안 돼, 안 돼. 그건 절대 안 돼.

그래도 일단 형식상 도모코의 의견을 들어보기로 했다.

"당신은 어떻게 생각하는데?"

"나는……."

도모코 표정에 잠시 망설임이 깃들었지만 곧 평소의 단호한 눈빛으로 "아야카의 인생이니까." 하고 말했다.

"어? 농담이지? 설마 찬성할 생각이야?"

"아야카가 그렇게 진심으로 원하는 거 처음 봤어. 부모로서 응원해주고 싶어."

"당신, 바보야? 위험한 길로 가지 않도록 보호하는 게 부모의 의무야."

"뭐가 위험하다는 거야?"

"다 큰 여자아이가 외국인만 득시글한, 게다가 음흉한 남자들만 있는 곳에서 몇 년이나 공부하고 일한다잖아. 무슨 일이 생길지 모르는 거라고."

"음흉하다니, 뭐가? 그렇게 생각한다면 일본에 있어도 마찬가지 아냐?"

그 뒤로 서로의 의견이 평행선을 달리다 말다툼으로까지 번지고 말았다. 최종적으로 "아야카의 마음을 돌리고 싶다면 당신이 설득해"라는 말을 듣고, 그날 밤의 설전은 응어리를 남긴 채 종료되었다.

다음 날 혼다는 헬스장에 가지 않고 곧장 귀가했다.

양복을 벗고 운동복으로 갈아입고 거실로 가니 저녁식사를 마친 아야카와 도모코가 식탁 앞에 앉아 있었다. 식탁 위엔 팸플릿 몇 권과 책자가 펼쳐져 있었다. 프랑스 유학에 관한 자료가 틀림없었다. 자기가 없는 곳에서 멋대로 이야기가 진행되고 있다는 사실에 혼다는 분노를 느꼈다.

혼다가 거실로 들어오자마자 아야카는 표정을 굳히고 말없이 일어섰다. 그러고는 혼다 옆을 휙 지나쳐 거실에서 나가려고 했다.

"아야카, 잠깐 있어봐."

혼다가 아야카 팔을 붙잡았다.

"좀! 아프잖아. 왜 이래?"

"이야기 좀 하자. 앉아봐."

"이야기는 엄마랑 할 테니 됐어. 이거 놔."

아야카는 팔을 흔들어 혼다의 손을 뿌리치려 했다.

혼다는 놓지 않았다.

"아프다니까, 좀! 대체 왜 이러는데!"

"대화 좀 하자."

"아빠한테 할 이야기 없다니까!"

"없을 리 없잖아."

"어차피 무조건 반대할 거면서!"

"으응, 반대할 거야. 왜 반대하는지 알고 싶지 않아?"

혼다가 그렇게 말한 순간, 아야카는 저항을 딱 멈췄다. 혼다의 얼굴을 도전적인 눈빛으로 올려다보더니 여태까지 들어본 적 없는 메마른 말투로 말했다.

"아빠가 꿈도 없는 하찮은 인생을 살고 있다고 해서 나까지 같은 길을 걷게 하지 마."

"……"

혼다는 딸 입에서 나온 말의 차가움에 무심코 꿀꺽 하고 침을 삼켰다.

야단쳐야 한다.

이렇게 생각은 했는데 왜 그런지 할 말이 떠오르지 않았다. 마치 척추를 쑥 뽑힌 것처럼 신체 어느 부위에도 힘이 들어가지 않았다. 정신을 차리고 보니 아야카의 팔을 붙잡았던 손도 서서히 풀리고 있었다.

아야카가 혼다에게서 눈을 떼지 않고 당당히 서 있다. 혼다 역시 당혹해하면서도 딸의 차가운 눈을 그대로 바라보았다.

잠시 뒤 딸의 아래 눈꺼풀에 투명한 물방울이 맺혔다. 첫 물방울이 힘겹게 주르르 볼을 타고 내려오니 그다음부터는 잇따라 흘러 떨어졌다. 그래도 아야카는 혼다에게서 시선을 떼지 않았다.

째깍, 째깍, 째깍……하는 벽시계 초침 소리가 오늘따라 크게 들렸다.

그때 의자에 앉아 있던 도모코가 일어났다. 무표정한 얼굴로 이쪽으로 걸어오더니 아야카의 왼쪽 어깨를 당겨 자기 쪽으로 향하게 했다.

찰싹!

조용한 거실에 뺨 때리는 소리가 울렸다.

"어……."

생각지도 못한 사태에 혼다는 입을 떡 벌리고 아내를 보았다.

아야카도 '왜?'라고 말하고 싶은 듯한 표정으로 도모코를 쳐다본다. 그런 아야카를, 도모코는 강한 의지를 담은 눈으로 아무 말 없이 노려보고만 있다.

먼저 움직인 건 아야카였다.

"하아. 정말 뭐가 뭔지 모르겠어."

보란 듯이 한숨을 쉬더니 혼다 옆을 지나 복도로 나갔다. 아야카의 발소리는 그대로 계단을 올랐고 곧이어 쾅 하고 문 닫는 소리가 들렸다. 자기 방으로 들어간 것이다.

거실이 다시 째깍, 째깍, 째깍……하는 초침 소리로 채워졌.

혼다는 깊은 한숨을 쉬면서 식탁 위로 눈길을 주었다. 난잡하게 펼쳐진 유학 자료가 허무하게 느껴졌다. 도모코에게로 시선을 옮기니 아내는 팔짱을 끼고 어처구니없다는 듯한 얼굴을 했다. 그러다 놀랄 만큼 시원스러운 목소리로 이렇게 말하는 것이다.

"뒷수습 좀 부탁할게."

이튿날 혼다는 건성으로 일을 끝내고 헬스장에서는 자포자기 심정으로 운동에 임했다. 그러다 결국 '히바리' 카운터에 앉아 독한 술을 잔뜩 들이켜다가 그만 고약하게 취해버리고 말았다.

"분명 나는~, 꿈 없는 인생을 살고 있어요오~. 하지만 말이에요, 가족만큼은 소중하게 생각하고 있다고요. 카오리, 알아? 가족을 위해서라고 생각하니까, 꿈이 없어도 힘낼 수 있단 말이지. 응? 그게 뭐가 나빠? 응?"

혼다는 곤마마와 카오리 앞에서 주정을 부리면서도, 머릿속 한구석에 또 하나의 자신이 들어앉아 '나, 참 볼품없구나' 하고 싸늘한 눈길로 보는 것을 느꼈다.

결국 그날 밤은 완전히 고주망태가 되어 도모코가 차로 데리러 와야 할 형편이었다. 곤마마는 곤약처럼 널브러진 혼다를 공주님처럼 훌쩍 안고 계단을 올라 차 뒷좌석에 조심스레 눕혔다. 죄송하다며 고개를 몇 번이나 꾸벅꾸벅 숙이는 도모코에게 곤마마는 "괜찮아요. 게라 씨도 가끔은 완전히 취해버리고 싶을 때가 있지 않겠어요?" 하며 익살맞은 표정으로 윙크했다. 그러고는 타이르는 듯한 말투로 이야기하기 시작했다.

"근육이라는 건요, 훈련으로 괴롭히고 괴롭히면서 일부러 상처를 줘야 해요. 그러면 근육통이 생기는데, 그래도 괜찮아요. 그 상처가 나으면서 예전보다 굵고 튼튼해질 테니까. 그걸 '초회복'이라고 하지요."

"아, 예……."

"가족도 마찬가지예요. 때로는 서로 상처를 주고받아도 괜찮아요. 화해하면서 더 깊은 유대감이 생기거든요. 그게 바로 가족이죠. 남이랑은 아무래도 그러기가 어렵죠."

"네……, 감사합니다."

몽롱한 의식 속에서 혼다는 두 사람의 대화에 귀를 기울였다. 그리고 홀로 차 안에서 중얼거렸다.

"나, 정말 꼴불견이네."

그로부터 며칠 뒤.

혼다는 도모코에게 '데이트' 신청을 받았다. 단둘이 외식이라니, 대체 몇 년 만인가 싶어 과거를 돌이켜보았지만, 알게 된 건 기억도 나지 않을 만큼 먼 옛날이라는 사실뿐이었다.

대관절 무슨 바람이 불었지?

웬일이냐고 아무리 물어봐도 도모코는 싱글싱글 웃으며 "가끔은 괜찮잖아?"라고만 했다.

도모코가 예약했다는 레스토랑은 옆 동네 주택가에 있는 세련된 느낌의 독채 건물이었다. 하얀 콧수염을 기른 주인으로 보이는 남자가 "어서 오십시오." 하고 서글서글하게 웃으며 두 사람을 예약석으로 안내해주었다. 내부는 생각보다 넓었다. 모든 테이블에 손님이 있었는데 어디를 봐도 커플뿐이었다.

"분위기가 차분하고 좋네."

혼다는 솔직한 감상을 말하고 레몬 향이 나는 물을 마셨다.

도모코가 "그렇지? 요리도 굉장히 맛있어." 하며 미소 지었다.

'어쩐지 연애시절로 돌아간 것 같네' 하며 혼다가 먼 과거를 회상하기 시작한 순간, 테이블 바로 옆에서 "어서 오세요." 하는 인사 소리가 들렸다. 젊은 여성의 목소리였다.

혼다는 목소리 주인공을 올려다본 채 그대로 입을 떡 벌리고 굳어버렸다. 깔끔한 흑백 제복. 청결한 포니테일. 활처럼 꼿꼿이 뻗은 등. 그리고 약간 수줍은 듯한 미소.

우리 딸의 모습은 객관적으로 봐도 너무나 예뻤다. 도모코를 보았다. 아내가 장난기 어린 눈으로 웃고 있다.

그랬던가? 당했다.

혼다는 갑자기 긴장이 풀려서 하하하, 작은 소리로 웃어버렸다.

"오늘은 내가 대접할 테니 아빠도 엄마도 즐거운 시간 보내. 주문은 나한테 맡겨줘."

아야카는 그렇게 말하고 발길을 휙 돌려 주방 쪽으로 걸어갔다. 혼다는 멀어져가는 딸의 늠름한 뒷모습을 바라보다가 기쁨과 쓸쓸함이 복잡하게 얽힌 한숨을 내뱉고 말았다. 자신이 모르는 사이에도 딸은 쑥쑥 성장하고 있었다. 성장하면 언젠가는 부모 곁을 떠나야 한다. 그런 당연한 현실을 이제야 깨달은 것이다.

"여보, 놀랐어?"

도모코가 손으로 턱을 괴고 미소 지었다.

"으응, 당했다는 느낌이야."

혼다도 웃었다.

"도모코, 고마워"라는 말을 내뱉은 순간, 솔직한 심정을 가감 없이 털어놓은 자신을 느끼고 조금 부끄러워졌다.

아내도 에헤헤 하고 조금 쑥스러운 듯 웃었다.

식사는 기대 이상으로 세련된 프랑스 요리였다. 와인과 요리의 적절한 궁합이 혼다의 혀를 내내 만족스럽게 해주었다.

코스 요리가 끝나자, 아야카가 테이블 위에 자그맣고 멋스러운 종이봉투를 올려놓았다.

"응? 뭐야, 이거?" 혼다가 고개를 갸웃거리며 아야카를 보았다.

"물론 초콜릿이지." 하고 말하는 아야카.

초콜릿?

"어머, 회사에서 하나도 못 받은 거야?"

도모코가 말하고 킥킥 웃었다.

"앗, 오늘, 밸런타인데이구나!"

"정답입니다."

도모코가 엄지손가락을 세웠다.

종이봉투 안을 보니 초콜릿과 함께 편지도 들어 있었다.

"아, 편지는 여기서 읽으면 안 돼."

아야카가 조금 수줍어하며 말했다.

가로등이 비추는 내리막길을 걷는데 도모코가 팔을 감아 왔다.

"여보, 아야카 편지 읽어봐."

"어, 여기서?"

"응."

"걸으면서?"

"빨리 읽고 싶지 않아?"

그렇긴 하다. 혼다는 고개를 끄덕이고는 하얀 봉투를 열어 세 겹으로 접힌 편지지를 펼쳤다. 네잎클로버가 그려진 귀여운 편지지에 볼펜으로 정성껏 써내려간 동글동글한 남색 글자가 나란히 이어졌다.

첫 문장은 '아빠, 지난번엔 정말 죄송했어요'였다.

혼다는 무심코 도모코의 얼굴을 보았다.

"왜?"

"아, 아냐. 일단 끝까지 읽을게."

다시 편지로 시선을 떨어뜨렸다.

사과의 말은 정중했으며 몇 줄이나 길게 이어졌다. 그때는 너무 슬퍼서 아빠에게 상처를 주고 싶었다고 한다. 사과문 뒤로 프랑스 요리사라는 꿈을 향한 포부가 열정적으로 표현되어 있었다. 사람들을 기쁘게 만드는 일을 하고 싶다, 기뻐하는 사람들의 얼굴을 보고 싶다, 그래서 꼭 셰프가 되고 싶다고 한다.

왜 그런지 그다음 문장부터 글의 분위기가 바뀌었다. 필체도 조금 약해진 듯 보였다.

'하지만 아빠가 반대한다면 억지로 가고 싶진 않아요. 일본에서 공부할게요. 걱정 끼쳐서 죄송해요.'

그 한 줄을 읽고 난 직후, 혼다는 무심코 멈춰 설 뻔했다. 그러나 내리막길 힘을 빌려 계속 걸었다. 발이 걸으라고 명령했고, 눈은 그다음을 읽으라고 재촉했다.

편지는 이렇게 마무리되었다.

'아빠가 운동 열심히 해서 좀 더 날씬해지고 멋있어지면, 가끔 같이 걷는 것도 좋을 것 같아.'

추신을 읽었을 때 멍청하게도 눈물이 나올 뻔했지만, 탁 트인 곳이어서 애써 심호흡을 하면서 눈시울의 열을 떨쳐냈다.

"뭐라고 적혀 있어?"

도모코가 혼다를 올려다보며 물었다.

"운동 좀 더 열심히 해서 살 빠지고 멋있어지면 데이트에 응해준대."

"흐음, 좋겠네."

"그러게. 데이트가 실현될 때까지 이 초콜릿은 참아야지. 당신이 좀 맡아줘."

"좋아. 깜빡 잊고 먹게 된다면, 미안해."

도모코가 웃었다.

"안 돼, 나의 유일한 초콜릿이란 말이야."

혼다도 웃으면서 초콜릿과 함께 편지를 건넸다. 도모코는 받아든 편지를 차분히 읽기 시작했다.

혼다는 윗옷 주머니에서 휴대전화를 꺼내 짧은 문자 메시지 하나를 입력했다. 되도록 간결하게.

그래, 소중한 말일수록 작은 소리로 전하는 거다.

'아야카. 네 꿈을 응원하기로 했어. 프랑스에 가서 공부하고 와. 아빠도 '아야카와의 데이트'를 위해 운동 열심히 할게.'

다시 읽어보니 조금 멋쩍어서 마지막에 웃는 얼굴 이모티콘을 넣어보았다.

"편지 다 읽었어."

도모코가 말하면서 편지를 봉투에 넣었다. 이미 눈이 촉촉하게 젖어 있었다.

"그럼 이것 좀 읽어봐줘."

혼다는 휴대전화에 입력한 문장을 도모코에게 보여주면서 의견을 물었다.

"어때? 문제없을까?"

도모코가 팔꿈치로 혼다의 옆구리를 살짝 찔렀다.

"후후후. 당신, 제법 멋진데?"

좋았어. 그럼, 전송이다.

전송이 완료된 뒤 메시지 창을 닫았다. 휴대전화 액정이 대기화면으로 바뀌었다. 그곳에 초등학생 아야카의 웃음이 피었다.

혼다는 후우 하고 짧은 숨을 내뱉고는 겨울 밤하늘을 올려다보았다. 귀가 시릴 정도로 차갑고 메마른 하늘에 수많은 별들이 깜빡깜빡 빛나고 있었다.

조만간 배경화면으로 쓸 사진을 다시 찍어야겠다. 응, 이번엔 가족 셋이서 같이 찍어야지.

혼다는 그렇게 결심하고 전화를 주머니에 넣었다.

조금 쑥스러웠지만 도모코의 어깨에 오른팔을 두르고 걸었다. 어제 헬스장에서 철저히 괴롭힌 삼각근이 욱신거렸다. 하지만 그건 기분 좋은 통증이었다.

'추신☆저를 진심으로 걱정해주는 아빠와 엄마의 딸로 태어나서 정말 행복합니다. 앞으로도 잘 부탁해요♪'

2장

이노우에 미레의 해방

 탁한 목소리로 시끄럽게 떠들어대던 50대 중반의 샐러리맨 둘이 가게를 나가자 어스레한 '히바리'가 다시 고요함에 젖어들었다. 천장에 설치된 보세(BOSE) 스피커에서는 감미로운 올드 재즈가 흘러나왔다. 나지막하게 흔들리는 음이 가게 안을 두둥실 떠다니며 차분하고 어른스러운 분위기를 자아낸다.

 이 가게는 이런 분위기여야지…….

 늘 앉아 지정석처럼 익숙해진 L자형 카운터의 가장 안쪽 자리에 걸터앉은 이노우에 미레는 손님이 자기 혼자뿐이라는 사실을 확인하고 안도의 한숨을 자그맣게 흘렸다.

 "방금 나간 손님, 계산할 때 미레 씨가 연예인인가 묻더라. 이만한 미인을 직접 본 건 처음이래."

 굵은 목소리가 천장 가까이에서 미레한테로 떨어졌다.

목소리의 주인공은 이 가게의 마담이자 '헬스클럽' 회원 중 한 명인 곤다 데쓰오. 다들 곤마마라고 부른다. 키는 2미터가 넘는 데다, 어지간한 프로레슬러 정도는 손쉽게 꺾을 수 있을 만큼 힘이 세다.

"그래서 뭐라고 했어요?"

미레가 묻자 곤마마는 일단 호쾌하게 윙크를 찡긋 날렸다.

"연예인은 연예인인데 트랜스젠더라고 말해줬어. 그랬더니 저렇게 예쁜 트랜스젠더는 2번가에서도 본 적이 없다면서 깜짝 놀라더라고. 우후후후."

"아아아앗, 내가 트랜스젠더?"

여전한 곤마마의 장난기에 미레는 웃음을 터뜨렸다.

"미레 씨가 인기 절정의 만화가라는 사실을 알면 더 깜짝 놀라겠죠?"

바텐더 유니폼을 단정하게 차려입은 카오리가 킥킥 웃으면서 맑은 목소리로 말했다. 땋아서 길게 늘어뜨린 까만 머리카락과 앳된 얼굴 때문인지 마치 고등학교 학급반장처럼 보이는 이 귀여운 아가씨가 은테 안경 속의 눈을 가늘게 뜨고 웃었다.

"그렇지? 내가 트랜스젠더에다 폭력성 짙은 하드보일드 만화 작가라는 사실을 알면 누구라도 깜짝 놀라겠지?"

미레는 얼음이 녹아 묽어진 싱글몰트 위스키를 단숨에 들이켰다. 그러고는 곤마마에게 빈 잔을 건네며 어리광 섞인 콧소리로 말을 걸었다.

"그보다 곤마마, 나 좀 도와줄래요? 상담 좀 해줘요."

"어머, 싫어. 나는 나보다 젊고 예쁜 여자는 절대 도와주지 않겠다고 결심한 몸이야."

곤마마가 장난스러운 얼굴로 말하고는 "또 뭐 마시고 싶어?"라고 물으며 말을 돌렸다.

"아, 으음……카오리가 자신 있게 권하고 싶은 칵테일 한 잔 만들어줄래?"

"네, 알겠습니다."

바텐더로 분장한 여고생 같은 카오리가 기분 좋게 미소 지었다. 그 순간, 미레의 머릿속으로 별똥별 하나가 툭 떨어졌다.

아, 이 캐릭터, 쓸 수 있겠는데!

미레는 가방에서 손때 묻은 노트를 급히 꺼내어 '롤리타풍 바텐더 아가씨'라고 갈겨썼다.

"뭐야, 그거? 아이디어 수첩?"

2미터 높이에서 들여다보는 곤마마에게 "응, 맞아요. 아이디어가 떠올랐을 때 적어두지 않으면 나중에 생각 안 날 수가 있거든요." 하고 좀 전처럼 어리광 섞인 목소리로 대답했다.

"있잖아요, 곤마마, 나 가끔 두려워요. 마감은 다가오는데 이야기가 안 떠오르면 위가 따끔거리고 아플 정도예요. 지금 주인공 류스케가 처음으로 여자한테 차이는 장면을 그려야 하는

데, 참신한 에피소드가 전혀 떠오르지 않네요. 뭔가 좋은 아이디어 없을까요?"

"스물다섯이나 되어서, 게다가 이렇게 미인에다 남자라면 죄다 홀릴 정도로 섹시한 아가씨가 남자 차는 법도 모른다니 말이 돼?"

"나는 '죄송합니다' 하고 거절하거나, '전 안 돼요'라며 웃어넘기거나, 늘 그 둘 중 하나였거든요."

눈썹이 팔자가 된 곤마마가 "이런 이런." 하고 중얼거리며 카오리를 돌아보았다.

"카오리, 나보다 아주 쪼끔 더 예쁜 이 아가씨한테 푸른 달님을 만들어줘요."

"푸른 달님이요? 네, 알겠습니다."

"어……, 뭐예요, 그게?"

"비, 밀. 우후후."

곤마마가 웃자 의미심장하게 미소 짓는 카오리 볼에도 보조개가 쏙 들어갔다. 순진한 얼굴에 어울리지 않는 현란한 손놀림으로 셰이커를 흔들다가 냉장고에서 꽁꽁 언 칵테일 잔을 꺼내어 '푸른 달님'을 따랐다.

천천히 살펴보니 파란색이라기보다 보라색에 가까웠는데, 뭐라 표현하기 힘들 만큼 요염하면서도 우아한 색채를 띤 칵테일이었다.

"예쁘다, 이 칵테일……."

"그렇지? 블루문이라는 칵테일이야."

"아아, 그래서 푸른 달님이라고 했군요?"

"정답."

곤마마가 마치 까마귀 날갯짓 같은 윙크를 날렸다.

"한 번도 마셔본 적 없는 칵테일인데……. 나한테 왜 이걸?"

"카오리가 가르쳐드릴까?"

"네. 블루문이라는 칵테일엔 '있을 수 없는 일'이라는 의미가 들어 있지요."

있을 수 없는 일이라…….

미레는 잔을 손에 든 채 머리를 굴렸다.

"곤마마, 내 상담을 받아주지 않겠다는 뜻이에요? 너무해. 맨날 헬스장에서 같이 땀 흘리는 친구인데. 그치? 카오리, 너무하지?"

미레가 동의를 구하자 카오리가 어깨를 으쓱하며 미소 지었다.

"아뇨, 아닐걸요? 곤마마는 이미 미레 씨의 고민에 대답한 거예요."

"어……?"

무심코 곤마마를 보았다. 저 멀리 위쪽에서 다정한 엄마의 눈으로 미레를 내려다보고 있었다. 가슴 앞에서 엇건 팔은 통나무처럼 굵고 근육다발도 울룩불룩하여, 엄마라기보다 오히려 억센 아빠 같았지만.

"미레 씨, 알겠어? 그 칵테일은 말이야, 여자가 남자의 유혹을 센스 있게 거절할 때 마시는 거라고."

남자의 유혹을 거절하기 위해 여자가 '있을 수 없는 일'이라는 의미의 칵테일을 마신다.

"그, 그거, 좋은데요! 곤마마, 최고! 사랑해요!"

미레는 급히 아까 꺼낸 노트를 펼치고 펜을 들었다.

"아아, 정말 다행이다. 이 정도면 멋진 장면이 나오겠어요. 곤마마, 고마워요."

미레는 진심으로 안도한 듯 말하더니 가느다란 칵테일 잔을 눈높이까지 들어올렸다. 그리고 다시금 블루문의 투명한 보랏빛에 넋을 잃었다.

"정말 아름다운 칵테일이야."

미레는 마치 연극 대사처럼 내뱉더니 립글로스를 듬뿍 바른 섹시한 입술로 살짝 키스하듯 블루문에 입을 댔다.

"이 맛은……진이 베이스인가?"

"네. 블루문은 드라이진을 베이스로 하고, 바이올렛, 그러니까 제비꽃 리큐어를 섞어서 만든답니다. 투명하게 거른 레몬즙을 마지막에 조금 넣으면 맛이 한층 살아나지요."

"아, 자, 잠깐만. 메모해야겠다."

미레는 카오리의 설명을 노트에 적었다. 만화에 생명을 불어넣으려면 이런 사소한 부분까지 완벽하게 취재해야 한다. 세세한 것에 신경을 써야 좋은 작품이 완성되는 법이다.

"좋았어. 왠지 잘할 수 있을 것 같아."

미레는 자신을 격려하듯 고개를 끄덕이며 제비꽃 향기가 요염하게 감도는 칵테일을 혀 위에서 굴렸다. 그와 동시에 뇌를 최대한 가동시켜 줄거리를 어떻게 풀어갈지 생각했다.

* * *

까르띠에 손목시계가 저녁 10시를 가리켰다. 이제 슬슬 자택 겸 작업실로 돌아가 일을 해야 한다. 어쩌면 어시스턴트 마미가 아직 혼자서 스크린톤 붙이는 작업을 하고 있을지도 모른다.

미레는 두 잔째 블루문을 들이켜고 자리에서 일어났다.

"곤마마, 잘 마셨어요. 이제 슬슬 가봐야겠어요."

"어머, 가서 일하는 거야?"

곤마마가 야구 글러브 같은 손으로 그림 그리는 시늉을 했다.

"네, 아침까지 해야 해요. 그러니 취하기 전에 가야죠."

미레가 카오리에게 천 엔짜리 지폐를 몇 장 건넨다.

"다음 주에 나올 '월광의 겐시' 기대하고 있어요. 미레 씨, 가 아니라 쓰키카게 다쿠미 선생님, 힘내세요. 응원할게요."

카오리가 거스름돈을 건네면서 천진난만한 소녀의 미소를 보여주었다.

'월광의 겐시'란 미레가 주간 소년만화 잡지에 연재 중인 작품 제목이다. 내용이 상당히 폭력적이어서 '쓰키카게 다쿠미'라는 남자 이름을 필명으로 내세운 것이다. 작가가 여자라는 사실을 극비로 해달라고 편집부에서 신신당부를 했다.

미레의 정체를 아는 사람은 편집부와 그 관계자를 제외하면 이바라키 현에 있는 가족과 학창시절 친구 둘과 어시스턴트 마미와 곤마마와 카오리뿐이다. 미안하지만 헬스장 친구들에게도 비밀이다.

카오리에게 거스름돈을 건네받은 미레는 "응, 열심히 할게. 그럼 또 봐." 하고 말하며 가슴 앞에서 살짝 손을 흔들고 입술을 의식적으로 U자로 만들었다. 하지만 눈이 자연스럽게 웃지 못했다는 사실은 스스로도 잘 알고 있었다.

"곤마마도 헬스장에서 봐요."

미레가 손을 흔들었지만 곤마마는 대답하지 않았다. 그 대신 마음속까지 꿰뚫어보듯 조용한 눈길을 던졌다.

"왜요, 곤마마. 무슨 일 있어요?"

곤마마는 후우 하고 한숨을 내쉬고는 조금 불량하지만 귀여운 제자를 보는 듯한 눈빛으로 이렇게 말했다.

"가장 속이기 쉬운 사람은 자기 자신이다."

"네……?"

"영국의 어느 정치가가 한 말이야. 미레 씨, 자기 자신한테 속으면 안 돼."

"무슨 뜻이에요?"

"해답은 자기 마음한테 물어봐야지."

곤마마는 윙크를 찡긋 날리더니 "자, 이거. 어시스턴트 아가씨랑 먹어"라며 뭔가를 건넸다. 가게에서 손님에게 가끔 내놓는 극세포키라는 이름의 초콜릿과자였다.

가게를 나서는 순간에도 카오리의 '힘내세요'라는 천진난만한 응원이 미레의 뒤를 따랐다. 거의 조건반사처럼 미레의 위장이 꽉 오므라드는가 싶더니 지상으로 이어지는 계단을 오르는 동안 가벼운 구역질을 느꼈다.

구토를 가까스로 참고 몇 차례나 심호흡을 반복하며 골목으로 나갔을 때 발밑에서 까만 덩어리를 발견했다. 자세히 보니 검은 고양이가 얌전히 앉아 있었다. 이 가게 앞에서 자주 만나는 고양이다.

이름이 아마 치로였지? 예전에 곤마마에게 들은 적이 있다.

밤 골목길에서 보는 치로의 칠흑 같은 털은 밍크처럼 아름다웠고, 거리 네온과 가로등 빛을 받아서인지 더욱 반들반들 빛났다.

미레는 불쾌감이 남은 위를 오른손으로 지그시 누르며 치로

앞에 천천히 웅크리고 앉았다. 에메랄드 색으로 빛나는 치로의 눈이 미레를 올려다본다.

"치로, 지금 나 자신을 속이고 있는 걸까?"

작은 소리로 속삭이며 검은 턱 아래를 쓰다듬으려는데, 몸을 홱 돌려 건물과 건물 사이로 들어가는 치로의 모습이 마치 환상 속의 그림이었던 듯 어둠에 사르르 녹아버렸다.

* * *

자택 겸 작업실인 고급 아파트 최상층으로 돌아오자 어시스턴트 마미가 배경 채우기와 스크린톤 붙이는 작업을 끈기 있게 계속하고 있었다.

마미는 올해 스물두 살이 된 성격이 시원시원한 아가씨다. 아무리 마감에 쫓겨 바빠도 싫은 내색 하나 없고 일하는 속도도 나무랄 데 없는, 그야말로 어시스턴트의 귀감이라고 할 수 있는 존재다. 또 한편으로는 적극적으로 시간을 만들어 친구들과 미팅도 하고 온천에 가거나 캠핑을 하는 등 인생을 최대한 즐기는 행동파이기도 하다. 연애든 놀이든 일이든 마미는 그 어떤 것에도 진지하다. 미레는 마미의 그런 모습을 이따금 선망의 눈빛으로 바라보곤 했다.

미레는 고등학교 졸업과 동시에 만화가 생활로 뛰어든 탓에 놀이다운 놀이를 거의 경험하지 못했다. 오로지 매주 다가오는 마감에 맞춰 원고를 넘기는 데에만 모든 힘을 바치며 단조로운 하루하루를 보냈다. 문득 정신을 차리고 보니 어느새 스물다섯. 반올림하면 서른이 되는 나이다.

아침부터 밤까지, 그리고 밤부터 아침까지, 열여덟 무렵부터 줄곧 작업실에 틀어박힌 채 펜만 휘갈겨왔다. 이러다간 사회성도 부족해질 테고, 무엇보다 건강하지 못한 생활이라고 판단하여 근처 헬스클럽에 다니기 시작한 것이 4년 전의 일이다. 거기서 미레는 오로지 근육을 키우기 위해 열정을 불태우는 이해할 수 없는 남자들을 만났다. 그들의 육체를 자세히 관찰하는 동안 만화 등장인물의 신체를 묘사하는 솜씨가 눈에 띄게 좋아졌고, 작품에서도 생동감이 느껴지기 시작했다.

미레는 늘 프로 만화가의 열정적인 시선으로 그들의 육체를 바라보며 한번 만져보면 안 되냐고 졸랐다. 그렇게 허락을 받고 만져본 뒤엔 인사치레로 "정말 멋진 근육이에요." 하고 요염한 목소리로 칭찬한다. 그러면 마초남들이 모조리 미레에게 푹 빠져 열렬한 사랑의 고백을 쏟아놓는다. 남자들이 지혜를 짜내어 생각해낸 결정적인 대사나 자신을 멋지게 포장하기 위한 수법 따위를 미레는 작품에 그대로 활용했다. 미레의 만화 속 주인공은 순식간에 매력적인 플레이보이로 성장했고, 그에 따라 《월광의 겐시》 인기도 쑥쑥 올랐다.

지금은 TV 애니메이션은 물론이고 영화로도 제작되었다. 한국, 중국, 대만, 미국, 유럽 각국에서도 출판되어 세계적으로 인기를 모은 만화가로서 큰 성공을 거두었다. 미레의 통장 잔액은 계속 불어났다. 그러나 성공을 거두면 거둘수록 일은 더 바빠졌고, 쌓아둔 돈을 쓸 여유가 전혀 없다는 게 슬픈 현실이었다.

"선생님, 오셨어요?"

"응, 다녀왔어. 마미, 늦게까지 수고가 많네."

미레는 곤마마에게 받은 포키를 마미에게 건넨 다음, 자기 자리에 앉아 노트북을 열고 메일을 확인했다. 뉴스레터, 광고, 스팸메일, 업무 관계자의 문의 몇 통, 그리고 담당 편집자 니시야마에게서 진행 상황을 묻는 메일이 도착해 있었다.

'쓰키카게 선생님, 이번 주도 슬슬 고비에 접어들었네요. 어떻게든 잘 마무리해주시리라 믿습니다.'

휴대전화 메시지에도 음성사서함에도 니시야마에게서 비슷비슷한 응원(이라는 이름의 독촉) 메시지가 남겨져 있었다.

"선생님, 조금 전에 니시야마 편집자한테 전화 왔었어요. 다음 호도 기대하고 있으니 잘 부탁한다고 전해달라던데요."

마미가 행복한 표정으로 포키를 맛있게 갉아먹으며 말했다.

기대하고 있으니…….

생각할 때마다 위장이 꽉 오므라든다. 보이지 않는 손에 눌리는 듯한 불쾌한 감각이다. 미레는 책상 앞에 앉아 가만히 눈을 감고 숨을 크게 들이마신 뒤 의식적으로 천천히 내뱉었다. 늘 하듯이 자기 암시를 건다.

괜찮아. 괜찮아. 괜찮아. 나는 할 수 있고, 열심히 그릴 수 있고, 모두의 기대에 부응할 수 있어.

"아, 그리고 선생님, 이바라키에서 택배 왔어요."

이바라키라면 미레 부모님이 농사를 짓고 계신 곳이다. 고구마를 주로 심는데, 그 외에도 10여 종의 작물을 조금씩 기른다.

"어, 그래? 어디?"

"복사기 옆에 뒀어요. 이번에도 맛있는 채소일까요?"

미레는 "글쎄, 뭘까?" 하며 복사기 옆에 놓인 골판지 상자로 다가가 테이프를 뜯기 시작했다. 뒤에서 마미가 들여다본다.

열어보니 예상대로 갓 수확한 채소가 가득 들어 있었다.

"와아, 역시 채소다. 흙까지 묻어 있는 싱싱한 채소. 맛있겠네요."

"마미, 조금 갖고 가. 나 혼자 다 못 먹으니까."

"신난다. 감사합니다. 집에 친구들 불러서 카레 파티라도 해야겠어요. 선생님도 오실래요? 아……, 안 되겠구나. 선생님 정체가 밝혀지면 큰일 나겠죠?"

마미가 혀를 쏙 내밀며 어깨를 으쓱했다. 이런 연극 같은 몸짓이 이 아가씨에겐 신기하게도 잘 어울린다. 미레는 대답 대신 후후후 하고 가볍게 웃으며 채소 위에 놓인 하얀 봉투를 손에 들었다. 봉투 모서리에 흙이 조금 묻어 있었다. 미레는 손가락으로 흙을 툭툭 털고 책상으로 돌아와 가위로 정성껏 개봉했다.

봉투 안에는 계절에 맞지 않은 수국 무늬 편지지가 두 장 들어 있었다. 첫 문장은 '정원의 올벚나무가 예쁘게 꽃을 피웠단다'였다. 미레가 태어난 해에 아버지가 심은 벚나무다. 해마다 정원 한가운데에 활짝 핀 분홍색 꽃이 계절을 화려하게 물들여주곤 했다.

그런가? 벌써 그런 계절이 되었구나.

미레의 뇌리에 꽃으로 가득한 정원 풍경이 선명하게 떠올랐다. 간지러운 봄바람의 감촉과 밭의 부드러운 흙냄새가 그 한 줄 속에 녹아 있었다. 하지만 그다음 문장을 읽자마자 미레 안에서 피기 시작한 벚꽃이 안개 속으로 사라져버렸다.

〈건강하게 잘 지내지? 여기도 모두 잘 있단다. 아버지는 일단 더는 나빠지지 않는 것 같아. 밭도 하우스도 할아버지, 할머니랑 같이 그럭저럭 잘 가꾸고 있어. 상자에 넣은 채소는 모두 무농약이란다. 안심하고 먹어. 아, 참. 너의 팬 1호인 아버지는 매주 '월광의 겐시'를 은근히 기다리시는 것 같아. TV에서 방영하는 애니메이션도 빠짐없이 보고 계시고. 일이 많이 바쁘겠지만 너무 무리하지는 마라. 건강이 최고야. 넌 옛날부터 '적당히'라는 말을 모르는 아이였지. 그래서 조금 걱정이 된단다. 가끔은 고향에 내려와서 엄마가 해주는 요리도 먹고 가렴. 그럼 또 연락할게. 엄마가.〉

다 읽은 편지를 원래대로 정성껏 접어서 봉투에 넣었다. 태연한 척 자리에서 일어나 화장실로 들어간다. 변기 뚜껑에 걸터앉아 휴지를 뽑아냈다. 눈꺼풀 안쪽에서 촉촉이 스며 나오는 따스한 물방울을 휴지로 누르며 미레는 소리 죽여 울었다.

미레 아버지는 중증 COPD 환자였다. COPD란 만성 폐쇄성 폐질환의 약자인데, 담배 같은 것 때문에 허파꽈리 벽이 파괴되어 정상적인 호흡이 불가능해지는 병이다. 조금이라도 신체를 움직이면 호흡이 곤란해지므로 거의 집에서만 지낸다. 그러다 보니 근육이 약해지고, 결국은 누워 지내야만 할 수도 있다. 미레 아버지는 그 최종 단계에 접어들기 시작한 상태다.

아버지가 COPD를 앓고 있다는 사실을 안 것은 미레가 상경하고 일 년이 지나서였다. 그때부터 아버지는 서서히 밭일을 할 수 없게 되었고 주기적으로 입원과 퇴원을 반복해야 했다. 약물치료와 호흡 이학요법을 끈기 있게 병행했지만 증상은 전혀 좋아지지 않았다. 지금은 산소호흡기에 의존한 채 집에서 안정을 취하고 있다.

아버지가 밭에 나갈 수 없게 되었다는 사실을 알고부터 외동딸인 미레가 수입의 일부를 집에 보내기 시작했다. 지금은 다 쓸 수도 없을 정도로 수입이 많지만, 신출내기 작가 시절엔 생활비를 최대한 절약해야 했다. 가족은 입을 모아 돈 보낼 필요 없다고 말렸으나 "필요 없으면 내 통장에 저금해줘요"라며 달마다 가능한 만큼 계속 돈을 보냈다.

물론 미레가 돈을 넉넉히 보낸다 해도 아버지가 여행을 갈 수 있는 것도 아니고, 어머니 역시 아버지를 혼자 두고 놀러 나갈 분이 아니다. 나이 드신 할머니 할아버지도 쉽게 손에서 밭일을 놓을 수 없을 것이다. 그런 건 충분히 알고 있었다. 그래도 미레는 돈을 보내지 않을 수 없었다. 생활력을 거의 잃은 가족을 고향에 내버려두고 자기 혼자만 좋아하는 길을 걷고 있다는 사실에 대한 '속죄' 의식이 미레 내면에 들어앉아 있는 건지도 모른다.

2분 정도 변기에 걸터앉아 울었다. 일어나서 심호흡으로 마음을 가라앉힌 다음, 태연한 척 밖으로 나왔다. 마미는 이미 작업에 몰두해 있었다. 왼손으로 포키를 먹으며 오른손으로는 펜을 움직이고 있다.

미레도 자기 책상에 앉았다. 엄마 편지를 책상 서랍에 넣으며 침대 위의 아버지를 생각했다.

"미짱은 그림을 참 잘 그리네. 나중에 훌륭한 만화가가 되겠는걸?"

어릴 때 아버지가 그렇게 칭찬하며 머리를 얼마나 쓰다듬어 주었는지 모른다.

생각해보면 만화가라는 꿈이 이루어진 것도 아버지 지원이 있었기 때문이었다. 소년 만화잡지 공모전에 투고할 수 있었던 것도 아버지가 알려준 정보 덕분이었다. 시험 삼아 응모해본 그 작품이 대상으로 선정될 줄이야……. 미레가 만화가로 데뷔하게 되었다는 사실을 편집부에서 전화로 알려왔을 때, 복도에서 마치 아이처럼 깡충깡충 뛰며 기뻐해준 것도 아버지였다.

그 아버지가 지금 병상에서 미레의 작품을 기다리고 있다.

미레는 조금 짧아진 연필을 손에 든 채 새하얀 원고지로 시선을 떨구었다. 오늘 밤엔 스토리보드를 제작해야 한다. '히바리'에서 아이디어를 얻은 장면을 머릿속에 그려보았다. 그 장면을 원고지에 쓱쓱 그려내기 시작했다.

* * *

창밖에서 참새 지저귀는 소리가 들렸다.

벌써 아침인가…….

미레는 의자에 앉은 채 기지개를 켜고 연필을 책상에 내려놓았다. 가운뎃손가락에 생긴 굳은살에 희미한 통증이 느껴졌다. 집중해서 일했을 때만 맛볼 수 있는 가슴 뿌듯한 통증이다.

레몬색 햇살이 꽃무늬 커튼을 통과하여 작업실을 온통 부드러운 빛으로 채워놓았다.

미레가 목을 좌우로 기울이니 관절에서 뚜둑 뚜둑 소리가 났다. 작업실에서 나와 안쪽 거실로 들어간다. 혼자 쓰기엔 좀 큰 냉장고에서 캔 맥주와 차가운 잔을 꺼내 피스타치오와 함께 탁자 위에 놓았다. 마미는 전철이 다닐 시간에 이미 집에 보냈기에 혼자서 조촐한 '마무리 파티'를 시작했다.

두 캔째를 마시는 중에 미레의 눈꺼풀이 갑자기 무거워졌다. 당장이라도 눈이 감길 것 같아 남은 맥주를 단숨에 들이켜고 거실 안쪽에 있는 침실로 갔다.

"아아 이제 한계다."

중얼거리며 침대에 쓰러졌다. 그대로 3, 2, 1만에 등부터 침대에 가라앉듯 잠의 세계로 빠져들었다.

미레를 꿈에서 끌어낸 것은 베갯머리에 둔 휴대전화 진동이었다.

문자 메시지다. 게다가 일 관련. 진동 리듬을 다르게 설정하여 일에 관련된 메시지인지 사적인 메시지인지 바로 구분할 수 있도록 해두었다. 미레는 이불 속에서 손을 뻗어 휴대전화를 잡았다. 액정에 표시된 건 담당 편집자 니시야마 이름이었다.

'선생님, 수고 많으십니다. 어젯밤 작업은 잘 진행되었나요?

오늘 하루 종일 편집부에 있을 테니 진행 상황이 어떤지 연락 주셨으면 합니다. 이번 주도 힘내세요. 기대하고 있겠습니다.'

힘내세요…….

기대하고 있겠습니다…….

반사적으로 위장에서 불쾌감이 치밀어올라 가벼운 구역질이 났다. 곧 메시지를 삭제하고 창을 닫아버렸다.

휴대전화 시계를 보니 어느덧 정오가 넘은 시각이었다. 미레는 느릿느릿 침대에서 기어나와 나른한 정신과 싸우며 몸을 가다듬었다. 식욕은 없었지만 일단 칼로리 메이트와 오렌지 주스를 목 안으로 쏟아넣었다. 컴퓨터를 켜서 메일을 체크하고 급한 용건에만 답을 적는데 마미가 출근했다.

"선생님, 좋은 아침이에요."

어젯밤 늦게까지 일했다는 사실을 잊게 할 만큼 마미는 상쾌한 얼굴을 하고 있었다.

"안녕. 오늘은 귀여운 치마를 입었네."

미레는 후줄근한 트레이닝복을 입은 자신의 처지를 조금 불쌍히 여기며 말했다.

"와, 좋아라. 이거 지난주에 샀는데 아주 마음에 들어요."

"마미 남친이 여성스러운 스타일을 좋아한다고 했던가?"

"윽, 걔랑은 지난달에 헤어졌어요."

"어, 왜? 괜찮던데."

"알고 보니 마마보이더라고요."

미레는 그런 여자끼리의 수다에 응하면서 밤새워 그린 원고를 마미에게 건넸다.

"오늘은 이걸 부탁해."

"네에."

이걸 부탁해……라는 말 한마디로 모든 게 통하는 우수한 어시스턴트가 있다는 사실이 얼마나 고마운지. 일이 너무 바빠서 몇 명의 어시스턴트를 한꺼번에 고용한 시기도 있었지만, 작품 퀄리티를 최우선으로 고려한 결과, 실력 있는 마미만 남기기로 했다.

"선생님, 혹시 또 밤샜어요?"

"응. 어떻게 알았어?"

"보면 알죠. 완전히 지친 표정이에요."

미레는 "어어어어, 정말? 안 되는데." 하며 양손으로 볼을 감쌌다.

"원고를 때맞춰 보내려면 밤을 안 새울 수가 없어."

그러자 마미가 양손을 허리에 대면서 하아 하고 마치 연기라도 하는 것처럼 과장스럽게 한숨을 쉬더니, 나이 차가 많이 나는 언니 같은 말투로 충고했다.

"선생님은 정말, 지나치게 성실해요. 저는 흉내도 못 낼 정도라니까요. 몇 년 동안 마감을 어긴 적이 없으니, 한 번 정도는 어겨도 될 텐데요. 연재를 한 달 쉬겠다고 선언하고 온천 여행이라도 훌쩍 떠나는 건 어때요? 그 정도는 괜찮다고 생각해요."

마미의 엉뚱한 발언에 미레는 그만 웃어버렸다.

"그거 좋네. 만약 정말로 그런다면 니시야마 씨, 충격으로 쓰러질지도 몰라."

"선생님이 쓰러지는 것보다 훨씬 낫다고 생각하는데요? 아, 한 달간 쉬면 내 월급이 안 나오겠구나."

이번엔 둘이 같이 웃음을 터뜨렸다.

"마미의 충고를 받아들여 일단 오늘 저녁엔 헬스장에나 다녀와야겠다. 요즘 스트레스가 좀 쌓인 것 같거든. 실컷 발산하고 와야지."

"그러세요. 그동안 나는 이 원고를 다 해치우겠어요. 멋진 마초남을 발견하면 꼭 소개해주기예요. 저 의외로 남자 근육을 사랑하거든요."

"앗, 정말? 어느 부위를 좋아해?"

"단연코 전완근이죠."

"아하하하, 제법 아는구나. 자, 저녁때까지 할 수 있는 만큼 해놓자."

"네에."

오후 5시. 마미를 남겨두고 미레는 헬스장으로 갔다. 가슴이 깊게 파인 핑크색 운동복을 입고 들어가는데 음흉하기로 유명한 샤초가 그새 다가온다.

"오오, 미레 씨. 오늘도 아름답네."

"안녕하세요, 감사합니다."

"이제 나랑 데이트할 마음이 조금 생겼나? 괜찮은 바가 있거든, 긴자에. 같이 한잔 하러 갈까?"

"으음…… 저한텐 '히바리'가 있잖아요. 배신할 수 없죠. 그래도 샤초가 벤치프레스로 100킬로그램을 들어올리시면 한번 생각해볼게요."

"어이어이, 내가 몇 살인 줄 알아? 2년만 있으면 일흔이야, 일흔. 적어도 나이랑 비슷한 70킬로그램으로 줄여주면 안 돼?"

미레는 "안 됩니다~." 하고 웃으며 프리웨이트 존으로 올라갔다. 이 공간은 열기가 다르다. 자기도 모르게 습관적으로 주위 마초남들 근육을 뚫어져라 관찰하게 된다.

건방진 고등학생 슌 군이 들어오기에 미레는 장난삼아 "나, 머리 잘랐어. 어때?" 하며 자기 머리를 쓰다듬었다. 그러자 소년도 "제법 괜찮네요." 하며 자기 앞머리를 쓸어올린다. 말투에 부끄러움이 묻어 있어 아직 철없는 애송이 느낌이다. 그 점이 귀엽기도 해서 자꾸만 장난치고 싶어지는 것이었다.

"슌 군의 헤어스타일도 멋져. 좀 더 이렇게 러프한 느낌을 주면 더 괜찮을 것 같은데."

말하면서 슌 군의 머리를 헝클어뜨렸다.

"와앗! 뭐야, 좀, 하지 마요."

말과는 반대로 묘하게 기분 좋은 표정을 짓는 것도 사춘기 소년다워서 호감이 간다.

안쪽에는 덤벨프레스를 하면서 우하하하 하고 여전히 이상한 소리를 내는 회사원 게라 씨가 있다. 금발 소프트모히칸은 치과 의사선생님이다. 그 옆에서 곤마마가 큼직한 덤벨을 마치 장난감처럼 들어올린다.

미레는 단골인 이 사람들과 인사를 나누고 곤마마 옆에 섰다. 곤마마가 거울을 통해 "어머, 웬일이야?" 하고 물었다.

"이제 좀 본격적으로 트레이닝을 해보려고요. 곤마마, 가르쳐주실래요?"

"어머나, 오늘은 무슨 바람이 불었나?"

곤마마는 고개를 갸웃거리며 양손에 들었던 덤벨을 쿵! 하고 바닥에 내려놓았다. 그리고 어젯밤처럼 마음 깊숙이 다 꿰뚫어보는 듯한 눈으로 미레를 가만히 응시했다.

"그냥 스트레스를 해소하고 싶을 뿐이에요. 정말이라니까요."

"아무튼, 좋아. 운동은 자기를 속이지 않으니까. 지금의 미레 짱에겐 딱 맞을지도 몰라."

굵은 목소리로 말하고는 입을 다문 채 웃었다.

"빨리 가르쳐줘요."

"알겠어. 예쁜 여자는 느긋하게 기다려야 하는 법이야. 그렇게 조르면 안 돼."

곤마마는 말하면서 암컬에 사용했던 덤벨 중 하나를 손에 들고 랙에 올려놓으려 했다. 그때 미레가 멋대로 다른 덤벨 하나를 양손으로 들어올렸다. 다만 무릎 높이까지밖에 올라가지 않았다.

"미레 씨, 무리하지 마. 그거 35킬로그램이나 돼. 허리 다쳐."

"괜찮아요. 나도 정리하는 거 도울래요."

미레는 35킬로그램 덤벨을 양손으로 들고 프리웨이트 존을 비틀비틀 가로질러 정해진 위치에 올리려 했다. 그러나 랙이 미레의 허리 높이라서 쉽게 올릴 수가 없었다.

보다 못한 곤마마가 이쪽으로 걸어온다.

오기가 생긴 미레는 상반신을 이용하여 덤벨을 진자처럼 흔들다가 '에잇' 하고 소리 내며 허리 높이까지 치켜들었다. 그러고는 내던지는 듯한 느낌으로 랙의 정해진 위치에 올렸……고 생각했는데, 겨냥이 살짝 빗나가고 말았다.

뚝.

심상치 않은 소리가 들린 순간, 미레는 속으로 '큰일났다!' 하고 외쳤다. 입에서는 반사적으로 "아얏!" 하는 비명이 나왔다. 제자리에 들어가지 못한 덤벨 손잡이와 랙 모서리 사이에

손가락이 낀 것이다. 공교롭게도 펜을 쥐는 오른손 집게손가락이었다.

* * *

"이건 뭐 엑스레이 찍어보고 할 것도 없이 골절된 게 틀림없네. 그래도 일단 찍어볼래요?"

은발을 올백으로 넘긴, 조금 거만해 보이는 정형외과 의사에게 이런 진단을 받고 미레는 힘없이 "네에……." 하고 대답했다.

이왕 이렇게 된 거 빨리나 나았으면 좋겠다. 손가락에서 불꽃이 튀나 싶을 만큼, 통증이 맥박에 맞춰 욱신, 욱신 덮쳐온다. 다친 집게손가락이 엄지손가락보다 굵게 부어올라 거의 명란젓처럼 보였다.

몇 장 찍은 엑스레이 사진을 보니 제1관절과 제2관절 사이의 뼈가 깔끔하게 뚝 부러져 있었다.

"봐요, 부러졌지?"

정형외과 의사는 왠지 매우 만족스러운 표정으로 미레의 부러진 손가락을 금속판과 테이프로 고정하고 "이러면 됐겠지 뭐"라며 무심하게 말했다.

"혈행이 증가할 수 있으니 술은 안 돼요. 술 마시면 아플 거야. 물이 들어가면 안 되니까, 목욕할 땐 비닐로 손을 감싸도록 하고. 통증이 있는 동안에는 샤워만 하는 게 좋아요. 3주 정도면 붙겠지 뭐."

붙겠지 뭐? 아니, 저기요······.

"선생님."

"응?"

"저는 그림 그리는 일을 하고 있는데요······."

"응. 그런데?"

"마감을 맞춰야 해서 3주나 못 그리게 되면 곤란하거든요."

의사는 흠 하고 코웃음을 치며 팔짱을 끼더니 상체를 뒤로 젖혀 의자 등받이에 기댔다.

"내가 아가씨 손가락을 부러뜨린 게 아니잖아. 곤란하다고 하면 내가 곤란해. 안 그래요?"

의사는 이렇듯 밉살스러운 말을 내뱉더니 의자를 빙그르르 회전시켜 책상에 바싹 다가앉았다. 그러고는 차트에 뭔가를 기록하기 시작했다.

헬스클럽 사브의 스태프가 차로 데려다준 병원인데, 의사의 진료 태도에 미레는 너무 화가 났다.

이따위 병원, 두 번 다시 오나 봐라. 이 돌팔이 같으니······.

미레는 노년에 접어든 거만한 의사 등에 대고 '메롱' 하고 혀를 살짝 내밀었다. 그 모습을 본 젊은 간호사가 고개를 숙이고 킥킥 웃었다.

* * *

"다녀왔어."

자택 겸 작업실로 돌아와 현관에서 천천히 신발을 벗었다.

"아, 선생님, 오셨어요?"

어시스턴트 마미가 안쪽 방에서 명랑한 목소리로 맞아주었다. 책상 앞에 앉아 여느 때처럼 열심히 배경을 그리고 있었던 모양이다.

"마미."

"네?"

"한 건 했어. 이것 봐."

"어……?"

붕대가 둘둘 감긴 집게손가락을 보여주니 마미는 할 말을 잃었는지 벌어진 입을 양손으로 막고만 있었다.

"병원에 갔다 오는 길인데, 뼈가 부러졌대."

"아니……, 어쩌다가?"

"무거운 덤벨을 랙에 올리려다 손가락이 끼었어."

"……."

"정말 내가 생각해도 바보였어."

"어떻게 그런 일이……. 선생님이 그림을 못 그리면……."

펑크 내야 해요, 라고는 말할 수 없었으리라. '펑크를 낸다'

는 건 마감을 맞추지 못하여 편집부에 큰 폐를 끼치게 된다는 걸 뜻한다. 아니,《월광의 겐시》인기를 생각하면 편집부만이 아니라 출판사 전체에 큰 손해다.

"어떡하지……?"

말하는데 저절로 탄식이 나왔다. 그때 가방 안에 있던 휴대전화가 부웅, 부웅 하고 진동했다. 일 관련 전화다. 미레는 왼손으로 어설프게 전화기를 꺼내어 일단 화면을 확인했다. 그다음 순간, 당장이라도 울음을 터뜨릴 것 같은 얼굴로 마미를 돌아보았다.

"어, 설마. 혹시 이 타이밍에 하필이면 그 사람?"

마미가 눈썹을 팔자로 찌푸리며 말했다.

"응. 그, 설마, 하필이면, 이 타이밍에."

담당 편집자 니시야마였다.

"아아, 뭐, 어쩔 수 없지. 솔직하게 이야기할게."

미레는 죽기 아니면 살기의 심정으로 통화 버튼을 눌렀다.

"여보세요."

"아, 안녕하세요, 선생님. 잘 지내죠? 원고 말인데, 얼마나 진행됐나 싶어서요. 이번에도 별일 없겠죠?"

니시야마는 입사 2년차의 젊은 편집자다. 나쁜 사람은 아니지만 통화할 때마다 조금 더 정중하게 전화하는 법을 공부하면 어떨까 싶어진다.

"별일 없습니다."

"아아, 다행이다."

"라고 말하고 싶지만, 사실은요……."

미레는 니시야마에게 오늘 있었던 일을 거짓말 하나 안 보태고 조곤조곤 이야기했다.

"아아앗! 저, 정말이에요? 부러졌다니, 그거, 안 됩니다. 아니, 그러니까, 원고를 안 주겠단 말씀이세요?"

"안 준다기보다, 죄송하지만, 물리적으로 그럴 수 없게 되었다는 건데요."

"어, 아무리 그래도, 그거 안 돼요. 편집장님한테 뭐라고 하나요?"

"괜찮아요. 내가 이야기할게요. 잠시 편집장님 좀 바꿔줄래요?"

"아, 안 돼요. 담당 작가가 다쳤다고 하면 내가 관리를 잘못한 탓이라고 야단맞는단 말이에요."

니시야마가 목소리를 낮추고 말했다.

"그럼 뭐라고 해요?"

"……."

경험이 얕은 젊은이는 수화기 저편에서 입을 다물어버렸다. 거칠어진 콧숨이 변태처럼 흐응, 흐응 하고 귀에 거슬리는 소리를 냈다.

정말 이 남자, 나잇값도 못하는군.

자기만 생각하는 이 남자가 한심해서 저절로 한숨이 나왔다. 아무튼 이 콧숨을 더 듣고 있다간 속이 울렁거릴 것 같아서 다시 한번 편집장을 바꿔달라고 말하려는데……니시야마가 별안간 목소리를 죽이고 이야기하기 시작했다.

"선생님, 이번만 어시스턴트에게 부탁합시다."

"네?"

미레는 반사적으로 마미 쪽을 보았다. 마미는 책상에 양손을 짚고 걱정스러운 얼굴로 이쪽을 보고 있었다.

이 아가씨는 분명 부탁만 하면 밤을 새워서라도 그려줄 것이다. 하지만 작품 속 캐릭터는 내가 키워왔다. 독자는 내가 살을 깎아내듯 고뇌하며 그린 그림을 기다리고 있다. 아무리 신뢰하는 어시스턴트라고는 하지만, 통째로 맡기라니 당치도 않다.

"농담하지 마세요."

미레가 약간 엄한 말투로 말했다. 하지만 애당초 이 건에 관한 책임은 100퍼센트 자신에게 있는 만큼 너무 강하게 따질 수는 없었다.

"역시 안 될까요? 그럼……."

니시야마 목소리가 갑자기 진지해졌다.

"그럼……?"

"이런 말 하기 죄송하지만, 가운뎃손가락이랑 넷째손가락이랑 엄지손가락으로 그려봐주실래요?"

"어……."

"조금 힘들겠지만 불가능한 건 아니잖아요."

"……."

미레의 표정 변화를 눈치 챈 마미가 "왜 그러세요?" 하고 말을 걸었다. 미레가 휴대전화 마이크를 살짝 가리고 작게 속삭였다.

"다른 손가락으로 그리래."

"아니, 이 사람이 정말."

마미가 벌떡 일어나 이쪽으로 성큼성큼 걸어오더니 "선생님, 저 좀 바꿔주세요." 하며 미레의 손에서 전화기를 낚아챘다.

"저기요, 니시야마 씨. 말도 안 되는 소리 하지도 마세요. 선생님이랑 잠시 의논하고 다시 연락할게요."

일방적으로 퍼붓고는 딸깍 끊어버렸다. 마미는 휴대폰을 양손으로 든 채 천천히 미레를 돌아보았다.

"화가 나서 끊어버렸어요."

마미가 헤헤 하고 귀엽게 웃기에 미레도 웃음을 터뜨렸다.

"마미, 제법인데? 고마워."

마미는 조금 쑥스러운 얼굴로 "왠지 죄송하네요." 하고 중얼거리며 휴대폰을 미레에게 돌려주었다.

곧 니시야마에게 다시 전화가 걸려올 줄 알았는데 예상과 달리 미레의 휴대폰은 조용했다.

어떻게 할까…….

미레는 오른쪽 손바닥을 뺨에 대고 생각했다. 원고를 포기하면 수십만 팬의 기대를 저버리게 된다. 고향에서 병마와 싸우는 아버지도 실망하지 않을까?

그렇다면, 일단…….

"마미, 한번 시도해볼게."

"뭘요?"

"집게손가락을 쓰지 않고 그릴 수 있는지 없는지."

"어, 당연히 안 되죠."

미레는 "시험 삼아 해보는 것뿐이야." 하고 말하면서 책상 앞에 앉았다. 가운뎃손가락과 넷째손가락과 엄지손가락만으로 늘 쓰던 펜을 잡아본다. 아무래도 부러진 집게손가락에 힘이 들어가서 그런지 진통제를 먹었는데도 곧 타는 듯한 통증이 느껴졌다. 그래도 입술을 꽉 깨물고 이면지에 인물을 슥슥 그려보았다.

"어?" 뒤에서 들여다보던 마미가 깜짝 놀란 듯한 목소리로 말했다. "선생님……, 의외로 잘 그리시네요."

분명 인물 윤곽은 스스로도 놀랐을 만큼 정확하게 그려졌다. 하지만 합격점에는 못 미치는 그림이었다. 캐릭터에 '혼'이

들어 있지 않았다. 아마 통증에 자꾸만 의식이 집중되어 펜을 매끄럽게 움직이지 못하기 때문일 것이다.

"선생님."

"안 돼, 이걸로는……."

"어, 왜요?"

"캐릭터가 살아 있지 않아. 호흡한다는 느낌이 안 들어. 이런 그림을 독자에게 보여줄 수는 없어."

"그런가……?"

마미가 너무나 안타까운 듯 어깨를 축 늘어뜨렸다. 미레도 책상 위에 펜을 놓고 한숨을 흘렸다.

째깍 째깍 째깍……하고 벽시계가 움직인다. 이러는 동안에도 마감은 시시각각 다가온다.

정말 어쩌지……? 원고를 그릴 수 없다면 한시라도 빨리 편집부에 상황을 알려, 대신해서 면을 메울 만화를 미리 준비할 수 있도록 해야 한다. 물론 이번과 같은 사고에 대비하여 신인 만화가의 단편이나 중견 만화가의 단기 집중 연재물을 비축해두긴 한다. 하지만 입고, 교정, 인쇄 작업을 생각하면 더 이상 우물쭈물하고 있을 시간이 없다. 늦어도 내일 아침에는 연락해야 한다. 그러지 않으면 어떤 사태가 벌어질지 모른다.

"마미, 역시 편집장님한테 직접 말씀드려야겠어."

"편집부로 전화하면 니시야마 씨가 받을지도 몰라요."

"아, 그렇겠다. 편집장님 번호는 명함에 안 적혀 있던데."

"가명으로 걸면 어때요?"

"아, 그러면 되겠다. 마미, 나이스."

미레는 휴대전화를 들고 익숙하지 않은 왼손으로 편집부 전화번호를 불러냈다. 통화 버튼을 누르려는데, 부우우웅……, 휴대전화가 진동했다. 화면에 '히바리'라고 뜬다. 곤마마다.

"여보세요, 곤마마?"

"어머, 난 줄 어떻게 알았지? 호호홍. 미레 씨, 손가락 괜찮아? 걱정돼서 전화했어."

애정이 가득한 곤마마의 굵은 목소리.

"아, 고마워요. 역시 부러졌더라고요. 그래도 단단히 고정했으니 이제 괜찮아요. 진통제도 받아왔고."

"어머, 역시 그랬구나. 그때 소리가 굉장했거든. 오른쪽 집게손가락을 다쳤으니 만화도 못 그리고 밥도 못하겠네."

그러고 보니 아직 저녁을 안 먹었다. 그 사실을 깨닫자 갑자기 배가 고파졌다. 마미도 분명 안 먹었을 것이다.

"음……그러고 보니 배가 고프네요."

히바리에 가서 뭐라도 먹을까? 이렇게 생각했을 때 곤마마가 뜻밖의 말을 꺼냈다.

"어머나, 예상했던 대로네. 오늘 밤엔 내가 특별 서비스를 해줄게."

"특별 서비스?"

"그래. 히바리 출장 서비스."

"네?"

"'네?'가 아니라, 아무것도 안 먹었잖아. 카오리랑 내가 현기증이 날 만큼 맛있는 걸 만들어서 같이 먹어줄게. 혹시 집에 재료가 될 만한 거 있어?"

미레는 복사기 옆에 둔 상자를 떠올렸다. 엄마가 보내준 채소다.

"채소는 많이 있는데……."

"어머, 그래? 그럼, 카레 만들어서 다 같이 먹을까? 카레는 많이 만들어둬도 되니 좋잖아."

카레. 마침 마미가 친구들 불러모아 같이 만들어 먹겠다고 했던 요리다.

"곤마마, 정말로 오셔도 돼요?"

"무슨 말이야. 내가 내키지도 않는데 일부러 가게까지 닫고 가겠어? 나도 조금은 책임을 느껴. 딱 보면 알겠지만, 나는 마음이 섬세한 처녀자리거든."

호쾌한 윙크를 날리는 곤마마의 얼굴이 눈에 선했다.

"지금 바로 그쪽으로 갈게. 천장을 좀 높이고 기다리고 있으렴. 머리 닿으면 불편하니까."

미레는 킥킥 웃으며 "고마워요, 곤마마." 하고 전화를 끊었다. 미레가 웃는 얼굴 그대로, 걱정스러운 표정을 짓고 있는 마미에게 눈길을 돌렸다.

"마미."

"네."

"우리 카레 만들어서 파티하자."

"어, 원고는요?"

"안 그릴 거야. 내 손가락한텐 블루문이거든."

고개를 갸우뚱하는 마미에게 블루문이라는 칵테일의 의미를 알려주었다.

있을 수 없는 일…….

* * *

30분도 채 지나지 않아 벨소리가 울렸다.

"아, 곤마마다."

"제가 나갈게요."

현관으로 조르르 달려가 문을 연 마미가 꺄아 하고 짧은 비명을 지르며 뒷걸음쳤다. 뒤에서 따라가던 미레는 그 장면을 보고 그만 큰소리로 웃고 말았다.

곤마마는 너무 커서 목 아래로만 보이고, 옆에 선 카오리는 코스프레 같은 바텐더 차림이었다. 이 장면을 보면 마미가 아니어도 놀랄 만하다.

"반, 가, 워, 요."

문 안으로 얼굴을 쑥 들이민 곤마마가 여느 때처럼 호쾌한 윙크를 날렸다. 카오리도 예의 바르게 허리 굽혀 인사했다.

"어서 오세요. 슬리퍼는 여기 있는데, 곤마마는……."

"내가 신으면 발가락인형이 될걸? 안 신을래."

거구의 사내가 농담을 하면서 집 안으로 들어온다. 처음에는 어안이 벙벙했던 마미도 "어머, 귀여운 어시스턴트 님이네. 미레가 맨날 칭찬해"라는 곤마마의 말을 들은 뒤로 서서히 본연의 친화력을 발휘했고, 5분이 채 지나지 않아 옛날부터 알고 지내는 친구들이 모인 것처럼 편안한 분위기가 흐르기 시작했다.

당장 주방에 선 곤마마와 카오리가 능숙한 손놀림으로 고향에서 보내온 채소 껍질을 벗기기 시작했다. 마미는 존경스러운 눈빛으로 바라보며 두 사람을 도왔다.

"요리는 모두 같이 즐겁게 마시면서 하는 게 좋아. 자, 마미도 마셔."

"네, 잘 먹겠습니다아."

세 사람은 주방에 서서 곤마마가 사온 맥주를 마시며 깔깔 웃어댔다. 미레는 의사가 금주를 명했기에 어쩔 수 없이 참고 있지만, 자기 집에 스스럼없는 친구들이 모여 이야기 나누는 모습을 보고 있으니 왠지 신비로운 평안함에 감싸이는 듯했다.

열여덟에 도쿄로 올라온 뒤 이렇듯 긴장을 풀고 천천히 흐르는 시간을 만끽한 경험이 미레에게 있었던가? 생각해보니 단 하루도 없었다. 그렇다, 단 하루도…….

"미레 씨, 손가락 다쳤다고 멍하니 있지 말고 이리 와서 좀 도와줘."

"아, 저는 뭘 하면 될까요?"

"누가 웃기는 말을 하면 웃어주고, 옛날 애인 이야기도 좀 들려주고, 할 수 있는 일은 얼마든지 있지."

곤마마다운 대사에 모두 함께 폭소를 터뜨렸다.

"선생님 첫사랑 이야기 듣고 싶어요!"

큰 냄비에 재료를 넣고 볶으면서 마미가 발랄하게 외쳤다. 분명 친구랑 놀 때는 늘 이런 목소리를 내겠지?

"미레 씨는 미인이라서 재미있는 이야깃거리가 많을 것 같아요."

카오리도 롤리타 얼굴에 수줍은 웃음을 담았다.

"나보다 아주 쪼끔 더 미인이지."

곤마마의 말에 모두 같이 킥킥 웃었다.

"글쎄……재미있는 이야기라…….” 미레도 괜스레 유쾌해져서 재미있는 이야깃거리를 찾아 과거의 기억을 더듬어보았다. "아, 생각났다! 굉장한 고백을 받은 적이 있어요."

"와와와 궁금해요!"

마미가 아이처럼 눈을 반짝반짝 빛냈다.

"고등학교 때 축구부에 동경하는 선배가 있었는데, 어느 날 밤에 나보고 공원으로 나오라는 거야. 거기서 좋아한다고 고백하더라고. 나한테 키스하려고 다가오는데, 입술이랑 입술이 닿으려는 순간에 말이야……."

꺄아! 젊은 여자 둘과 중년의 게이 하나가 요란을 떨었다.

"그 선배, 꽃가루 알레르기였나봐. 갑자기 얼굴을 돌리더니 크게 재채기를 하더라고. 그런데 말야, 선배가 얼굴을 나한테로 다시 돌렸을 땐……."

미레가 잠시 말을 끊고 모두를 둘러보았다.

"그래서, 그래서? 그 선배가 어쨌는데요?"

마미가 호기심 가득한 얼굴로 물었다.

"멋있었던 선배 얼굴이 콧물로 뒤범벅인 거야. 입에서 턱까지 끈적끈적."

일제히 비명을 지른다. 아악, 더러워!

"선배가 잔뜩 당황해서는 콧물 묻은 입으로 '휴, 휴지, 휴지 좀 줘!' 하는 거야. 동경했던 선배가 그런 얼굴을 보였으니 사춘기였던 내가 얼마나 충격을 받았겠어?"

"응응, 이해해요. 그래서 선생님은 어떻게 했어요?"

마미는 급기야 미레 쪽으로 몸을 쑥 내밀며 재촉했다.

"무의식중에 뒤로 휙 돌아서 막 뛰어 도망쳤어."

푸하하, 모두가 폭소를 터뜨렸다.

"아하하하하. 그 선배는 휴지도 없이 어떻게 했을까요?"

마미가 손뼉을 치며 웃었다.

"내가 어떻게 알아? 주변에 있는 나뭇잎으로 대충 닦았겠지 뭐."

"나뭇니잎!"

마미의 눈에 눈물까지 고였다.

"미레는 옛날부터 남자를 많이도 울리고 다녔구나."

곤마마도 눈에 눈물을 담고 웃었다. 카오리도 양손으로 입을 막은 채 너무 재미있다는 듯 웃는다.

"다음날 선배랑 학교에서 딱 마주쳤는데, 나보고 이러더라고. '야, 어제 일은 없었던 걸로 해줘.'"

"캬하하. 그러면 고백을 없었던 걸로 하라는 말인지, 재채기를 없었던 걸로 하라는 말인지 모르잖아요."

마미가 예리한 질문을 했다.

"그러게 말이야. 그 순간, 천년의 사랑이 식어버렸어."

자신의 과거를 이야기하면서 미레도 웃었지만, 왠지 조금 울고 싶은 기분이기도 했다.

이렇게 아무 생각 없이 웃었던 게 대체 얼마 만인지…….

오랫동안 잊고 있었던 감각이 되살아난 순간, 미레의 가슴

속에서 뭔가가 복받쳐올랐다. 눈꺼풀 안에서 서서히 스며 나오는 물방울을 집게손가락에 둘둘 감긴 붕대로 살짝 닦았다. 미레는 너무 웃겨서 눈물이 나온 척했지만, 어쩌면 곤마마는 모든 걸 꿰뚫어봤는지도 모른다. 하지만 그래도 좋았다. 나의 전부를 알아주는 사람이 한 사람 정도 있어도 좋지 않을까? 그게 곤마마라면 더할 나위 없다.

함께 만든 채소카레는 일품이었다. 시판되는 카레가루를 사용하지 않고 밀가루를 이용하여 제대로 만든 본격 카레 요리다.

"원래 매운 맛인데 채소의 단맛이랑 섞이니 정말 맛있네요."

마미가 황홀한 듯 눈을 가늘게 뜨고 말했다.

"정말. 이 채소 단맛이 강하네. 그냥 날로 먹어도 맛있다."

곤마마는 된장과 마요네즈를 섞어 만든 소스에 채소 스틱을 찍어서 토끼 흉내를 내며 아작아작 갉아먹었다.

"부모님이 농사를 지으시다니 멋지네요. 미레 씨도 고향에 내려가면 밭일을 돕나요?"

카오리가 천진난만한 얼굴로 아픈 데를 찌른다. 조금 거북해진 미레는 조용히 고개를 저었다.

"사실은 고향에 안 내려간 지 벌써 몇 년 됐어. 일이 바빠서……."

"어머나, 그럼 이번에 다친 게 좋은 기회가 된 셈이네. 고향에 내려가서 가끔은 효도도 해야지."

곤마마가 눈 깜짝할 사이에 카레를 깨끗이 비우고 말했다.

"이 손가락으로 가면 효도도 못해요. 오히려 걱정만 끼칠지도."

"이런, 이런. 미레 씨는 예쁘기만 했지 바보네. 딸은 엄마가 해주는 요리를 맛있게 먹기만 하면 되는 거야. 그것만으로도 가족은 기쁘다니까."

곤마마 말에 문득 엄마가 보낸 편지의 마지막 문장이 떠올랐다.

'가끔은 고향에 내려와서 엄마가 해주는 요리도 먹고 가렴.'

그렇게 적혀 있었다. 미레는 붕대를 감은 집게손가락을 물끄러미 내려다보았다.

"그런가? 그럴지도 모르겠네. 이 상처는 가끔 고향에 내려가라는 신의 잔소리인지도 몰라."

"그럴 거야, 틀림없이. 돈은 왕창 벌어놨으니 마미한테도 유급휴가 듬뿍 주고 내려갔다 와."

그럴게요, 하고 말하려는데 별안간 초인종이 울렸다.

"누구지? 택밴가?"

미레가 중얼거리면서 벽시계를 쳐다보았다. 벌써 밤 9시다.

"제가 나갈게요."

자리에서 일어난 마미가 인터폰을 받더니 흠칫 놀란다.

"앗……, 니시야마 씨?"

* * *

"마, 맛있습니다."

곤마마의 권유로 혼자서 채소카레를 먹은 젊은 담당 편집자가 소감을 말했다.

"맛있는데요……. 그런데 선생님, 지금 카레를 먹을 때가……."

안경 속의 신경질적인 니시야마 눈을 보며 미레는 고개를 저었다.

"니시야마 씨, 미안해요. 역시 이 손가락으로는 못 그리겠어요."

"하지만 그러면……."

니시야마가 탁자 위로 몸을 내밀며 반박하려 하자, 마미가 강한 어조로 막아버렸다.

"하지만이 아니에요. 아까 니시야마 씨가 제안한 대로 나머지 세 손가락으로 그려보셨어요. 그런데 역시 생동감 있는 선이 안 나와서 단념하신 거라고요."

"생동감 따위……. 선생님, 전국의 독자 여러분이 기다리고 있어요. 이렇게 실력 있는 어시스턴트를 두셨으니, 이번만 선생님의 지시하에 대신 그리게 하세요. 그것도 한 가지 방법인 것 같은데요. 이분도 장래에 만화가가 될 거잖아요? 쓰키카게 선생님 대필을 한 적이 있다고 하면 나중에 만화 편집자들이 보는 눈도 달라질 거예요."

니시야마는 뻔뻔스럽게도 이런 말을 했다. 그러자 마미가 휴우 하고 들으라는 듯 한숨을 내쉬고 말했다.

"지금 만약 칵테일을 마신다면 전 블루문으로 할게요."

곤마마와 카오리가 싱긋 웃었다.

"네? 뭐예요, 그게……?"

"블루문이라는 칵테일엔 '있을 수 없는 일'이라는 의미가 있어요."

미레가 대표로 대답했다.

"그러면 편집부가 곤란해지는데요."

니시야마가 뾰로통하게 입을 빼문 찰나…….

"아아, 정말 못 듣고 있겠네." 곤마마가 굵은 목소리를 버럭 내질렀다. "이 풋내기 이름이 니시야마라고 했던가?"

"네? 네……."

거구의 사내가 똑바로 노려보자 니시야마의 등줄기가 쫙 펴졌다.

"자네, 다음에 우리 가게에 한번 오시게. 보드카랑 라임이랑 쿠앵트로로 가미카제라는 칵테일을 만들어 대접할 테니."

"예?"

니시야마는 곤마마의 박력에 압도되어 침만 꿀꺽 삼켰다.

"카오리, 가미카제의 의미를 가르쳐드려."

"네. 가미카제에는 당신을 구한다는 뜻이 있답니다."

평소와 다름없이 귀엽게 웃으며 태연하게 대답한 반장 스타일의 카오리가 은테 안경을 쓰윽 고쳐 썼다.

"당신을 구한다……고요?"

니시야마가 고개를 갸우뚱하며 조심스럽게 물었다.

"당신, 미레 씨의 담당 편집자지? 지금 작가를 위기에서 구할 수 있는 사람이 자네 외에 또 누가 있겠나?"

"……"

"미레 씨는 심적 부담감과 싸우면서 7년 동안이나 줄곧 쉬지 않고 일했어."

"하아……"

"그건 정말 힘든 일이야. 자네라면 그렇게 할 수 있겠어?"

"그거랑 무슨 상관이 있다고 그러세요."

니시야마가 아이처럼 입을 삐죽거렸다. 그러자 곤마마가 예고도 없이 니시야마의 위팔을 꽉 잡았다.

"아야야야!"

"어머, 너무 가느네. 자네는 근육이 부족해. 마음의 근육도 쪼금 부족해 보이는데." 곤마마가 싱긋 웃는 모습은 보는 사람이 다 부들부들 떨릴 만큼 박력이 넘쳤다. "근육은 말야, 훈련과 휴식이 양쪽 다 적절히 이루어졌을 때 비로소 강해지는 거야. 열심히 훈련만 하면 오히려 약해지지. 내가 보기에 자네는 훈련이 부족하고, 미레 씨는 휴식이 부족해. 이봐, 풋내기, 둘이 같이 강해지려면 자네가 지금 뭘 해야 할까? 조금만 생각하면 답이 나올 것 같은데."

글러브 같은 손으로 팔을 잡힌 데다 곤마마의 강력한 시선을 바로 옆에서 받은 니시야마는 사시나무 떨 듯 몸을 떨었다. 그래도 마지막 자존심을 걸어야 했던지, 곤마마를 향해 떨리는 목소리로 대꾸했다.

"다, 당신은 제삼자이니 참견하지 마십시오."

"어머, 그래? 그럼 마지막으로 한마디만 할게."

"……."

모두 말없이 곤마마의 두터운 입술이 움직이기를 기다렸다. 니시야마를 응시하는 곤마마의 눈이 문득 상냥해지더니 속삭이는 듯한 목소리로 이야기하기 시작했다.

"인생을 살면서 중요한 것은 나에게 무슨 일이 일어났느냐가 아니라, 일어난 일에 대해 내가 무엇을 하느냐 아니겠어? 어차피 일어난 일은 그대로 받아들여야 해. 과거는 바꿀 수 없으니까. 하지만 말이야, 일어난 일을 기회로 삼을 수는 있어. 위기는 기회야. 풋내기, 알겠어? 이번 기회에 인기작가의 절대적 신뢰를 얻도록 해. 그러면 틀림없이 장래에 좋은 일이 있을 거야. 이 위기를 잘 극복하면 마음의 근육도 단련되어서 제법 멋진 남자가 될 수 있을 것 같은데?"

곤마마는 거기까지 말한 다음, 잡았던 손을 살짝 놓고 니시야마를 향해 호쾌한 윙크를 찡긋 날렸다. 니시야마는 그 풍압에 나가떨어질 뻔했지만 가까스로 뒤쪽에 손을 짚고 버텼다. 어찌할 바를 모르겠다는 듯 생각에 잠긴 얼굴로 고개를 푹 숙인다.

한 걸음 남았다. 조금만 더 가면 이 철부지는 수긍한다. 미레가 그렇게 생각한 순간, 이번엔 뜻밖에도 카오리가 그의 등을 살짝 밀어줄 한마디를 속삭였다.

"만약 미레 씨가 다른 잡지사로 옮긴다면, 그야말로 큰일 아닌가요? 지금은 작가의 신뢰를 얻는 게 우선일 것 같아요."

니시야마가 하아…… 깊은 한숨을 내쉬더니 마침내 체념한 듯 말했다.

"도대체 뭐예요, 너무해요, 여러분. 휴우, 알겠어요. 편집장님한테 전화할게요. 한 달간 연재를 쉬게 해달라고 부탁하면 되는 거죠?"

모두의 눈에 안도와 기쁨의 빛이 어렸다.

"니시야마 씨."

미레가 자기 담당자를 불렀다.

"네?"

"고마워요."

미레가 촉촉이 젖은 눈을 가늘게 뜨고 웃었다.

니시야마는 조금 쑥스러운 듯 뒤통수를 긁적긁적 긁더니 겸연쩍음을 감추고 싶었는지 한마디 못을 박았다.

"선생님, 쉬는 동안에 플롯은 짜두셔야 합니다."

"예. 그럴게요."

"또, 이런 말 해도 되려나……?"

"무슨?"

"제가 혹시, 잘리면……."

"아하하. 설마 잘리기야 하겠어요?"

미레가 웃었다.

"아니, 만약에 말입니다. 만약에 내가 잘리면 다른 출판사로 가야 할 텐데, 그땐……."

미레는 큭 하고 웃으며 고개를 끄덕였다.

"알겠어요. 버리지 않을게요."

마미와 카오리가 서로 마주보고 미소 지었다.

그때 니시야마 목에 엄청난 굵기의 팔이 감겼다. 마치 아나콘다에게 잡힌 아기돼지 같았다.

"으, 윽, 뭐, 뭐예요? 갑자기……."

"그냥 풋내기인 줄 알았는데, 할 때는 하는 사나이였네. 다음에 우리 가게에 오면 가미카제 말고…… 응, 카시스 소다를 대접해야겠네."

"카, 카시스, 소, 소다…… 그보다, 모, 목, 답답해요."

니시야마가 눈을 희번덕거리며 괴로운 듯 헐떡였다.

"카오리, 카시스 소다의 의미를 좀 가르쳐드릴까?"

"예, 정말 딱 어울리는 칵테일이죠. 그대는 매력적이라는 뜻이거든요."

"아이, 이대로 뽀뽀라도 해버릴까?"

장난을 치고 싶어진 곤마마가 큼직한 입술을 오므리더니 니시야마 볼에 쪼오오오오옥 하고 입을 맞췄다.

"으에에엑! 그, 그, 그만……, 이러지 마세요오……."

안경까지 흘러내려 금방이라도 울음을 터뜨릴 것 같은 니시야마를 보고 모두 소리 내어 웃었다.

* * *

완행열차가 시골의 쓸쓸한 역에 정차했다.

커다란 짐을 왼쪽 어깨에 멘 미레가 자그마한 플랫폼에 내려서자 발끝에서 길고 짙은 그림자가 뻗어 나왔다.

하늘은 망고색 저녁놀로 가득하다.

이 풀과 흙의 다정한 냄새…….

사라져가는 전철을 배웅하면서 미레는 시골 공기를 한껏 빨아들였다.

옛날 모습이 그대로 남은 개찰구를 빠져나와서 역 앞의 아담한 상점가를 걷는데 머리 위를 까마귀 두 마리가 날아갔다. 그리운 집, 간판, 가게, 나무, 뒷골목……. 친숙했던 것들이 하나하나 눈에 들어올 때마다 가슴이 설렜고, 지난 몇 년간 변해 버린 수많은 것들에 애달픔이 더해졌다.

시계점이 망한 뒤 들어선 주차장 모퉁이를 왼쪽으로 돌아 한산한 주택가를 잠시 걸으니 이윽고 작은 공원이 보였다. 거기서 또 오른쪽으로 돈다. 저녁놀에 물든 밭 너머로 주택이 여기저기 흩어져 있다. 농로 저편으로 커다란 은행나무가 보이니 미레의 발이 저절로 빨라졌다.

그때 코트 주머니에 있던 휴대전화가 진동했다. 문자 메시지다. 마미에게 온 것이었다. 첫 문장은 '알로하~♪'였다.

〈선생님, 결국 하와이 특가 투어로 결정했습니다. 내 인생의 첫 해외여행이므로 우선 하와이~를 입문편으로 선택했지요(^^). 선물은 제게 맡겨주세요! 출발은 다다음주이지만, 그때까지 수영복도 사고 다이어트도 해야 하고 바쁠 것 같아요(ㅠㅠ). 선생님은 손가락 빨리 나으시길. 가족 여러분께도 안부 전해주세요♪ BY 알로하 마미.〉

마미의 메시지를 읽고 나니, 후훗 하고 웃음이 나왔다.《월광의 겐시》연재를 한 달 쉬기로 결정한 다음, 마미에겐 유급휴가를 약속하고 보너스까지 선물했다.

미레는 휴대전화를 주머니에 넣고 다시 걸었다.

마침내 은행나무 앞에 이르러 모퉁이를 오른쪽으로 도니, 한눈에도 농가다운 커다란 현관과 불 켜진 창문이 정면으로 보였다.

드디어 왔다.

작업실이 아니라, 진짜 내 집에……. 지금 이 시간이라면 분명 가족이 모두 모여 저녁식사를 하고 있겠지? 후후후.

살짝 장난기가 발동한 미레는 일부러 현관으로 들어가지 않고 살금살금 뒷문으로 돌아갔다. 불이 켜진 거실 창을 통해 맛있는 카레 냄새가 흘러나왔다.

오늘 메뉴는 카레구나? 후후후.

왼손으로 조심스럽게 문손잡이를 잡았다. 천천히, 심호흡을 한번. 그리고…….

"다녀왔습니다!"

씩씩하게 인사하며 문을 활짝 열어젖혔다.

식탁에 둘러앉은 가족은 미레의 갑작스러운 등장에 모두 입을 떡 벌리고 쳐다보았다.

할아버지, 할머니…… 응, 건강해 보이시네. 엄마는…… 아하하, 눈을 둥그렇게 뜬 채 굳어버리셨어.

가장 먼저 "미짱……." 하고 불러주신 분은 휠체어에 앉은 아버지였다. 코에 호흡을 위한 관이 꽂혀 있고 많이 여위셨지만, 옛날과 똑같이 다정한 눈으로 미레를 눈부신 듯 바라봐주었다.

"연락도 없이 웬일이래니?"

역시. 엄마는 분명 그렇게 말하리라 예상했다. 미레는 미리 준비해둔 대답을 입에 담았다.

"당연히 엄마가 해주는 밥 먹고 싶어서 왔지."

모두의 얼굴에 따뜻한 웃음꽃이 활짝 피었다.

그 웃음에 똑같은 종류의 웃음으로 대답하려는데, 별안간 미레의 눈동자가 촉촉이 젖어들었다.

아아, 안 돼.

울 것 같아.

그전에…….

미레는 붕대를 둘둘 감은 집게손가락을 사랑하는 가족 앞에 척 내밀었다. 그리고 옛날처럼 명랑한 목소리로 말했다.

"한 달간 공짜밥 좀 얻어먹을게요!"

3장

✳

구니미 슌스케의
양 날개

 라커룸 거울에 얼굴을 바짝 갖다 댄 구니미 슌스케가 앞머리를 손가락 끝으로 만지작거린다. 머리카락 한 올 한 올 정성스럽게 매만진 뒤에야 빨간색 푸마 운동복 주머니에 양손을 찔러 넣고 헬스장으로 이어지는 계단을 오른다.

"어머 슌 군, 이제 왔어?"

층계참에서 마주친 사람은 미레 누나였다.

"네, 지금 왔어요."

슌스케는 턱을 앞으로 내미는 듯한 요즘 젊은이 특유의 '인사'를 했다가 곧 자기 발끝을 내려다보았다. 가슴이 깊게 파인 미레의 옷을 보고 눈을 어디에 둬야 할지 곤란했던 것이다.

"그래? 열심히 해, 고딩! 먼저 갈게."

헬스장 최고의 미녀가 심장 부근을 손가락 끝으로 살짝 찌른다. 슌스케는 무심코 침을 꿀꺽 삼켰다.

"아, 안녕히 가세요."

경쾌한 발걸음으로 계단을 내려가는 연상의 여성 등에 대고 어정쩡하게 인사했다. 미레의 날씬하고 매혹적인 뒷모습이 보이지 않게 되자, 슌스케는 후우 하고 짧은 숨을 내뱉어 마음을 다잡은 뒤 유리문을 통과했다. 늘 다녀서 익숙한 헬스장의 프리웨이트 존에 친근한 얼굴들이 보인다.

제일 먼저 슌스케를 알아보고 손을 흔들어준 사람은 곤마마였다. 이 사람은 폭력성이 짙은 만화에서 튀어나온 게 아닌가 싶을 만큼 몸집과 근육이 비현실적으로 거대하다. 머리는 스킨헤드에다 요즘은 콧수염까지 길렀다. 울던 아이도 울음을 뚝 그칠 것처럼 생겼지만, 알고 보면 무척 상냥하고 유쾌한 사람이다. 뭐든 친절하게 가르쳐주지만 나이만큼은 아무리 물어도 알려주지 않는 특이한 어른이다.

그 곤마마와 지금 즐겁게 이야기를 나누는 사람은 모두가 '샤초'라고 부르는 음흉하기 짝이 없는 백발의 할아버지다. 도심에서 자그마한 광고 대행사를 경영한다는 이분의 이름은 스에쓰구 쇼자부로다. 이제 곧 일흔인데, 단백질 음료 대신 수상한 중국산 정력제를 꿀꺽꿀꺽 마실 정도로 아랫도리만 유독 건강한 노인이다. 헬스장에 다니는 목적은 결코 운동을 위해서가 아니라 젊은 여자들에게 치근덕거리기 위해서가 아닐까 싶은데, 질리지도 않는지 오늘도 이런 대사를 아무렇지도 않게 내뱉는다.

"그러니까 곤마마, 뭔가 좀 젊은이답게 말이야, 여자를 멋지게 한번 꼬셔보고 싶은데 세련된 작업 멘트 같은 거 없을까?"

기가 막힌 슌스케는 속으로 한숨을 쉬면서도 이 사람들의 대화가 얼마나 재미있는지 알기에 "안녕하세요?" 인사하며 슬쩍 다가갔다.

"어머, 뭘 모르시네. 요즘 젊은 애들은 그런 거 싫어해. 멋지게 하려는 게 오히려 멋없는 거라니까. 옛날 사나이들처럼 직설적으로 표현하는 게 효과 직방이라고요. 그렇지, 슌 군?"

"네? 그, 글쎄요."

곤마마가 갑자기 물어서 당황했다.

"슌 군, 자네는 여자 꼬실 때 어떻게 하나? 혹시 아직 모태솔로? 이제 열여섯이니 뭐. 좋을 때다, 청춘이네."

무례한 샤초의 말에 조금 짜증이 났지만 모태솔로인 건 사실이다. 수줍음을 많이 타는 성격이 원인이라는 걸 알고는 있지만, 성격은 그리 쉽게 바뀌지 않는다.

하지만 지금 이 아저씨들에게 무시당하고 싶지는 않았다. 슌스케는 무슨 말이든 해야겠기에 얼굴을 스윽 들었다. '나……모태솔로 아니거든요' 하고 거짓말을 하려던 순간, 곤마마가 구원의 손길을 내밀어주었다.

"어머나, 샤초는 너무 무례해. 슌 군 같은 아이돌 스타일은 가만히 있어도 싱싱하고 펄떡펄떡한 여자애들이 쓰나미처럼 몰려온다고요. 굳이 꼬시는 방법 따위 몰라도 돼. 오히려 여자애들이 꼬시러 온다니까. 그렇지, 슌 군?"

찡긋! 하고 까만색 부채로 부채질한 것 같은 윙크가 머리 위에서 떨어졌다.

"아, 아뇨, 전 그렇게……."

"그런가? 인기 많은 건 알겠어. 그래도 가끔 써먹는 방법은 있겠지?"

샤초가 붉게 기름진 얼굴을 이쪽으로 돌리며 징글징글하게 웃었다. 속마음이 그대로 드러나는 이 얼굴을 슌스케는 왠지 미워할 수가 없다.

"그런 거 없어요."

"그래? 그럼, 자네 특기는 종이비행기뿐인가?"

샤초가 놀리듯 말하자, 곤마마가 "종이비행기?"라며 고개를 갸우뚱했다.

"비행기 잘 접잖아."

샤초가 악의 없는 얼굴로 말하면서 슌스케의 어깨를 쿡 찔렀다.

아, 정말, 입이 저렇게 가볍다니…….

슌스케는 한숨을 참으며 주머니에 양손을 찔러 넣었다. 떨떠

름한 얼굴로 "뭐, 그냥……." 하고 중얼거린다.

한 달쯤 전의 일이었다. 헬스장 라커룸에서 옷을 갈아입을 때 가방 안에 종이비행기가 몇 개 들어 있는 걸 샤초에게 들켰다. 이상한 녀석 취급당하기 싫어서 헬스장에는 비밀로 했지만, 슌스케의 특기는 옛날부터 종이비행기 접기였다.

"어머, 종이비행기로 고백하다니 너무 귀여운 방법이네. 역시 헬스장의 아이돌이야."

나, 언제부터 아이돌이 됐지?

괜히 쑥스러워서 뒤통수를 긁적이는데 샤초가 트레이닝용 벤치에서 일어났다.

"그거 좋네. 나도 종이비행기 좀 만들어줘."

"네? 지금요?"

"응, 지금. 인생은 짧아. 뭐든 하고 싶을 때 안 하면 나중에 나이 들어서 후회해."

샤초는 엄지를 치켜세우고 그렇게 말하면서 헬스장 스태프가 서 있는 입구 카운터로 가서 하얀 A4 종이와 빨간색 유성매직을 얻어왔다. 그걸 슌스케에게 내민다.

"자, 슌 군, 이걸로 만들어줘."

"아……네, 알겠어요."

마지못해 종이만 받았다.

어떤 모양으로 만들까……슌스케는 머릿속에 저장된 종이

비행기 수첩을 팔락팔락 넘겼다. 기본 패턴을 포함하여 대충 200종류쯤 되는 기종 중에서 되도록 하트 모양에 가까운 것을 몇 개 골라보았다.

그게 좋을까? 응, 괜찮겠다. 잘 날기도 하고.

초보라도 쉽게 접을 수 있는 예쁜 하트 모양 종이비행기를 하나 골랐다. 트레이닝용 벤치 위에서 재빨리 접어본다. 일부러 비행기의 무게중심을 조금 옆으로 잡았다. 이렇게 하면 비행기가 빙그르르 호를 그려 부메랑처럼 돌아오기 때문에 이 좁은 프리웨이트 존에서도 시험비행이 가능하다. 단, 날리는 데엔 요령이 필요하다. 기체를 살짝 기울여 조금 세게 날려야 비행기가 잘 돌아온다.

"예, 완성됐어요."

"어머, 멋지다, 슌 군."

슌스케 솜씨에 곤마마가 감탄했다.

"호오. 사람마다 재능이 참 다양하구먼."

샤초도 종이비행기를 건네받으며 칭찬했다. 매일 다니는 거지 같은 학교에선 칭찬받은 적이 단 한 번도 없는데.

"날개에 메시지를 적을까? 예쁜 그대가 좋아요. 나랑 데이트 해주세요♪…… 음, 됐다. 이제 자전거 타는 저 귀여운 아가씨를 향해……."

"어, 아, 안, 안 돼요."

"간다앗!"

샤초는 슌스케의 설명을 제대로 듣지도 않고 당장 날려버렸다. 그것도 살짝, 가볍게. 이러면 비행기가 원하는 방향으로 잘 돌지도 않고 똑바로 날지도 않는다. 어중간한 곡선을 그리면서 휘어진다.

"날아라, 사랑의 비행기여. 저 귀여운 아가씨 가슴에 꽂혀라!"

나이 지긋한 할아버지가 마치 소년처럼 환한 얼굴로 공중을 나는 러브레터 행방을 눈으로 좇는다. 하지만 그 러브레터는 두둥실 날아가다가 도중에 천천히 곡선을 그리기 시작했다.

"어라? 이거 왜 이래? 다른 데로 가잖아."

"그래서 안 된다고 했잖아요."

종이비행기는 그대로 90도를 빙그르르 돌더니 숄더 프레스에 앉아 어깨운동을 하는 뚱뚱한 50대 아줌마에게 맞고 떨어졌다. 게다가 하필 명중한 곳이 커다란 가슴 한가운데였다.

"어머낫!"

뚱뚱한 아줌마가 겉모습으로는 상상도 할 수 없는 목소리를 냈다. 그 목소리에 슌스케와 샤초가 바싹 굳어버렸다. 슌스케의 양팔에 소름이 돋았다.

아줌마는 발밑에 떨어진 하트 모양 종이비행기를 주워 날개에 적힌 사랑 고백을 보더니 '어?' 하는 표정을 지었다. 꽃다운 처녀처럼 볼을 발갛게 물들이고 천천히 프리웨이트 존을 둘러본다.

크, 큰일이다…….

그렇게 생각하고 옆을 본 순간, 슌스케는 경악했다.

샤초가 '이 녀석, 이 녀석' 하며 슌스케를 손가락질하고 있는 게 아닌가?

"아, 아, 아니에요."

황급히 고개를 저었지만 성큼성큼 이쪽으로 걸어오는 아주머니의 박력에 밀려 그만 온몸이 얼어붙고 말았다.

눈앞까지 다가온 아주머니가 촉촉이 젖은 눈으로 이쪽을 응시하며 하트 모양 종이비행기를 내민다. 슌스케는 생각이 정지된 채 손을 내밀어 받았다.

"이거 어쩌지? 미안해서. 내 상대로는 너무 젊잖아?"

"어……어……어……?"

"그래도 정말 기쁘네. 마음만은 소중히 간직할게. 고마워요, 우후후."

아주머니가 희열에 찬 표정으로 그렇게 말한 뒤 몸을 휙 돌려 커다란 엉덩이를 흔들며 사라졌다.

뭐, 뭐지? 지금 이 상황은……?

어안이 벙벙한 표정으로 천천히 뒤를 돌아보니 곤마마와 샤초가 이쪽으로 등을 돌리고 서 있다. 양손엔 덤벨을 들고. 자세히 보니 그 어깨가 미세하게 들썩거리고 있었다.

"샤초, 너무해요."

슌스케가 울먹이는 목소리로 투덜댔을 때, 참았던 두 사람의 웃음이 폭발했다.

에잇! 어른은 역시 싫어. 최악이야.

* * *

저녁이 되어 슌스케는 집으로 돌아왔다. 현관에서 신발을 벗으며 아무도 없다는 걸 알면서도 어둠을 향해 작은 소리로 '다녀왔습니다' 하고 중얼거렸다.

거실은 들여다보지도 않고 바로 자기 방에 들어가 컴퓨터 전원을 켠다. 다 식어버린 편의점 도시락을 책상 위에 펼치고 힘없이 휘어지는 나무젓가락으로 먹기 시작했다.

컴퓨터가 켜지자 도시락을 먹으며 블로그를 확인했다. 어젯밤에 올린 글에 댓글이 두 개 달렸다. 슌스케는 일단 젓가락을 내려놓고 각각의 댓글에 정성껏 답을 달았다.

슌스케는 일 년 정도 전부터 '종이비행기 일기'라는 이름의 블로그를 운영해왔다. 소박한 블로그지만 지금은 서른 명 정도의 종이비행기 마니아가 날마다 흔적을 남기고 있고, 그들 중 몇 명과는 인터넷상에서 친밀하게 교류하는 등 나름대로 즐기고 있다. 요즘 가장 친하게 지내는 사람은 아오모리 현 하치노

헤 시에서 조몬(繩文, 일본의 신석기시대 중 지금으로부터 약 1만 6500만 년 전에서 약 3천 년 전까지의 기간-역주) 문화를 연구한다는 고고학자다. 닉네임은 구마고로. 이 사람도 종이비행기 블로그를 운영하는데, 그 내용이 학자답게 명확하면서도 치밀하여 매우 참고가 된다.

 슌스케는 남은 밥을 쓸어 넣듯이 먹고 나서 수학 수업 중에 새로 개발한 종이비행기 만드는 법을 블로그에 올리기 시작했다. 접는 순서를 휴대전화로 촬영한 사진까지 첨부하여 소개한다. 접을 때의 주의점이나 실제로 날려본 소감 등을 맨 끝에 추가하면 완성이다.

 블로그를 다 쓰고 나자 할 일이 없어졌다.

 째깍째깍 방 안의 시계 소리가 유난히 크게 들렸다.

 너무 조용하면 방이 넓게 느껴지는 것 같아, 슌스케는 TV를 켜고 침대에 드러누웠다. 휴대전화에 충전기를 꽂았지만 어차피 연락할 사람도 없다. 기껏해야 일하는 중인 아버지로부터 '오늘은 늦을 거야'라는 메시지가 오거나, 아니면 곤마마를 비롯한 헬스장 아저씨들 중 누군가가 가끔 밥 먹으러 갈 때 불러주는 정도다.

 슌스케는 반듯이 누워 의미 없는 한숨을 흘렸다. 방금 블로그에 소개한 종이비행기를 책상 위에서 가져와 누운 채 휙 날려본다. 날개가 큼직한 비행기가 슈웅 선회하며 방을 두 바퀴

돌다가 벽에 부딪혀 툭 떨어졌다.

좁다. 이 세상은 너무. 천장을 향해 가만히 중얼거렸다.

슌스케의 부모가 이혼한 건 6년 전의 일이었다.

어머니는 지금 다른 남자와 도쿄 어딘가에 살고 있다는 말만 들었지 자세한 건 모른다. 아버지는 일이 많은 외국계 기업에 다니기 때문에 아침 일찍 나갔다가 밤늦게야 돌아온다. 당연히 집에서도 별로 마주칠 일이 없다. 부모 사랑 대신 생활비는 넉넉히 받기에, 슌스케는 최신 게임 소프트웨어도 만화도 원하는 만큼 살 수 있고 과자든 뭐든 먹고 싶은 대로 먹는다. 하지만 그런 즐거움은 찰나적이라는 것을 이 나이가 되면 안다.

방에서 혼자 게임을 하다가 "아, 재미있다"라고 혼잣말을 중얼거리면 금세 허무해지고, 아무리 비싼 고급 과자라도 혼자 먹으면 "아, 맛있다"라고 내뱉는 순간 텅 빈 한숨으로 바뀌어 나온다.

고등학생이 된 슌스케는 이미 '기쁨'이라는 감정의 본질까지 이해해버렸다. 누군가와 나눈 기쁨은 크고 오래가지만, 홀로 느낀 기쁨은 너무 작아서 곧 사라져버린다.

그와 동시에 슌스케는 '자기 자신'이라는 인간의 본질도 나름대로 분석했다. 다른 사람을 대하는 게 서툰 타입의 인간. 어떻게 하면 반 친구들에게 인기를 얻어서 즐겁게 학교생활을 할 수 있을지, 슌스케는 그 방법을 초등학교 6학년 때부터 왠지 알 수 없게 되어버렸다. 그걸 자각하고부터 더욱 방에 틀어박혔고 점점 혼자 하는 놀이에 빠져버렸다. 종이비행기를 만들기 시작한 것도 그 무렵이었다.

본격적인 활동은 중학생 때 시작했다. 근처 하천 부지에서 열리는 대회에도 참가했고, 체공시간을 겨루는 시합에서는 수많은 어른을 누르고 은메달을 딴 적도 있다.

종이비행기를 접는 과정도 즐겁지만 역시 날고 있는 모습을 보는 게 좋았다. 슌스케는 넓은 하늘로 쭉쭉 날아오르는 '날개'에 동경심을 품곤 했다.

시제품으로 접은 종이비행기의 시험비행은 늘 깊은 밤에 했다. 9층 자기 방 창문에서 밖으로 날리는 것이다. 모두 잠들어 고요한 밤하늘 속에서 마침내 해방된 하얀색 종이비행기. 왠지 그 비행기에 마법에 걸린 요정이 타고 있을 것만 같았다. 특히 푸른 달빛을 가르는 날개는 환상적이었다. 마치 날개에서 반짝이는 가루가 떨어지는 듯 어둠 속에서 희미하게 빛나며 어디까지든 날아가는 모습이 보기 좋았다. 그 꿈같은 광경을 바라보면 슌스케는 늘 신비한 기분에 사로잡히곤 했다. 종이비행기와 자신은 눈에 보이지 않는 '실'로 연결되어 있고, 종이비행기가 멀리 날아갈수록 자기 안의 '실'이 스르르 풀리는 듯한 느낌이

드는 것이다. 그 '실'이 다 풀리면 무언가로부터 해방될 것만 같았다.

초등학교 6학년 때 고독의 의미를 알고, 중학교 3년간 그 고독을 키워왔다. 고등학교에 들어와서도 슌스케는 늘 '혼자'였다. 여전히 친구가 없고 사귀는 여친도 없다. 따돌림을 당하는 건 아니었지만, 그룹을 만들 때 누군가가 말을 걸어주지도 않았다. 요컨대, 모두 슌스케에게 무관심했다. 주위의 관심을 받지 못하고 살아가는 게 한편으론 홀가분해 보여도, 사실은 무척 숨 막히는 시간이었다. 가끔 큰맘 먹고 말을 걸어보지만 용건이 끝나면 더는 대화가 이어지지 않았다. 그러면 또 주위와의 접점이 뚝 끊어졌다.

학교라는 장소는 슌스케에게 '텅 빈 수조'였다. 바로 옆에 친구들이 우글우글 있어도 그물로 건져 올리면 그 속에 물고기가 한 마리도 들어 있지 않았다. 그런 텅 빈 물웅덩이였다. 슌스케는 그런 이 세계를 아주 단순한 두 글자로 평가했다.

최악.

이 최악의 세계를 만든 어른들이야말로 무엇보다 최악이라는 사실은 중학생 때 깨달았다. 어른이란, 표정 하나 바꾸지 않고 하양을 까망이라고 했다가 어느 날 갑자기 회색이라 말할 수 있는 동물이다. 더 웃기는 건 그 모순에 대해 지적하면 "사회란 원래 그런 거야"라며 마치 모든 걸 다 안다는 듯 충고한다는 사실이다.

"아버지는 어머니랑 왜 이혼했어요?"

초등학교 5학년 때 물어봤는데, 아버지는 무엇보다 중요한 질문인데도 진지하게 대답해주지 않고 슬쩍 얼버무리려 했다.

"미안하구나. 어른에겐 여러 가지 사정이 있단다. 아빠가 좀 더 잘하도록 할게."

아무것도 모른 채 그저 "예, 알겠습니다. 잘해주세요." 하고 대답하는 게 아이의 역할인가? 아무리 초등학생이라도 그런 말에 납득할 리 없지 않은가?

중학교 2학년 때 담임선생님은 이런 말도 했다.

"네가 건방진 건 어머니가 없어서 성격이 비뚤어졌기 때문이지?"

이때 슌스케는 진정으로 이 선생의 뇌를 의심했다. 그런 질문을 받고 "예, 저는 어머니가 없어서 비뚤어졌습니다"라고 인정하는 게 학생의 도리라고 생각하는 걸까?

그 밖에도 비슷비슷한 사례는 얼마든지 있다. 아무튼 슌스케에게 어른은 최악의 존재였다. 자신의 이익을 위해 최악의 행동을 취하고, 최악의 세계를 만들고, 그 최악의 환경 속으로 아이들을 무책임하게 집어넣는다. 그래놓고 그 아이를 최악의 인간으로 규정짓는다. 슌스케는 더 이상 어쩔 수가 없었다. 부모도 친척도 교사도 정치가도 직장인도 연예인도 인터넷상에 악플을 다는 무리도, 모두 하나같이 최악이다.

하지만 고등학생이 된 뒤로 한 가지 신선한 발견을 했다.

이런 최악의 세상에도 때로는 예외가 있다는, 나쁘지 않은 발견이었다. 헬스장에서 만난 조금 이상한 아저씨들과 미레 누나만은 최악이라도 왠지 사랑스러웠다. 다른 최악의 어른들과는 근본적으로 뭔가가 달랐다. 뭐랄까, '냄새'가 다르다. 바보스럽긴 해도 거짓이 없다고 말하면 좋을까? 주위 어른들이 모두 하양을 까망이라 해도 그들만은 틀림없이 "하양은 하양이지"라며 크게 웃을 것 같다. 그들과 함께하는 헬스장이라는 공간은 이 세상에서 유일하게 외톨이가 아니어도 되는 곳……슌스케에겐 마음속의 '가정'이었다.

* * *

그런 헬스장에서 맑은 하늘에 날벼락 같은 일이 벌어진 건 비가 억수같이 쏟아지는 목요일이었다.

하굣길에 평소처럼 헬스장에 들러 적당히 운동을 하는데 스태프가 새 회원을 데리고 들어왔다. 딱 달라붙는 하얀 티셔츠에 핑크색 운동복 바지. 그 얼굴을 보고 슌스케는 기억의 밑바닥에서 어느 이름을 찾아냈다.

무코야마……에나?

틀림없다. 초등학교 6학년 때 같은 반 여자아이였는데 관악대 소속이었던 걸로 기억한다. 졸업하면서 멀리 이사를 갔는데, 으음, 그리고……,

생각하던 중에 그녀와 눈이 마주쳤다.

"어? 혹시 슌 군? 구니미 슌스케 아니니?"

스태프를 옆에 두고 에나가 눈을 둥그렇게 떴다.

"어, 그, 그런데."

"아얏! 역시 맞구나! 혹시 나 잊은 거야?"

"아냐, 기억해."

"다행이다." 에나는 봉긋하게 솟아오른 가슴에 양손을 대고 다음 말을 이었다. "나 그거 아직도 갖고 있어."

"갖고 있어?"

"응, 내가 이사 갈 때 줬잖아. 그거 아직 간직하고 있다니까."

"그거?"

"그래, 그거."

무코야마 에나가 말하는 '그것'이 뭔지 전혀 생각이 나지 않는데, 그녀는 종알종알 마음대로 여러 이야기를 꺼내놓기 시작했다. 이 유쾌한 수다스러움은 옛날과 똑같다. 그 당시 반에서 에나만 유일하게 슌스케를 '구니미'라는 성이 아니라 '슌 군'으로 불러줬는데, 그 호칭도 바뀌지 않았다. 이야기할 때의 과장스러운 손짓도, 처진 눈꼬리 속의 새까만 눈동자도, 반들반들한 진갈색 머리카락도, 짧은 헤어스타일도, 오른쪽 눈 아래에 난 사마귀도, 모두 옛날 그대로였다.

어디를 어떻게 봐도 무코야마 에나는 초등학생 시절과 거의 아무것도 바뀌지 않은 듯했다. 그런데 왜일까? 슌스케는 그녀의 얼굴을 5초도 제대로 바라보지 못했다.

"오옷! 슌 군, 여친?"

별안간 등 뒤에서 목소리가 들렸다. 돌아보니 샐러리맨 게라 아저씨가 웃고 있었다. 묵직한 덤벨을 들어올릴 때 '우하하하' 하고 기묘한 목소리를 내곤 하지만 생각이 깊고 친절한 아저씨다.

그런 게라의 질문에 냉큼 대답한 건 에나였다.

"아뇨, 아니에요!"

"아하하. 너무나 강한 부정이네."

게라는 재미있다는 듯 웃으며 "먼저 운동하고 있으마." 하고 말한 뒤 늘 가는 프리웨이트 존으로 걸어갔다.

프리웨이트 존으로 눈길을 주니, 독특한 사람들이 독특한 아우라를 발산하고 있었다. 슌스케를 발견한 곤마마가 양손으로 성대한 키스를 날린다. 슌스케도 살짝 손을 들어 답했다.

"앗! 슈, 슌 군. 저 사람 누구야?"

깜짝 놀란 에나가 슌스케에게만 들릴 듯한 목소리로 물었다.

"저 사람은 곤마마야. 무섭지 않아, 친해지면."

"어, 마마?"

"게이거든."

곤마마는 큰곰 같은 거구를 요염하게 비비 꼬며 슌스케와 에나에게 이리 온 이리 온 손짓했다. 물론 평소처럼 과장된 윙크도 잊지 않았다.

"아, 우리 부른다."

"어, 나는 좀……. 저 사람한테…… 가야 해?"

"괜찮다니까. 곧 친해질 거야. 일단 소개해줄게."

슌스케가 걸음을 내딛자 에나가 조금 위축된 모습으로 뒤를 따랐다. 조금 전까지만 해도 신나게 수다를 떨어대더니……. 슌스케는 다시 한번 "괜찮아, 좋은 사람이야." 하고 안심시켰다. 묘한 상황에서 선배 노릇을 하려 하는 자신의 모습에 남몰래 쓴웃음을 지으면서.

옛날부터 사교적이었던 에나는 곧 헬스장 분위기에 익숙해졌다.

20분도 채 지나지 않아 프리웨이트 존의 독특한 얼굴들과 친해진 것이다. 음흉한 샤초는 당장 연락처를 물어왔고, 치과 의사 센세는 이빨 모양의 명함을 에나에게 억지로 쥐여주며

"슌 군의 친구라면 언제든지 찾아와. 스케일링 해줄게!" 하고 엄지손가락을 세웠다. 곤마마는 "큰 가슴을 갖고 싶으면 가슴 근육을 단련해야지 실리콘 같은 거 넣으면 절대 안 돼." 하고 짓궂은 농담을 하면서 에나를 지도해주었다. 미레는 에나의 바짓자락을 마음대로 걷어올리더니 "와아, 좋다! 이 아름다운 아킬레스건. 써먹어야지!"라며 눈을 반짝반짝 빛냈다. 그 중 게라만 유일하게 모두의 중화제 역할을 하려는 듯 점잖게 대응했지만, "에나는 애냐?"라는 썰렁한 농담 한마디로 주위를 얼어붙게 했다.

그날 이후로 에나와는 이따금 헬스장에서 마주쳤다. 슌스케는 트레이드마크인 새빨간 운동복 안에 입는 티셔츠에도 신경을 쓰고, 거울도 예전보다 더 꼼꼼히 들여다보게 되었다.
"슈운 군!"
에나는 늘 친밀하게 말을 걸어온다. 그에 비해 슌스케는 그녀처럼 허물없이 대하지 못하고 자기도 모르게 "왜?" 하고 귀찮은 듯 대답하고 만다. 그러니 늘 대화가 길게 이어지지 못하는 것이다. 에나는 "그럼 또 봐." 하고 손을 흔들며 등을 돌리곤 했다.
보름쯤 지나자 사교적인 에나는 프리웨이트 존의 '괴짜' 말고 다른 사람들과도 친하게 대화를 나누기 시작했다.

"와아, 팔근육이 굉장하네요."

대놓고 칭찬하는 에나 앞에서 정신을 못 차리는 단순한 남자들의 얼간이 같은 얼굴을 흘끗 보는 것만으로 슌스케의 마음에 거무스름한 열이 발생했고, 그 열을 발산하고 싶은 마음에 평소보다 더 심하게 덤벨을 들어올렸다.

"에나, 연락처 좀 가르쳐주라."

"아, 좋아요."

그런 모습이 시야에 포착되면 근육에 더욱 부담을 주어 자신을 괴롭히고 싶어졌다.

가끔 에나가 슌스케를 가만히 바라볼 때가 있다. 하지만 눈이 마주치면 별안간 엉덩이가 근질거려, 슌스케는 눈길을 홱 돌리고 묵묵히 운동에 전념하는 척했다.

아무튼 헬스장에 에나가 있으면 대충대충 하는 평소의 자신과 다른 사람이 되어버렸다.

에이, 젠장. 그것 참 성가시네.

속으로 투덜거려보지만, 그럴수록 몸 한가운데에서 정체를 알 수 없는 힘이 끓어올라 공연히 자신을 더 몰아넣게 되었다. 그 결과 슌스케는 거의 날마다 근육통을 앓는, 예전에 없었던 상태에 빠지고 말았다.

운동에 심취한 나날이 두 달 정도 이어지던 어느 날, 슌스케는 자기 몸에서 이상한 변화를 감지했다. 거울 속의 자기 모습이 왠지 어른다워진 것 같았다. 체중은 그대로고 옷 사이즈도 예전과 같은데 어딘가 날씬하면서도 단단해진 느낌이다.

어느 날 곤마마가 글러브 같은 손으로 슌스케의 위팔을 잡더니 후후후 하고 의미심장하게 웃으며 말했다. "슌 군, 요즘 좀 남자다워진 것 같은데? 에나 때문에 남성 호르몬이 쿨렁쿨렁 분출되나봐."

"헛, 무슨 말씀이세요."

"우후후후. 괜찮아, 감추지 않아도. 나는 다 알거든. 응, 원, 할, 게."

곤마마의 큼지막한 윙크가 날아오는 바람에 슌스케는 뒤로 나자빠질 뻔했다.

* * *

중간고사가 끝난 금요일 저녁, 곤마마가 운영하는 '히바리'라는 술집에서 '근(筋)요일의 모임'이라는 희한한 이름의 파티가 열린다는 소식을 듣고 슌스케도 참석하겠다고 신청했다. 어차피 집에 가도 할 일도 없고 그 사람들과 함께라면 꽤 즐거울 것 같았다.

"우리 가게는 고등학생한텐 술을 많이 안 먹여. 많이는 말이야."

센스 있는 곤마마는 그렇게 말하면서 초대해주었다.

그날 운동을 끝내고 모두 함께 히바리로 향했다. 에나는 그 안에 없었다. 에나가 다니는 학교는 아직 시험기간인지 헬스장에도 나오지 않았다.

역 앞 로터리에서 한적한 뒷골목으로 들어가 오래된 건물 앞에 서자, 요염한 자태의 검은 고양이가 뛰쳐나와 야옹 하고 울었다. 그 건물 지하로 이어지는 어둑어둑한 계단을 내려가니 위압감이 살짝 느껴지는 나무문이 나오고, 그 문 너머로 TV에서만 봤던 '어른의 공간'이 펼쳐졌다.

"어때? 우리 가게."

곤마마가 물었지만 다른 술집에 가본 적이 없으니 뭐라 대답할 말이 없었다. 일단 "분위기 좋은데요"라고 대답하자, 샤초가 "이 녀석, 제법 건방진 말을 하네"라며 꿀밤을 먹였다. 그 모습을 보고 모두 웃는다.

카운터 안에 은테 안경을 끼고 피부가 유독 하얀 미소녀가 서 있었다. 머리를 쫑쫑 땋은 소녀가 바텐더 차림을 하고 있으니 왠지 코스프레처럼 보이기도 했다. 모두 그 미소녀에게 차례차례 주문한다.

"카오리, 나는 진토닉 부탁해"라고 말한 시카이 센세.

"나는 생맥주!"라고 주문한 사람은 미레.

"오늘도 예쁜 카오리, 내가 손금 봐줄까?"

이렇게 말한 사람은 물론 샤초다.

"게라 씨랑 나도 생맥주. 그리고 슌 군은……."

곤마마가 말하면서 슌스케를 보았다.

"아, 저는……, 으음."

술은 거의 마셔본 적이 없어서 잘 모른다. 맥주가 쓰다는 건 알지만.

"달콤하고 약한 걸로 한번 만들어볼까요?"

카오리라 불린 미소녀 바텐더가 그렇게 말하며 방긋 미소를 지었다. 어스레한 조명 아래의 그 미소가 너무 예뻐서, 슌스케는 살짝 현기증을 느낄 뻔했다. 그대로 멍하니 있었더니 옆에서 곤마마가 볼을 콕 찌른다.

"우리 카오리를 그런 눈으로 보면 안 되지. 슌 군한텐 에나가 있잖아."

"네? 무, 무슨 뜻이에요?"

당황하는 슌스케를 모두가 놀린다.

"아, 역시 그랬구나."

"나도 혹시 그런 게 아닌가 싶었어. 아킬레스건이 너무 예쁘잖아. 나도 반할 정도인데."

"아니, 우리 그런 사이 아니거든요. 아킬레스건은 또 뭐예요? 제발 놀리지 좀 마세요."

그런 식으로 저항할 수 있었던 건 건배하고 나서 30분까지였다. 태어나 처음 제대로 마신 알코올이 뇌 속으로 달콤하게 침투하여 세상이 순식간에 장밋빛으로 변해버린 것이다. 그런 상태에서 베테랑 어른들의 유도신문에 넘어갔다. 고등학생을 실토하게 만드는 건 그들에게 식은 죽 먹기였다. 슌스케는 묻는 대로 모조리 토해내지 않을 수 없었다.

"슌 군, 충고 한마디 하겠는데, 인생은 정말로 짧아. 좋아하는 사람이 생기면 당장 고백해야지, 안 그러면 나중에 후회해."

샤초가 입버릇처럼 말하는 이 대사를 시카이 센세가 받는다.

"맞아. 혹시 고백하지 못할 이유라도 있는 거야?"

"아뇨……그런 건 아니고."

기분 좋게 빙글빙글 돌기 시작한 머릿속에 에나의 얼굴이 떠올랐다. 그곳에 곤마마가 재차 타격을 가한다.

"에나는 예쁘고 착해서 헬스장에서도 인기가 많잖아. 다른 사람한테 뺏기고 나서 후회하지 말고."

"……."

슌스케는 모르는 남자한테 전화번호를 흔쾌히 가르쳐주는 에나의 모습을 떠올리며 탄산이 든 달달한 술을 벌컥 마셨다.

"에나 전화번호 모르는 사람, 이 중에서 슌 군밖에 없어."

미레의 말에 충격을 받았다.

"어, 설마요."

"그럴걸? 나도 아는데 뭐."

설마 모르겠지 싶었던 게 아저씨까지 안다고 한다.

"이봐요들, 슌 군 좀 괴롭히지 마. 좋아하면 오히려 묻기 힘든 마음, 다 알잖아."

곤마마가 슌스케의 등에 커다란 손을 살짝 올리고 믿을 수 없을 만큼 다정한 목소리로 말했다.

"잘될 거야. 힘내."

그 목소리 톤과 등을 토닥토닥 두드리는 부드러운 손의 감촉에 슌스케는 무심코 고개를 숙인 채 '네……' 하고 중얼거리고 말았다.

"앗, 슌 군, 지금 '네'라고 말했어! 좋아한다는 걸 인정한 거야?"

미레가 손뼉을 쳤다.

"엇?"

'실수했다'고 생각했을 때는 이미 늦었다. 시카이 센세가 잔을 들고 쾌활하게 외친다.

"우리 모두 슌 군의 순수한 사랑을 응원하는 마음으로, 건배!"

"건배!"

잔이 쨍쨍 부딪쳤다.

여기까지 오니 이제 물러설 수도 없었다. 조금 취해서인지, 될 대로 되라 싶었다. 슌스케가 잔에 남은 달콤한 술을 단번에 들이켜고 얼굴을 들었다.

"이 어른들 정말 최악이야!"

이 말에 모두 손뼉을 치며 크게 웃었다.

그러다 파티가 끝나기 직전, 샤초와 이런 내기를 하고 말았다.

"슌 군, 나는 벤치 프레스로 70킬로그램 들어올리고 슌 군은 60킬로그램 들어올리고, 누가 먼저 성공하는지 내기할까?"

"어, 지면 어떻게 하나요?"

"슌 군은 에나한테 고백하기. 만약 내가 지면 미레 씨를 포기할게."

샤초는 눈앞의 미레를 보고 "그래도 되지?" 하며 익살맞은 표정을 지었고, 다른 사람들은 "슌 군, 꼭 이겨." "아냐, 그냥 지고 순순히 고백해." 하고 제각각 자기 좋을 대로 응원했다.

슌스케는 문득 어떤 눈길을 느끼고 카운터 안을 봤다가 미소녀 바텐더 카오리와 눈이 마주쳤다. 기분 탓인지 카오리가 고개를 끄덕이는 것처럼 보였다.

조, 좋아. 해보지 뭐.

"아, 알겠습니다. 전 절대 안 져요."

그다음 날부터 슌스케는 여태까지 한 것 이상으로 진지하게 운동을 했다. 곤마마는 벤치 프레스의 정확한 자세를 하나하나 자상하게 가르쳐주었고, 시카이 센세는 싱글싱글 웃으며 "좋아, 더 할 수 있어. 자, 한 번 더……가 아니라, 두 번 더. 아, 아니다, 세 번." 하는 식으로 극한까지 몰아가니, 하루하루의 헬스장 생활이 무척 힘들면서도 충실했다.

슌스케는 에나가 오는 날엔 더욱 집중했다. 만약 내기에서 지면 저 아이에게 고백해야 하는 것이다.

에나의 옆얼굴을 흘끗 본다. 그러면 왠지 차일 때의 자기 모습이 상상되어서 무심코 침을 꿀꺽 삼키게 된다. 그렇게 되지 않으려면 열심히 운동해야 한다.

그로부터 며칠 뒤, 샤초가 드디어 67.5킬로그램을 들어올렸다는 소문이 돌던 날. 에나가 왠지 조금 우울한 얼굴로 헬스장에 나타나 덤벨 플라이를 열심히 하고 있는 슌스케를 위에서 내려다보았다.

"슌 군, 안녕?"

"아, 안녕."

평소라면 이때부터 에나의 유쾌한 수다가 시작되는데, 이날은 뭔가 달랐다. 목소리도 얌전했다.

"요즘 슌 군, 얼굴이 조금 달라진 것 같아."

"어, 그래?"

"응. 뭐랄까, 좀 남자다워졌다고 해야 할까?"

"어……."

운동 탓인지 긴장한 탓인지 슌스케의 심장을 곁에서 퍽퍽 치는 듯하여 목소리가 제대로 나오지 않았다. 옆에서 거대한 덤벨을 들고 사이드 레이즈(어깨운동)를 하던 곤마마가 대신 입을 열었다.

"당연하지. 슌 군은 지금 남자가 될지 말지 갈림길에 서 있거든. 그치, 슌 군?"

찡긋 하고 날아온 윙크.

"남자가 돼?"

에나가 고개를 갸우뚱했다.

"그럼. 2.5킬로그램만 더 분발하면 목표인 벤치 프레스 60킬로그램 달성. 그 지점을 향해 달려가느라 지금 숨소리도 거칠지."

"흐음."

에나는 이해한 듯 만 듯 알쏭달쏭한 표정이다. 슌스케는 덤벨을 바닥에 쿵 내려놓고 몸을 일으켰다.

"그런데 너, 안색이 안 좋네?"

그렇게 묻자 에나가 "그래?" 하며 양손을 볼에 대고 조금 어색한 웃음을 웃었다.

무슨 일 있었어?

슌스케가 물으려던 순간.

에나의 핑크빛 입술에서 뜻밖의 말이 툭 떨어졌다.

"나, 다음 달에 또 이사 가."

"아……."

곤마마와 슌스케는 할 말을 잃고 에나의 얼굴만 멍하니 바라볼 뿐이었다.

"아, 아, 모처럼 헬스장 여러분이랑 친해졌는데."

에나가 밝은 목소리로 말했다. 그 밝음이 오히려 에나의 쓸쓸함을 드러냈다.

슌스케는 에나에게 들키지 않게끔 몰래 심호흡했다. 너무나 갑작스러운 통보에 할 말을 찾을 수 없었다.

"슌 군······." 곤마마의 굵은 목소리가 옆에서 들렸다. "너, 그 내기에서 져라."

"네?"

"네?"

슌스케와 에나의 목소리가 겹쳤다. 둘이 서로 마주본다.

지라니, 뭘?

에나의 얼굴에 그렇게 쓰여 있었다.

슌스케는 곤마마에게 눈길을 돌렸다. 그리고 단호하게 고개를 저었다.

"싫습니다. 전 꼭 이길 겁니다."

졌기 때문에 고백하긴 싫잖아요.

* * *

에나가 곧 이사를 간다.

생각할 때마다 덤벨 쥐는 손에 힘이 들어갔다.

위장 부근에서 치밀어오르는 감정은 불길한 열을 품고 있었고, 슌스케는 그 열을 운동으로 발산시키려 했다. 앞뒤 생각하지 않고 자신을 몰아붙이며 한계 저편까지 근육을 괴롭혔다. 곤마마나 시카이 센세를 만나면 지도를 부탁했고, 게임 소프트웨어나 만화 살 돈을 아껴서 헬스 보충제를 구입했다. 그렇게 크레아틴, BCAA, 프로틴까지 충분히 섭취했다. 밤을 새우기 일쑤인 생활도 근본적으로 바꾸고 수면시간도 늘렸다. 근육 성장에 필수인 성장 호르몬은 잘 때 대량으로 분비된다.

목표는 벤치 프레스 60킬로그램.

고작 60킬로그램이다.

그렇다면 벤치 프레스에 필요한 큰가슴근과 위팔세갈래근만 단련하는 게 손쉬운 방법일 것 같았지만, 곤마마의 권유로 몸통과 어깨 부근의 속근육 강화에까지 힘썼다. 이러면 자세가 안정되어 기록이 쉽게 신장된다고 한다.

낮에 학교에 있을 때도 슌스케의 머릿속은 온통 운동으로 가득했다. 기말고사를 앞둔 비 오는 목요일 4교시 수업 중에도 슌스케는 몰래 《근육 대사전》이라는 책을 읽고 있었다.

그때 뒤에서 누가 어깨를 쿡 찔렀다. 덜컥 놀라서 뒤돌아보니, 고지식하고 융통성 없기로 유명한 수학 교사 가타기리 선생이 들여다보고 있었다. 척 봐도 이과 출신다운 냉철한 눈빛이 안경 안에 숨어 있었다.

"구니미, 너, 수학 시간에 무슨 책을 보고 있는 거야?"

가타기리가 슌스케의 책상 위에서 어제 산 책을 들어올렸다가 '어?' 하고 어리둥절한 목소리를 냈다.

"뭐야, 너, 근력운동에 관심 있어?"

마음속으로는 왜, 관심 있으면 안 돼? 하고 중얼거렸지만, 슌스케의 입은 다른 말을 내뱉었다.

"예에, 조금요……."

"흐음. 몸은 가늘어 보이는데. 운동부였어?"

"아뇨." 작은 목소리로 말하면서 살짝 고개를 저었다.

"그럼 왜 근력운동 같은 걸 해?"

무슨 상관이야. 거 참 성가시네. 짜증이 얼굴에 드러나지 않도록 주의하면서 "재미있으니까요." 하고 대답했다.

"어떤 점이?"

"예?"

"어떤 점이 재미있어?"

"으음……."

어떤 점일까? 으음, 뭐가 재미있더라? 자신에게 묻자, 에나의 웃는 얼굴이 뇌리에 어른거렸다.

"성장하는 과정이 재미있습니다."

그러자 가타기리가 크크크 하고 사람을 깔보듯 웃었다.

"너 말이야, 근육으로 성장하지 말고 여길 성장해야지."

가타기리가 머리를 가리키며 말하자 반 친구들이 킥킥 웃었다.

"근육으로 성장하는 게 아니라, 근육이 성장하는 겁니다."

화가 발끈 나서 안 해도 되는 소리를 하고 말았다.

그러자 가타기리가 또 크크크 하고 웃더니 슌스케의 머리를 두꺼운 《근육 대사전》으로 툭 때렸다. 그러고는 교단으로 걸어가면서 이쪽을 돌아보지도 않고 말한다.

"뭐, 아무것도 성장하지 않는 것보단 낫지만 말이야. 아무튼 이 책은 내가 맡아둘 테니, 돌려받고 싶으면 깊이 반성한 후에 교무실로 와."

"……."

가타기리는 교탁에 압수한 책을 올려놓고 아무 일도 없었다는 듯 수업을 다시 시작했다.

잠시 뒤에 또 누가 등을 찔렀다. 뒷자리의 야나이였다. 1학년인데도 야구부에서 크게 활약 중인 아이다.

"구니미, 뒤에서 쪽지 왔어."

야나이가 목소리를 잔뜩 죽이고 말하면서, 노트를 찢어 작게 접은 듯한 쪽지를 슌스케에게 살짝 건넸다.

쪽지? 나한테 누가?

슌스케는 교단에 선 가타기리에게 들키지 않도록 손을 뒤로 내밀어 받아 책상 밑에서 몰래 펼쳐보았다.

'구니미, 근육 키우고 있어? 사실은 나도 요즘 근력운동에 푹 빠졌어. 혹시 헬스 보충제에 대해 잘 알아? by 쓰지노.'

순스케는 쪽지를 읽고 교실 반대쪽 자리에 있는 쓰지노를 보았다. 이 아이도 순스케처럼 방과 후 특별활동을 하지 않는데, 프로레슬링 팬이라고 공언한 만큼 체격이 꽤 좋다. 야구부도 아니면서 까까머리인 데다 까맣고 작은 눈이 축 처져 있어서 왠지 마음씨 좋은 형님 같아 보이는 아이다.

쓰지노와 눈이 마주쳤다. 쓰지노가 왼팔에 알통을 만들어 보이며 싱긋 웃는다.

순스케는 무심코 꿀꺽 침을 삼켰다.

고등학교에 입학한 뒤 이런 식으로 '친구'로서 대접받은 건 이번이 처음이다. 순간적으로 어떻게 반응해야 할지 망설였지만, 일단 엄지손가락을 세워 쓰지노에게 신호를 보낸 다음, 소리 나지 않게끔 주의하면서 수학 노트를 살짝 찢었다. 그 종이에 답장을 적는다.

'헬스 보충제에 대해선 많이 아는 편이야. 내가 다니는 헬스장에 굉장한 마초남이 있는데 여러 가지로 잘 가르쳐주거든. 나 지금 여기저기 근육통.'

여기까지 쓰고 일단 펜을 멈췄다. 심호흡을 한번 한 뒤에 다음 문장을 쓴다.

'수업 끝나면 같이 점심 먹을래? by 구니미.'

다 쓰고는 재빨리 접었다. 중심을 아래에 두고 몸체를 가늘고 길게 만들어서 똑바로 날아가도록 한 종이비행기. 가타기리가 칠판에 계산식을 적는 틈을 타서 쓰지노를 향해 휙 날렸다. 푸른 괘선이 인쇄된 수학 노트 종이비행기가 레일 위를 미끄러지듯 교실을 횡단하여 쓰지로를 향해 똑바로 날아갔다. 쓰지노가 기쁜 표정으로 받는다. 쪽지를 읽은 쓰지노가 장난스럽게 웃더니 몸짓으로 '밥 같이 먹자!'는 뜻을 전했다.

슌스케는 다시 엄지손가락을 세우고 고개를 끄덕이고는 태연한 척 눈길을 칠판으로 옮겼다. 그러나 수식이 머리에 들어오지 않았다. 심장이 따끈따끈해져서 자칫하면 수상한 표정으로 히죽거릴 것 같아 볼에 힘을 주느라 애를 먹었다.

누군가와 함께 점심을 먹는 게 얼마 만이던가?

생각하면서 훈훈한 한숨을 내쉬는데 교단의 가타기리와 눈이 딱 마주쳤다.

"구니미, 웃지 마. 징그러워."

가타기리의 일갈에 교실이 웃음소리로 들끓었다.

* * *

그날 저녁엔 가랑비가 촉촉하게 내렸다.

순스케는 가느다란 빗방울에 젖어가며 헬스장을 향해 자전거를 달렸다. 라커룸에서 옷을 갈아입고 프리웨이트 존으로 들어가니 괴짜들이 벌써 한자리에 모여 순스케를 기다리고 있었다. 슬쩍 에나의 모습을 찾았지만 오늘은 안 온 모양이다.

"오, 드디어 주인공 등장이네."

게라가 말하자 샤초도 양손을 허리에 올린 묘한 자세로 한 걸음 앞으로 나와 입을 열었다.

"좋아, 그럼 바로 겨루자. 슌 군, 먼저 해."

말하면서 벤치를 손가락으로 가리켰다. 벤치 주위에 곤마마, 미레, 시카이 센세, 게라가 팔짱을 끼고 서 있다.

오늘은 샤초와 약속한 대로 '승부'를 겨루는 날.

"알겠지? 나한테 지면 에나한테 고백하는 거다."

"알아요. 하지만 전 절대 안 질 거거든요."

순스케는 트레이드마크인 빨간 운동복 상의를 벗어서 곤마마에게 맡기고 티셔츠 소매를 걷었다. 사람들 앞에 드러난 어깨와 팔. 얼마 전과 비교하면 꽤 단단해진 느낌이다.

"슌 군, 조금이라도 좋으니 약간 무겁게 시작해."

순스케의 빨간 윗옷을 어깨에 걸친 곤마마가 이렇게 말하며 윙크를 찡긋 날렸다.

고개를 살짝 끄덕인 순스케는 일단 15킬로그램 원판을 봉의 좌우에 달아 바벨의 무게를 50킬로그램으로 만들었다. 그러고는 천천히 벤치에 누웠다. 봉을 잡고 호흡을 가다듬은 다음, 팔에 꾹 힘을 실어 랙에서 들어올린다.

어……, 이, 이상하다.

바벨이 평소보다 무겁게 느껴지는 것이다. 어쩐지 오늘 컨디션이 좋지 않은 모양이다. 요즘 무리해서 그런지도 모른다.

그래도 슌스케는 바벨을 두 번 연속해서 들어올렸다.

"오, 가벼워 보이는데? 이대로라면 목표인 60킬로그램도 가능하겠다."

시카이 센세가 안경 속 눈을 가늘게 뜨고 웃었다.

"조금 쉬었다가 단번에 해치워버리자."

곤마마가 5킬로그램 원판을 양쪽에 더하면서 말했다. 합이 60킬로그램. 아직 한 번도 들어올린 적이 없는 미지의 무게다.

슌스케는 일단 벤치 위에서 상체를 일으켜 어깨 부위를 스트레칭했다. 가슴골을 드러낸 미레가 하얗고 부드러운 손가락으로 슌스케의 위팔을 만지며 "팔이 제법 훌륭해졌어." 하고 요염한 목소리를 냈지만, 오늘만은 집중력을 잃지 않았다.

해내리라, 반드시.

2분 정도 휴식을 취하고 나서 다시 벤치에 누웠다. 후우 하고 숨을 내뱉어 집중력을 높이고 봉을 잡는다.

"슌 군, 파이팅!"

게라 아저씨의 목소리가 들렸다.

"죽을힘을 다하면 반드시 올릴 수 있어."

시카이 센세도 응원해주었다. 미레 누나는 눈이 마주치자 미소 띤 얼굴 그대로 천천히 고개를 끄덕였다. 샤초는 허리에 손을 얹은 채 얼마나 잘하는지 한번 보자는 표정이다.

곤마마는……통나무 같은 팔을 엇걸고 묵묵히 다정한 눈으로 바라봐주었다.

'너, 그 내기에서 져라.'

그날 곤마마가 한 말이 귀 안쪽에서 되살아났다.

웃기지 마. 나는 절대 안 진다고.

슌스케가 봉을 쑤욱 밀어 랙에서 들어올렸다. 엄청난 무게가 양 손바닥을 찌부러뜨리려 한다. 자신의 체중과 거의 같은 무게다.

좋아, 단번에 해치우겠어!

슌스케는 미지의 무게를 천천히 가슴까지 내렸다가 그대로 밀어올렸다.

60킬로그램 바벨이 천천히 올라간다.

그러나 반쯤 올렸을 때부터 슌스케의 팔이 떨리기 시작했다.

"괜찮아, 할 수 있어, 들엇!"

누군가의 목소리가 들렸다. 슌스케는 이를 악물고 큰가슴근과 위팔세갈래근에 채찍질을 가했다. 팔이 더 심하게 떨린다. 바벨은 밀어올리려는 근력과 떨어지려는 중력 사이에서 딱 멈취버렸다.

아, 어떡하지?

이대로라면 힘에 부쳐 실패하고 말 것이다.

역시 아직 무리였을까?

나약한 생각이 뇌리를 스치는 순간.

"포기하면 안 돼! 남자가 돼야지!"

굵은 목소리가 터져나왔다. 곤마마다.

포기한다고? 뭘? 뿌옇게 흐려진 뇌에 문득 떠오른 건 에나의 얼굴이었다.

"죽을힘을 다해 쟁취하는 거야!"

또 곤마마의 목소리.

거 참 시끄럽네. 알겠어요, 죽는 한이 있더라도 올리고야 말테다!

구으으으으윽.

균형을 유지하던 바벨이 천천히 움직이기 시작했다. 얼굴로 피가 몰리는 게 느껴진다.

으아아아악!

입에서 저절로 고함이 새어나왔다.

조금 더.

조금만 더 하면 된다.

나는……,

반드시……,

지지 않을 테다앗!

기력과 근력을 마지막 한 방울까지 짜냈다.

문득 정신을 차리고 보니 떨리던 팔꿈치가 쭉 펴져 있다. 60킬로그램 바벨을 마침내 들어올린 것이다.

"오오오!"

누군가의 목소리가 들리고, 짝짝짝! 박수소리도 들렸다.

아, 해냈다.

슌스케는 바벨을 랙에 내려놓고 봉에서 손을 뗐다.

그와 동시에 하아아……하고 나약한 한숨을 쉬고 말았다. 하지만 곧 일어나 앉아 샤초를 보았다.

"해냈어요, 저."

샤초는 칠복신 중 하나인 에비스처럼 방긋방긋 웃더니 허리에서 손을 떼고 조그맣게 박수를 쳤다.

"장하다, 슌 군. 자네가 이겼어."

"어? 샤초도 하셔야죠."

"아냐, 사실은 어젯밤에 허리를 삐끗했어. 나는 기권."

"어……?"

그래서 아까부터 허리에 손을 대고 이상한 자세로 서 있었던 거구나.

"아무튼 슌 군의 승리야." 곤마마가 말하면서 빨간 운동복을 슌스케에게 휙 던졌다. 그러고는 샤초 쪽을 돌아보며 싱긋 웃었다. "샤초, 약속대로 미레 씨 포기해요."

"어, 그건 안 돼. 나는 미레 씨 보려고 헬스장에 다닌단 말이야."

샤초는 거의 떼쓰는 아이처럼 이렇게 말하더니 미레를 보고 웃었다. 미레는 믿을 수 없을 만큼 귀여운 몸짓으로 아래 눈꺼풀을 손가락으로 뒤집으며 '메롱' 하고 장난스럽게 웃었다.

"우와, 회사 사장님이 약속을 깨도 되는 겁니까?"

게라도 웃으며 장난으로 몰아붙였다.

"샤초가 약속을 파기한다면……."

시카이 센세가 슌스케를 본다. 다음 말을 이은 것은 곤마마였다.

"슌 군도 지킬 필요 없지."

"어……?"

내기에 이겼어도 에나에게 고백하라는 건가?

슌스케는 주위에 있는 어른들을 휙 둘러보았다. 모두 싱글싱글 웃고 있다.

"어……, 설마 다들 한통속이었던 거예요?"

"한통속이라니 듣기 좀 그러네. 어쩌다 다들 같은 의견이었을 뿐이야."

시카이 센세가 웃으며 대답했다.

"그렇지요, 여러분?" 하고 미레도 일부러 모두의 얼굴을 둘러보며 동의를 구했다.

히죽거리는 어른들의 아이 같은 얼굴을 보고 있자니 갑자기 힘이 빠지는 듯하다. 슌스케가 벤치 위에 책상다리로 앉아서 한마디 내뱉었다.

"역시 어른들은 최악이야."

* * *

그다음 주, 에나가 오랜만에 헬스장에 나타났다.

에나는 그동안 친해진 회원들과 즐겁게 수다를 떨면서 운동하다가 한참 뒤에야 프리웨이트 존으로 올라왔다. 그리고 슌스케를 포함한 괴짜들을 향해 "저기……." 하고 조금 어려운 듯 말을 꺼냈다.

모두 덤벨이나 바벨을 손에 든 채 에나 쪽으로 돌아본다.

"저기…… 사실은 저, 여기 오는 거, 오늘이 마지막이에요."

말의 내용과는 반대로 에나는 웃고 있었다. 평소와 비교하면 밝기가 50퍼센트쯤 떨어진, 왠지 쓸쓸해 보이는 웃음이긴 했지만.

"그동안 여러 가지로 감사했습니다."

그렇게 말하고 고개를 꾸벅 숙였다.

"뭐야, 미녀가 또 한 사람 줄어드는 거야? 아저씨 슬퍼."

샤초가 진심으로 슬픈 듯 어깨를 떨구며 말했다.

"메시지 보낼게. 가끔 놀러 와."

게라가 말하자마자 이번엔 미레가 "이 아킬레스건과도 이별인가? 마지막으로 한 번만 더 만지게 해줘." 하면서 몸을 숙여 에나의 아킬레스건을 쓰다듬었다.

"이사해도 가끔 치석 제거하러 와."

"예, 감사합니다."

시카이 센세와 에나가 악수를 했다.

그리고 에나가 곤마마를 올려다본다. 곤마마도 머리 두세 개 높이에서 쓸쓸한 눈으로 내려다본다.

"이사는 언제 해?"

"다음 주 토요일이에요."

"그렇구나. 당분간 바쁘겠네."

"네."

"어디로 가는 거야?"

"으음, 무슨 역이냐면……."

에나가 대답한 건 이 헬스장에서 1시간 반가량 걸리는 터미널 역이었다. 예상했던 것보다 훨씬 가까운 동네다.

"어머, 생각보다 가깝잖아. 그러면 못 만날 것도 없네. 으흐흐."

곤마마는 의미심장한 눈빛으로 으흐흐흐 하고 웃으며 슌스케를 향해 까마귀 날갯짓 같은 윙크를 날렸다. 그 윙크에 이끌려 에나의 시선이 슌스케에게로 향한다.

꼴깍…….

혼자 당황한 슌스케는 무심코 침을 삼키면서 에나에게 해줄 말을 찾았다. 그러나 먼저 입을 연 건 에나였다.

"60킬로그램 들었다며?"

"응."

"단기간에, 멋진데?"

에나의 처진 눈이 웃었다.

"그리 대단한 건 아냐."

"뭘 그렇게 쑥스러워해?"

에나가 농담처럼 던진 말에 슌스케의 얼굴이 화끈 달아올랐다.

"시끄러워."

슌스케는 일부러 퉁명스럽게 말하고 몸을 휙 돌려 혼자 반대편으로 걸어갔다. 그대로 프리웨이트 존에서 벗어나 숄더 프레스 옆에 있는 휴식용 벤치에 털썩 앉아서 수건으로 땀 닦는 시늉을 했다. 에나와 대화를 하고 싶어도 흥미진진한 눈으로 쳐다보는 괴짜 아저씨들 때문에 마음이 안정되지 않았던 것이다.

살짝 한숨을 내쉬면서 프리웨이트 존으로 흘끗 시선을 주니, 에나가 홀로 버려진 듯한 얼굴로 그 자리에 우두커니 서서 이쪽을 보고 있다. 곤마마가 다가와 무슨 말을 하자 에나는 응달에 핀 꽃처럼 수줍게 미소 지었다.

"뭐라는 거야……? 하아."

슌스케가 자기 무릎을 응시하며 축축한 한숨을 내쉬었을 때, 눈앞의 숄더 프레스에 60대로 보이는 여성이 앉아서 원판 하나의 무게로 운동을 시작하려 했다.

그 모습을 보고 있자니 문득 떠올랐다.

예전에 샤초가 실수로 여기서 운동하던 뚱뚱한 아줌마의 가슴에 종이비행기 러브레터를 명중시킨 적이 있다. 결국 자신이 날린 걸로 되어버렸지만…….

'내 상대로는 너무 젊잖아?'

뚱뚱한 아주머니의 희열에 찬 표정이 뇌리를 스치는 바람에 무심코 몸을 떨었다. 그 순간 슌스케의 머릿속에 한 가지 아이디어가 번뜩였다.

종이비행기.

벌떡 일어나 가까이에 있는 헬스장 스태프에게 물었다.

"종이랑 펜 좀 빌릴 수 있을까요?"

"네. 잠시만 기다리세요."

스태프는 운동하는 사람답게 시원시원하게 대답하고는 곧 A4 용지와 볼펜을 가지고 왔다.

"이거면 되나요?"

"아, 네. 감사합니다."

"나중에 볼펜만 돌려주세요."

스태프는 그렇게 당부하고 테라스 쪽으로 걸어갔다.

슌스케는 다시 휴식용 벤치에 걸터앉았다. A4 용지에 전화번호와 주소를 적은 다음 정성껏 종이비행기를 접었다.

좋았어, 완성. 그럼…….

프리웨이트 존을 보니 에나가 없어졌다.

어리둥절한 표정으로 에나의 모습을 찾는데 곤마마와 눈이 딱 마주쳤다. 곤마마가 프랑크푸르트 소시지 같은 집게손가락으로 헬스장 출입구를 가리키고, 다른 손으로는 '빨리 가!'라고 손짓했다.

앗?

출입구 유리문을 보니 그곳에 에나의 뒷모습이 있었다.

아, 안 돼, 벌써 가는 거야?

당황한 슌스케는 벤치에서 일어나 헬스장 출입구 쪽으로 달렸다. 에나는 헬스장 밖으로 나가 천천히 계단을 내려가고 있었다. 계단을 다 내려가서 오른쪽으로 꺾으면 바로 여자 탈의실이 나온다. 2초 후면 에나가 오른쪽으로 돈다.

슌스케는 재빨리 종이비행기 날개의 일부를 접어서 오른쪽으로 돌도록 살짝 조정했다. 그리고 날렸다.

부탁이야, 받아줘.

슌스케가 상상한 것은 에나를 훌쩍 앞질러 여자 탈의실 쪽으로 돌아 벽에 맞고 낙하한 종이비행기를 에나가 보고 줍는 이미지였다. 실내에는 기본적으로 바람이 없으니 슌스케는 자기가 생각한 대로 종이비행기가 날아갈 거라는 확신이 있었다.

그러나 현실은 최악이었다.

종이비행기가 에어컨의 상승 기류에 휩쓸리는 바람에, 계단 아래로 내려가기는커녕 반대로 위쪽으로 날아가버렸다. 더 황당한 것은 형광등과 천장 사이의 틈에 끼어버렸다는 사실.

말도 안 돼.

한탄하고 있을 시간이 없다. 에나는 이미 계단을 다 내려가 여자 탈의실 쪽으로 돌았다.

불러야 해. 아직 늦지 않았어.

"에……." 하고 입을 열었다가 다음 말을 삼켰다. 에나 옆으로 그 뚱뚱한 아주머니가 나타난 것이다.

"어머나, 그때 그 청년이네. 오늘 운동 끝났어?"

아주머니가 유난히 친밀한 목소리로 말을 걸어왔을 때 이미 에나의 뒷모습은 여자 탈의실 안으로 사라진 뒤였다.

* * *

그날 밤 슌스케는 혼자 게임방에 있었다. 격투 게임으로 기분전환을 하고 싶었지만, 하다 보니 계속 지기만 해서 오히려 스트레스가 더 쌓이고 말았다.

"하아……."

가지고 있던 동전을 모두 다 써버리고 텅 빈 한숨을 내쉰 순간, 그게 스위치라도 된 듯 꼬르륵 하고 배가 울었다. 그 한심한 소리를 들으니 왠지 비참해져서, 슌스케는 연달아 깊은 한숨을 내쉬었다.

게임기 의자에서 내려와 이른 밤의 베드타운 역 앞으로 비트적거리며 걸어갔다. 로터리 주변으로 양어깨에 피로를 짊어진 샐러리맨들이 저마다 작은 구둣발 소리를 내며 귀갓길을 서두르고 있었다.

모두 가족이 기다리는 '가정'으로 돌아간다.

슌스케는 비슷비슷한 양복을 소박하게 차려입은 남자들을 보며 늘 귀가가 늦은 아버지를 생각했다.

아버지도 자신이 사는 아파트를 '가정'이라고 느낄까? 한밤중에 돌아와 현관문을 열었을 때, 무뚝뚝한 아들밖에 없는 싸늘한 집을 보고 가정의 편안함을 느낄까?

뭐, 아무래도 좋다.

순스케는 주머니에 양손을 찔러 넣고 역을 향해 걸었다. 역 바로 앞에서 문득 생각이 나서 잠시 멈춰 섰다가 발길을 휙 돌렸다. 그리고 좁고 한적한 뒷골목으로 들어갔다. 조금 걸으니 얼마 전에 본 낡은 건물이 시야에 들어왔다. 그 건물 앞에 검은 고양이가 요염한 자태로 얌전히 앉아 있었다.

순스케는 "안녕?" 하고 고양이에게 인사하고 오래된 건물 계단을 내려갔다. 문 앞에 서니 위압감이 확 풍긴다. 잠시 주저하다가 문을 밀고 들어갔는데 조용한 재즈와 술과 담배 냄새가 몰려와 순스케를 슬쩍 밀어내려 했다.

"어서 오세요. 어머나, 이게 누구야? 이 시간에 불량 청소년이 오다니. 경찰 아저씨한테 전화해야겠다."

조금 긴장한 순스케의 얼굴을 보자마자 곤마마가 장난을 쳤다. 곤마마의 웃음을 보니 마음이 놓여 순스케 입에서 작은 한숨이 흘렀다.

"술 마시러 온 것도 아닌데, 괜찮잖아요."

순스케는 텅 빈 카운터 자리에 걸터앉으며 대꾸했다. 다른 손님은 안쪽 테이블 자리의 왠지 사연 있어 보이는 중년 남녀뿐이었다.

"그럼 뭐 하러 왔을까? 가게에서 운동은 안 가르쳐주는데?"
"그럼, 운동 말고 뭘 가르쳐주는데요?"
"그거야 당연히……카오리가 말해줄래?"

곤마마가 미소녀 바텐더를 대화에 끌어들였다. 손을 유려하게 움직여 마른 헝겊으로 유리잔을 닦던 카오리가 큭 하고 웃는다. 그리고 카나리아 같은 목소리로 대답했다.

"사랑과 인생이죠?"

"정답! 과연 카오리, 나 다음으로 미인이라 역시 다르다니까."

"그런 건 괜찮으니 뭐라도 좀 먹고 싶은데요."

슌스케가 그렇게 말하자마자 또 위장이 소란을 피우는 바람에 "배가 먹을 걸 절실히 원하나 보구나?" 하고 곤마마한테 놀림을 당했다.

"우리끼리 만들어 먹는 음식이라도 괜찮다면 대접할게."

곤마마는 그렇게 말하고 재빨리 볶음우동을 만들어주었다. 마늘간장으로 간을 맞춘 그 요리는 깜짝 놀랄 만큼 맛있었다.

"엄청 맛있네요."

걸신들린 듯 입 안 가득 면을 넣는 슌스케에게 곤마마가 말했다.

"실연하면 밥이 안 넘어가는 사람이 있는가 하면 유난히 배가 고픈 사람도 있다네."

"예?"

분주하게 움직이던 젓가락을 멈추고 슌스케가 얼굴을 들었다. 곤마마와 눈이 마주쳤다.

"사랑을 하고 그 사랑을 잃어버린 사람은 아무것도 잃어본

적 없는 사람보다 아름답다."

"무…… 무슨 말이에요, 그게?"

"시월애라는 영화에 나오는 유명한 대사예요."

곤마마 대신 카오리가 흰 빛을 띤 칵테일을 만들며 대답했다.

대체 무슨 말을 하고 싶은 거야? 이 사람들.

왠지 오늘 헬스장에서 고백하려다 실패했다는 사실을 들킨 것 같은……, 아냐, 설마 그럴 리가…….

속으로 당황하는 슌스케 옆에서 곤마마가 통나무 같은 팔을 천천히 엇걸고 눈길을 멀리 두었다.

"하지만 말이야, 사랑하는 사람을 잃지 않으려고 노력한 사람만이 아름다운 거지. 처음부터 포기한 사람은 비록 사랑하는 사람을 잃었다 해도 전혀 아름답지 않아."

"아까부터 무슨 말씀이세요?"

"슌 군은 노력했으니 아름답다고 칭찬하는 거야. 그래도 그땐 좀 서툴렀어."

"네?"

"자, 얼른, 식기 전에 먹어."

"……"

슌스케가 다시 맛있는 볶음우동을 입에 넣는 동안, 곤마마는 카운터 안에서 누군가에게 전화를 걸었다. "그럼 내일 7시에 기다릴게. 차오." 하고 말하고는 전화를 끊는다. 그리고 슌스케

앞에 섰다.

"내일 또 '근요일의 모임'을 우리 가게에서 할 테니까 슌 군도 와. 7시에 시작이야. 늦으면 안 돼."

"어…… 7시라면, 운동은요?"

"내일은 모두 쉬는 날이야. 가끔 완전히 쉬어주는 것도 근육한텐 도움이 돼."

"……."

"참석해, 안 해, 어느 쪽?"

어차피 내일도 한가하다. 집에 일찍 가도 아무도 없을 테고, 운동하러 가도 늘 같이 하던 멤버가 없으면 심심할 것이다.

"좋아요, 참석할게요. 아, 이거 잘 먹었습니다." 슌스케가 인사하자 곤마마가 "별말씀을." 하며 미소 지었다.

* * *

다음 날 슌스케는 7시 정각에 '히바리' 문을 열었다.

"안녕하세요?"라고 적당히 인사하면서 어둑어둑한 가게 안을 둘러본 순간…… 그만 그 자리에 굳어버렸다.

안쪽 카운터 자리에 홀로 앉은 여성에게 눈길이 머문 것이다.

에나였다.

다른 손님은 아무도 없었다.

에나가 얼굴을 들고 슌스케에게 살짝 손을 흔들더니 곧 다시 아래를 본다. 어쩐지 휴대전화로 메시지를 보내는 중인 것 같았다.

"훌륭한데? 시간 딱 맞춰서 왔네."

곤마마가 장난스럽게 웃으며 말했다.

"다른 분들은 아직 안 오셨어요?"

"당연하지. 오늘 우리 가게 정기휴일인데. 아무도 안 와."

곤마마가 천연덕스러운 얼굴로 말했다.

"네?"

무슨 뜻?

슌스케는 그제야 비로소 곤마마의 오지랖에 당했다는 사실을 깨달았다. 그리고…….

"자, 이거. 슌 군한테 주는 선물."

가게 입구에 우두커니 선 슌스케에게 곤마마가 뜻밖의 물건을 건넸다.

"앗! 어, 어떻게……."

슌스케의 손에 놓인 건 낯익은 종이비행기였다.

"나는 계단 위 형광등까지 손이 닿거든."

지난밤 곤마마가 슌스케에게 묘한 명언을 알려준 까닭도 이제 알 것 같았다. 곤마마는 모든 걸 알고 있었다. 장난스럽게 싱글싱글 웃는 곤마마에게 불평 한마디 늘어놓고 싶어서 숨을 크게 들이마신 순간, 뜻밖에도 슌스케의 휴대전화가 울렸다. 문자 메시지다. 화면을 보니 모르는 번호였다.

스팸문자인가? 의심스러워하며 메시지 창을 열었다. 첫 번째 문장이 눈에 들어온 순간, 슌스케는 당황하여 얼굴을 들었다. 카운터에 앉은 에나와 눈이 딱 마주쳤다.

'에나야. 슌 군, 블로그 한다며? 이사한 뒤에 들어가볼게. 내 연락처 저장해둬.'

메시지를 다 읽고 에나와 곤마마를 번갈아 보았다.

"슌 군 연락처, 곤마마한테 물어봤어."

에나가 조금 쑥스러운 듯 말했다.

"아앗. 내 허락도 없이 가르쳐주면 어떡해요."

"어머나, 이거 미안해서 어쩌나?"

조금도 미안한 것 같지 않은 말투다. 곤마마가 눈을 부라리며 우스꽝스러운 표정을 짓는다.

"정말……너무한 거 아냐?"

투덜거리면서도 슌스케는 답장을 입력했다.

'저장 완료. 이사하면 여러 가지로 바쁘겠지만 힘내. 나도 운동 열심히 할게.'

전송 버튼을 눌렀다.

휴대전화 화면에 종이비행기가 날아가는 영상이 흐른다.

"아, 이런. 이제 밤이니 건전한 아가들은 어서 돌아가거라."

곤마마가 손뼉을 치며 두 사람을 내쫓았다.

"어, 나는 방금 왔는데요?"

"쉿. 슌 군은 에나를 책임지고 데려다줘야지."

정말 곤마마의 오지랖은 알아줘야 해.

* * *

둘이서 나란히 가게 밖으로 나왔다. 거리의 밤바람에 여름 냄새가 녹아 있다. 그러고 보니 이제 곧 여름방학이다.

옆에서 나란히 걷는 에나가 숄더백 안에서 뭔가를 바스락바스락 꺼내어 슌스케에게 보여준다.

"이것 봐."

"아……."

빨간 종이로 접은 하트 모양 종이비행기다.

"초등학교 6학년 때 내가 이사하던 날, 교실에서 슌 군이 나한테 날렸잖아."

"진짜?"

아, 그러고 보니…….

"아아, 역시 잊었구나. 좋아한다고 고백한 건 줄 알았는데."

에나는 장난스러운 표정으로 슌스케를 흘겨보았다.

"……."

"그런데 말야, 고등학생이 되어서 또 이사할 때, 같은 사람한테 또 종이비행기를 받게 될 줄은 몰랐어."

에나는 슌스케를 흘겨보던 눈길을 여름 밤하늘로 옮기면서 감개무량한 듯 한숨을 쉬었다. 그리고 또 슌스케를 본다.

"뭐, 날리기만 했지 도착하진 않았지만."

그렇게 말하고 킥킥 웃었다.

"그건 에어컨 바람 때문이야."

슌스케는 무뚝뚝하게 내뱉으면서 양손을 주머니에 찔러 넣었다. 여름 냄새를 품은 밤바람이 티셔츠를 펄럭펄럭 흔들어주어 무척 상쾌했다. 점점 역이 가까워진다. 그 역 쪽으로 눈길을 고정한 채 에나가 작은 소리로 말했다.

"묻고 싶은 게 있는데……."

"응?"

"이번에 날린 종이비행기는 고백의 의미야?"

"어……."

에나가 얼굴을 돌려 슌스케를 바라보았다. 밤의 가로등이 에나의 눈동자 속에서 별처럼 빛났다.

여기서 예스라고 말하지 못한다면 자기 자신이야말로 최악이리라. 그래서 조금 크게 숨을 들이마시고, 그 떨리는 숨을 다시 내뱉으며 말했다.

"그보다 너, 배고프지 않아? 밥 먹자."

"어? 지금 데이트 신청하는 거야?"

"싫으면 말고."

"에이, 정말 솔직하지 못하네."

"거 참 말 많네. 밥 먹을 거야 안 먹을 거야, 선택해."

두 사람은 이런 대화를 나누면서 역 앞을 지나 패밀리 레스토랑 쪽으로 걸었다.

"그렇게 말한다면 어쩔 수 없지, 먹어줘야지 뭐."

슌스케는 에나의 대답에 어깨를 움츠렸다가 일부러 크게 한숨을 쉬었다. 그때 거의 울리지 않는 휴대전화가 소리를 냈다.

"아, 문자다."

어차피 아버지이거나, 아니면 곤마마가 놀릴 셈으로 메시지를 보낸 게 틀림없다. 그런 생각을 하면서 화면을 보았다.

"누구야?" 하고 묻는 에나.

"어……."

"어라니, 누군데? 혹시 여친?"

슌스케가 빵 터졌다.

"바보. 학교 친구야."

"흐음."

"이런 중요한 때에 메시지를 보내다니 말이야. 미안, 잠깐 답장 좀 보낼게."

"응."

'안녕? 지금 다른 사람이랑 밖에 있어서 나중에 전화할게. 문자 줘서 고마워!'

쑥스러운 기분으로 메시지를 입력하고 쓰지노에게 전송했다. 화면에 종이비행기 동영상이 흐른다.

"다 됐다."

"응."

에나의 얼굴이 바로 옆에 있다. 손바닥 안의 휴대전화가 왠지 호흡하는 듯 느껴졌다.

"이게 벤치 60킬로그램 팔이라는 거지? 앞으로 몇 킬로그램까지 갈까?"

갑자기 에나가 슌스케의 팔을 꽉 잡았다. 슌스케는 무의식중에 '아얏!' 하고 얼굴을 찌푸리고 말았다.

"어, 왜 그래?"

깜짝 놀라 팔을 놓는 에나.

"근육통……."

그 말을 듣고 에나가 방긋 웃는다.

"흐음, 그렇게 노력했구나."

"응?"

"나한테 고백하려고 그렇게 죽을힘을 다했다면서?"

"누가……?"

"샤초한테 들었어."

"아아앗! 잠깐만, 무슨 말이야, 그게!"

에나가 킥킥 웃는다.

"에잇, 나쁜 아저씨들. 정말로 최악이야."

에나가 웃으면서 슌스케의 팔짱을 꼈다.

최악이지만, 그래도…….

그다음 말을 생각하고 있는데 에나가 밑에서 슌스케의 얼굴을 들여다보며 말했다.

"이럴 때는 최악이 아니라 최고라고 해야 하는 거 아냐?"

퇴근길인 듯한 샐러리맨들이 두 사람 주위를 피곤한 발걸음으로 걷고 있었다. 아침부터 밤까지 일한 뒤 각자의 '가정'으로 돌아가는 사람들. 가족을 위해 지칠 때까지 노력하는 사람들.

이제 와서 생각하니, 아버지는 힘들다고 불평한 적이 단 한 번도 없었다.

슌스케는 먼 밤하늘을 올려다보았다.

약간 흐려서 그런지 별이 하나도 보이지 않는다. 하지만 달이 떠 있는 곳은 희미하게 빛났다.

"어른은 말이야……."

"응."

"최고로 최악인데, 그래도……, 그렇게 나쁘지는 않아."

평온해진 마음으로 말하니 "뭐야, 그게"라며 에나가 웃는다.

멀리서 자동차의 경적 소리가 들렸다.

그 소리에 슌스케는 아무 근거도 없이 새로운 인생을 예감했다. 그래서 밤하늘을 향해 큰소리로 외쳤다.

"몰라, 아무튼 다들 최고다!"

4장

시카이 료이치의
잠자리

저녁 7시.

치과의사 시카이 료이치는 헬스장 문을 열 때마다 자신의 얼굴에 웃음이 떠오르는 걸 느낀다.

"안녕하세요, 안녕하세요!"

안면이 있는 스태프나 회원들에게 손을 들어 인사하고 프리웨이트 존으로 올라간다.

"아, 센세. 아까 감사했어요."

헬스장에서 가장 섹시한 미녀인 미레가 평소처럼 시카이의 가슴 근육을 토닥토닥 만지면서 달콤한 목소리로 말을 걸어왔다. 다른 남자들이라면 깜빡 착각하여 괜히 싱숭생숭하겠지만, 시카이는 늘 당하는 일이니 그저 인사의 한 종류일 뿐이라는 걸 안다.

"신경치료까지 안 해도 돼서 다행이야. 다음에 오면 치석 제거해줄게."

시카이가 낮에 미레의 충치를 치료해준 것이다.

"와아, 고맙습니다."

고개를 살짝 기울이며 기뻐하는 귀여운 미레를 향해 헬스장 여기저기서 야수들의 눈길이 날아오는 듯하다.

프리웨이트 존을 둘러보니 친밀한 얼굴들이 싱글벙글 웃는 얼굴로 손을 들어주었다. 샐러리맨 게라 씨, 광고대행사를 운영하는 엉큼한 샤초, 조금 건방진 고등학생 슌 군. 그 중에서도 유난히 강렬한 아우라를 분출하는 사람은 키가 2미터가 넘는 데다 헤어스타일은 스킨헤드에 수염까지 기른 곤마마였다.

"어머나, 시카이 센세, 오늘 소프트모히칸은 한층 근사한데?"

곤마마가 양손에 45킬로그램 덤벨을 각각 들고 몸을 비비 꼬며 윙크를 발사했다. 시카이는 이제 익숙하지만, 이 윙크를 처음 받는 사람은 '풍압'을 느끼고 뒤로 나자빠지기도 하는 모양이다.

"곤마마, 안녕하세요? 오늘도 이가 좋네요, 아하하."

"센세는 등세모근이 불끈불끈 발기한 것처럼 멋져어. 어머, 내가 왜 이러지? 이런 밝은 데서 그런 말을 하다니."

곤마마가 거대한 덤벨로 다리 사이를 가리는 걸 보고 모두 폭소를 터뜨렸다. 사춘기인 슌 군만 부루퉁한 얼굴로 시선을 어디에 둬야 할지 모르고 있으니 그게 더 우습다.

"그런 쪼그만 덤벨로 곤마마의 거대한 아드님이 가려지겠나?"

일흔을 앞둔 나이에도 거시기는 아직 팔팔하다는 샤초가 덩달아 장난을 치니, 곤마마도 싱긋 웃으며 되받아쳤다.

"어머나, 샤초는 정말 못 말려. 내 거시기는 특대 사이즈 방망이와 공이긴 해도, 야구가 아니라 소프트볼용이야. 그러니 미안하지만, 앞으로는 아드님이 아니라 따님이라 불러조오요."

곤마마의 대답에 모두 깔깔 웃으면서도 저마다 운동에 열심이다. 시카이가 좋아하는 아늑하면서도 활기찬 풍경.

"오오, 따님이라 하니 생각났는데, 게라 씨 딸, 아직 프랑스 유학중이지? 잘 지내고 있나?"

스미스 머신에서 스쿼트 중인 게라에게 샤초가 말을 걸었다.

"그럭저럭 잘 지내는 모양입니다. 연락을 자주 안 해서 탈이지만요. 여름방학 때 잠시 들어왔는데, 좀 더 세련되게 건방져졌더군요. 아빠한텐 얼마나 쌀쌀맞은지. 엄마랑은 친구처럼 지내면서 말이에요."

투덜거리면서도 게라의 눈은 웃고 있었다. 딸이 귀여워서 어쩔 줄 몰라 하는 게 보인다.

"딸이란 원래 그런 존재야. 우리 딸도 그 나이 땐 정말 제멋대로였지."

"어, 샤초도 그랬어요?"

"당연하지. 어느 집이든 다 똑같아. 십대에는 아버지랑 멀어지려 하는 게 정상이야."

"그렇군요."

"뭐, 그게 세상이 말하는 아버지의 비애 아니겠어?"

거기까지 말한 후, 샤초가 별안간 시카이를 돌아보았다.

"어? 그런데 시카이 센세는 자녀가 없었던가?"

"예? 아하하, 뭐, 그렇죠."

늘 따발총처럼 말이 끊이지 않는 시카이라도 자식 이야기만 나오면 혀가 제대로 반응하지 않는다.

"부인이 미인이던데? 자식은 빨리 만드는 게 좋아. 자네도 벌써 마흔이야. 혹시 거시기하다면 정력제라도 먹어볼 텐가? 중국산인데, 제법 효과가 좋아."

의미심장하게 싱긋 웃지만 농담은 아닌 것 같았다.

시카이는 일단 "아뇨 아뇨, 그건, 아하하……." 하고 웃으며 어물어물 넘겼으나, 겉으로만 웃는 티가 났고 얼굴이 굳어지는 게 느껴졌다. 태연한 척 샤초에게서 얼굴을 돌리고 자그맣게 한숨 쉬었을 때, 굵으면서도 간드러지는 목소리가 뒤쪽 옆에서 끼어들었다.

"이보세요, 에로 샤초. 다른 가정의 성생활에 관심을 갖다니 너무 촌스럽네. 관심은 자기 것에만 가져줘요."

탁!

곤마마가 두툼한 손가락을 튀겨 샤초의 다리 사이를 맞췄다.

"히익. 아파앗!"

샤초의 뒤집어지는 목소리에 모두 손뼉을 치며 웃었다.

딱 적당한 때 구조선에 올라탈 수 있었던 시카이는 안도한 듯 쓴웃음을 지으며 곤마마를 올려다보았다. 곤마마는 시카이만 알아보게끔 평소보다 작은 윙크를 날리며 싱긋 웃었다. 작아도 참새 날갯짓 정도의 박력은 충분히 느껴졌지만.

* * *

운동을 끝낸 시카이는 샤워를 하고 헬스장 동료들에게 "또 봐요, 바이. 자기 전에는 꼭 양치질! 가끔은 치실로 이 사이도 잘 닦아야 해요. 수고!" 하고 계속 손을 흔들며 주차장에 세워둔 벤츠까지 걸어갔다.

운전석의 중후한 문을 닫자마자 고요한 공기에 감싸인다. 시동을 걸고 요즘 마음에 든 고스페라즈 CD를 틀었다. 그리고 액셀을 살짝 밟는다.

국도로 나와 잠시 달리다가 자주 이용하는 편의점 교차로에서 좌회전을 했다. 집으로 가려면 이대로 직진해야 하지만 오늘 밤엔 왠지 혼자 차를 타고 달리고 싶었다.

해안도로로 접어들어 서쪽을 향해 벤츠를 몰았다. 입체교차로에서 왼쪽으로 돌아 공업지대인 바다 쪽으로 들어간다.

인기척 없는 밤의 공업지대는 신비롭고 낯선 공간이다. 기괴한 형태의 공장들이 암흑 속에 빽빽이 늘어서 있고, 얼핏 무질서해 보이는 무수한 노란색 등이 어두운 밤을 연한 세피아 빛으로 물들였다.

바둑판처럼 반듯한 도로로 들어가서 액셀을 밟았다. 벤츠는 소리 없이 속도를 높이면서 시카이의 등을 시트 쪽으로 밀어붙였다. 좌우 풍경이 슝슝 뒤쪽으로 날아갈 때마다 시카이의 가슴에 침전된 우울도 조금씩 떨어져나가는 듯했다.

멀리 공장 부지를 둘러싼 철책 옆으로 휘황찬란하게 빛나는 자판기가 보였다. 시카이는 길가에 버려진 듯 외따로 서 있는 그 자판기에 까닭 없는 친근감을 느끼며 차를 세웠다.

커피라도 마실까?

차에서 내려 세피아 빛의 기묘한 밤하늘을 올려다보았다.

쾅, 쾅 하는 금속음이 머리 위에서 일정한 리듬으로 울렸다. 발밑의 자그마한 풀숲에선 귀뚜라미의 슬픈 노랫소리가 새어나온다.

시카이는 벤츠를 길가에 세워둔 채 따뜻한 캔 커피를 사서 50미터 정도 남쪽으로 걸었다. 철망으로 막힌 공장부지 저편으로 밤의 검은 바다가 펼쳐졌다. 이따금 바다에서 바람이 휙 불어와 트레이드마크인 금색 소프트모히칸을 엉클어놓았다.

왼편 안쪽으로 보이는 출입이 금지된 항구에 거대한 화물선이 정박 중이었다. 자세히 보니 외국인 뱃사람들의 실루엣이 갑판 위에서 다들 바쁘게 움직인다.

이제 어쩔까?

시카이는 자그맣게 한숨을 쉬었다.

집에 가기 싫은 건 아니었다. 하지만 마음속 어딘가에 내키지 않은 기분이 남아 있는 것도 사실이었다.

"내일도 아침부터 진료를 해야 하니……, 그만 갈까?"

굳이 목소리를 내어 중얼거리면서 벤츠를 돌아보았다. 애차 뒤로 늘어선 기다란 굴뚝들이 세피아 빛으로 흐릿해진 밤하늘을 찌르고 있다. 굴뚝 끝에서 연기가 성대하게 피어올랐다가 거의 수평으로 흘렀다.

그날도 오늘처럼 바람이 강했지…….

공장 연기가 바닷바람에 흩어져 사라져가는 모양을 멍하니 바라보며, 시카이는 3년 전 '그날'을 생각했다. 일곱 살이었던 딸 하즈키가 딱딱한 뼛조각과 하얀 재로 변한 그날.

눈앞의 공장 굴뚝이 벽촌의 화장터 굴뚝과 무척 닮았다는 생각을 했다.

시카이는 얼마 남지 않은 캔 커피를 벌컥 들이켰다. 운동 후라서 목이 마를 텐데도 맛이 없었다.

발밑에서 귀뚜라미 한 마리가 노래하기 시작했다.

시카이는 수많은 굴뚝을 다시 한번 바라보았다.

그로부터 계절이 세 번 돌아왔다. 만약 하즈키가 살아 있다면 지금 초등학교 3학년이겠지.

3학년이라……, 어떤 소녀일까?

상상해보려 했지만, 뇌리를 가득 채운 건 병상에서 힘없이 미소 짓는 일곱 살 하즈키 얼굴이었다.

시카이는 재킷 안주머니에서 휴대전화를 꺼냈다. 전원을 켜고 앨범을 열었다. 네 살부터 일곱 살까지의 하즈키 사진이 순서대로 저장되어 있다.

쾅, 쾅 하는 공장의 금속음이 세피아 색 밤을 흔든다.

가느다란 굴뚝에서 쏟아져 나오는 대량의 연기.

바다 향기를 품은 축축한 밤바람.

시카이는 행복했던 시절의 사진들을 하나하나 차분히 바라보았다. 다음에는 어떤 사진이 나올지, 앨범 안의 사진 순서를 모두 기억하고 있다.

앞으로 새 사진이 추가될 수 없는 앨범.

음울한 한숨은 평소처럼 삼켜버렸다.

앨범 안의 하즈키는 사진을 한 장 한 장 넘길 때마다 예쁘게 성장해갔다. 하지만 도중에 쇠약해진다. 그때가 일곱 살이었다.

* * *

 일반적으로 '고급'이라 말하는 호화 아파트 현관을 지나 엘리베이터를 탔다. 9층에서 내려 동쪽의 가장 안쪽 집을 향해 걷는다. 축축한 바닷바람을 한참 맞은 탓인지 옷이 조금 묵직해진 느낌이었다.

 중후한 디자인의 현관문을 열고 안으로 들어간다. 복도 끝의 유리문을 보니 아직 거실에 불이 켜져 있었다.

 신발을 벗으면서 불빛을 향해 인사했다.

 "나 왔어."

 세 글자의 문장이 어스레한 복도로 빨려들었다가 사라진다.

 아내 유카의 대답은 없었다.

 시카이는 심호흡을 크게 한 번 하고 표정 근육에 힘을 주어 '웃는 얼굴'을 만든 다음, 복도를 걸어 거실 문을 열고 다시 한 번 "나 왔어." 하고 말했다.

 "어서 와."

 억양 없는 유카의 대답. 유카는 탁자 앞에 앉아 노트북을 만지작거리고 있었다.

 "유카, 웃기는 얘기 해줄까? 오늘 헬스장에서 얼마나 웃었는지. 곤마마가 이만큼 굵은 손가락으로 샤초의 거기를 탁 때렸는데……."

시카이가 여느 때의 따발총 수다를 시작하면서 탁자 맞은편에 앉았다. 유카는 노트북 화면에 눈길을 고정한 채 얼굴을 들려고 하지도 않았다. 웹 서핑 중인 모양이다.

"흐음. 곤마마라는 사람, 여전하네."

대답도 건성이었다.

시카이는 그래도 아랑곳없이 종알종알 이야기를 멈추지 않았다. 볼근육을 더 잡아당겨 평소보다 큰 웃음을 머금은 채.

대답을 기대하지 않고 이야기하는 동안, 시카이의 눈길은 어느새 유카의 등 뒤에 있는 작은 장식장 위로 쏠렸다. 그곳에 가족이 '셋'이었던 시절에 찍은 사진이 한 장 장식되어 있다. 디즈니랜드에 처음 갔을 때 찍은 사진이다. 하즈키의 몸에서 아직 소아암이 발견되기 전.

왼쪽부터 시카이, 하즈키, 유카가 볼이 딱 붙을 정도로 얼굴을 맞대고 눈이 거의 안 보일 만큼 크게 웃고 있다. 자신들의 미래에 불행 따위 없으리라고 확신하는 자에게만 허락된 티 없이 순수한 웃음이다.

시카이는 계속 이야기했다. 줄곧 노트북 화면에만 눈길을 주는 유카에게. 유카 뒤에서 웃고 있는 사진 속 하즈키에게. 미련을 버리지 못하는 자기 자신에게. 오늘이 얼마나 즐겁고 살아갈 가치가 있는 하루였는지를.

한참 이야기하고 나니 목이 몹시 말랐다. 시카이는 '웃는 얼굴'을 유지한 채 일단 말을 끊었다. 찬물을 끼얹은 듯 거실이 고요해졌다. 침묵이 불편한 시카이는 침을 꿀꺽 삼켰다.

그때 유카가 노트북 화면에서 눈을 들었다. 집에 돌아온 뒤 처음으로 눈이 마주쳤다.

유카는 1초, 2초, 시카이를 보기만 할 뿐 입을 열지 않았다.

이 숨막히는 시간을 견딜 수 없는 시카이는 무슨 말이든 하려고 입을 열었다.

그 순간.

"저기."

유카가 먼저 작은 목소리를 냈다.

"응."

"목마르지? 맥주라도 마실래?"

유카가 고개를 살짝 기울이며 말했다. 똑같이 고개를 기울이는 몸짓이라도 미레는 귀여웠지만 아내는 지쳐 보였다. 시카이의 입에서 저절로 한숨이 새어나왔다.

"아아, 좋지. 마침 목이 마르다고 생각한 참이었어. 내 마음을 어떻게 알았지?"

천천히 일어난 유카는 시카이의 질문에 대답하지 않고 냉장고에서 차가운 캔 맥주와 유리잔을 꺼내왔다.

잔은 한 개였다.

"여기."

"아아, 고마워. 맥주는 역시 잔이 차가워야 제맛이지."

캔 맥주와 잔을 시카이 앞에 조심스레 내려놓은 유카는 "난 먼저 잘게. 이따 잘 자"라는 말만 남기고 등을 휙 돌렸다.

"아, 저기."

"응?"

"아니……. 운동 후의 맥주는 정말 최고라고."

"그 말 하려고 했어?"

"응."

"들어갈게."

"응, 그래. 맥주 고마워. 푹 잘 자."

문을 등 뒤로 닫는 유카의 여윈 뒷모습을 응시하며, 시카이는 이날 마지막 따발총을 발사했다.

쾅.

문이 닫힘과 동시에 총알이 다 떨어졌다.

홀로 남겨진 시카이 입에서 짧은 한숨이 흘렀다. '웃는 얼굴'인 채 굳어버린 볼근육도 천천히 느슨해졌다.

차가운 잔에 맥주를 따르고 장식장 쪽으로 눈길을 돌렸다. 작은 액자 안에서 가족 셋이 웃고 있다. 어떠한 불안도 두려움도 없이, 온화하게 빛나는 공기 속에서.

이 사진 속의 자신이 웃는 것처럼 지금도 유카를 향해 웃어주고 있을까?

생각하니 피로가 와르르 몰려들었다.

"휴우, 잘 먹겠습니다."

차가운 잔을 손에 들고 하즈키의 웃는 얼굴을 보며 중얼거렸다.

째깍, 째깍, 째깍…….

벽시계 초침이 존재를 주장하기 시작한 거실은 평소보다 훨씬 넓게 느껴졌다.

시카이는 맥주를 단숨에 반 정도 들이켰다. 목은 시원하고 기분 좋았지만 조금 전 유카의 뒷모습을 떠올리니 트림 대신 한숨이 나왔다.

시카이는 문득 생각나서 잔을 내려놓고 의자에서 일어났다. 천천히 탁자 아래로 기어들어간다. 불편한 자세로 탁자 안쪽을 올려다보았다.

'아빠의 근육이 좋아요.'

한 글자 한 글자 크기가 제각각인 문장이 탁자 안쪽에 적혀 있었다. 자신의 죽음을 예감한 하즈키가 엄마 아빠 몰래 남겨 놓은 수많은 낙서 메시지 중 하나였다.

아빠, 오늘도 운동하고 왔어.

사랑스러운 낙서를 바라보며 마음속으로 중얼거렸다. 시카이는 천천히 탁자 아래에서 기어나와 남은 맥주를 단숨에 들이

켜고 휴대전화를 손에 들었다. 연락처에서 낯익은 번호를 불러낸다.

히바리······.

통화 버튼을 누르고 호출음에 귀를 기울인다.

"네, 히바리입니다."

벨이 세 번 울리고 나서 카오리의 예의 바른 목소리가 들렸다.

"여보세요, 카오리? 안녕, 시카이야."

"아, 선생님, 안녕하세요? 지난번에는 감사했습니다."

얼마 전에 스케일링을 하러 왔었다.

"지금 카운터 자리 비어 있어?"

"네, 완벽하게 비어 있어요. 너무 한가해서 마마도 하품만 해요."

우후후 하고 수화기 저편에서 카오리가 웃었다. 바텐더 차림을 한 은테 안경 미소녀의 웃는 얼굴이 시카이의 뇌리에 떠올랐다.

"그럼 혹시 모르니 내가 늘 앉던 자리로 예약해줘. 지금 설렁설렁 걸어서 갈 테니."

"예, 알겠습니다. 마마도 이야기 상대가 생겼다고 좋아하시네요."

"아하하. 그럼 이따 봐. 맛있는 칵테일 부탁해."

"네. 기다리고 있겠습니다."

전화를 끊은 시카이는 다시 한번 장식장의 사진으로 눈길을 보냈다. 유카도 하즈키도 자신도 이쪽을 보고 천진난만하게 웃는다. 시카이는 사진틀에서 조심스레 사진을 빼내어 읽던 중인 문고본에 끼우고, 지갑과 함께 작은 숄더백에 넣었다. 아무도 없는 거실을 돌아보며 "잠시 다녀올게"라고 중얼거린 뒤 현관을 향해 걸음을 내딛었다.

* * *

3년 전에 일곱 살이었던 하즈키는 소아암을 앓다가 도쿄의 어느 대학병원에서 짧은 생을 마쳤다.

딸바보였던 시카이는 하즈키의 죽음을 받아들이지 못하고 거의 얼빠진 허수아비처럼 지냈다. 그 대신 유카가 이를 악물고 앞을 향해 걸어주었다. 온 힘을 다해 웃는 얼굴을 만들어 시카이를 정신적으로 떠받쳐주었다.

치과를 개업한 지도 얼마 지나지 않았을 때였다. 익숙하지 않아서인지 문제가 끊이지 않았고, 치료도 비효율적으로 이루어져서 쓸데없이 바쁜 나날이 지속되었다. 내원하는 환자 수도 예측했던 수의 반밖에 되지 않아 수입 면을 생각해도 불안한 시작이 아닐 수 없었다.

게다가 위궤양까지 시카이를 덮쳤다. 증상이 결코 가볍지 않았다. 조금이라도 공복을 느끼면 등에 심한 통증이 느껴져서 일에 지장이 있을 정도였다.

불행은 거기서 끝나지 않았다. 시골에 계신 어머니까지 돌아가시고 말았다.

딸의 죽음. 잘 풀리지 않는 일. 어머니의 죽음.

이미 망가질 대로 망가진 시카이 옆에서 유카는 더욱 다부지게 행동했다.

우울이 마음 한가운데를 잠식한 시카이의 눈에 이미 세계는 절망 그 자체였다. 그런 절망적인 암흑 속에서 유일하게 나아갈 길을 비쳐준 등대가 바로 유카의 밝은 모습이었다.

시카이는 정신적으로든 신체적으로든 그 빛에 기대려고만 했다. 그러나 일방적인 의존은 인간관계의 균형을 무너뜨린다. 시카이는 일하면서 받은 스트레스를 그대로 유카에게 전가했고, 그때까지 거의 하지 않던 부부싸움을 날마다 반복했다.

그러던 어느 날, 부부관계를 근본적으로 흔들어놓은 사건이 일어났다.

보슬비가 추적추적 내리는 9월의 어느 저녁식사 시간이었다.

유카가 별 생각 없이 "있잖아, 아빠." 하고 시카이를 불렀다. '아빠'라는 단어가 지니는 의미와 유카의 어색하리만치 밝은 태도에, 시카이는 문득 위화감을 느꼈다. 그 위화감은 가슴속에서 순식간에 부풀어올랐고, 시카이의 등과 양팔엔 소름이 돋았다. 그다음 순간, 시카이가 손에 든 젓가락을 탁 내려놓았다. 유카를 정면으로 응시하며 밥알이 든 채로 입을 열었다.

"지금 장난하니? 이제 하즈키는 이 세상에 없어."

"어? 뭐라고?"

"뭐라고라니! 언제까지……, 언제까지 나를 아빠라고 부를 셈이야!"

"……"

째깍, 째깍, 째깍…….

벽시계의 초침 소리가 울리는데도 거실 안은 오히려 시간이 멈춘 듯 얼어붙어 있었다.

유카는 멍한 표정으로 시카이를 보았다.

시카이 역시 터뜨릴 곳 없는 감정을 어떻게 처리해야 할지 모른 채 유카를 노려보고만 있었다.

"알겠어? 나를 두 번 다시 아빠라고 부르지 마."

어딘가 먼 곳에서 생겨난 말이 시카이의 입을 빌려 걸쭉하게 흘러나오는 듯한 감각을 느꼈다.

유카의 표정에서 핏기가 사라졌다. 눈동자 속에 깃든 등대의 다정한 빛마저 시들어 사라져버렸다. 초점이 애매해진 유카의 두 눈에서 물방울이 뚝뚝 떨어졌다.

"뭐야, 울지 마."

"……"

그로부터 유카는 거의 과호흡 상태에 빠진 것처럼 얕은 호흡을 빠르게 반복했다. 그 모습은 정상이 아니었다. 실이 끊어진 꼭두각시 인형처럼 양팔을 늘어뜨린 채 괴로운 듯 호흡하던 유카가 이윽고 얼굴을 위로 향하고 쌓였던 감정을 터뜨리듯 오열하기 시작했다. 목 안 깊은 곳에서 혼을 짜내는 듯하던 그 울음은 유카의 육체에서 순식간에 기력을 앗아갔다. 그대로 미라가 돼도 좋을 것 같은 광기마저 품고 있었다. 하즈키를 잃은 후로 줄곧 한계 직전에 매달려 있었던 유카의 정신이 순식간에 붕괴한 듯했다.

"어이, 울지 말라고 했어. 아무리 울어도 이제 하즈키는 돌아오지 않아!"

유카의 오열을 덮으려고 큰소리를 냈지만, 시카이의 말은 단 한마디도 유카에게 전달되지 못했다.

"시끄러워. 울지 마. 입 닥쳐!"

내가 지금 무슨 말을 하는 걸까?

"울지 말라고 하잖아!"

하즈키를 잃고도 애써 밝게 행동하면서 무너진 시카이를 필사적으로 떠받쳐준 아내에게 지금 내가 무슨 말을 하고 있는가?

시카이 안에 있는 또 한 사람의 자신은 분명 죄책감에 시달리고 있었다. 그와 동시에 내부에서 흘러넘치는 시커먼 감정을 억제하지 못하는 자신도 있었다.

유카의 오열은 심한 귀울림처럼 시카이의 머릿속에서 울려 퍼졌다. 두통이 느껴졌다. 눈앞이 새하얗게 변할 것 같았다.

도망치고 싶다, 이 세상에서.

절실한 마음으로 탁자 맞은편에서 무너질 듯 오열하는 유카를 바라보는데, 문득 그 모습이 천천히 흔들리기 시작했다. 어딘가 먼 곳에서 '아아아아아아' 하는 유독 귀에 거슬리는 남자 목소리가 들린 것 같았다.

놀랍게도 그건 시카이 자신의 목에서 나온 소리였다. 시카이도 소리 높여 울고 있었던 것이다. 넘쳐흐르는 눈물의 투명한 막 저편에서 오열하는 유카의 모습이 흔들렸다. 하늘을 우러르듯 고개를 쳐들고 우는 유카가 왠지 거울에 비친 자기 모습 같았다.

그날 이후로 유카의 마음은 죽었다.

시카이와 얼굴을 마주해도 꼭 필요한 말이 아니면 하지 않았고 거의 웃지도 않았다. 의도적으로 차갑게 대하는 건 아니겠지만 예전처럼 밝고 따뜻한 표정을 절대 보여주지 않았다.

유카는 그 뒤로 두 번 다시 시카이를 '아빠'라고 부르지 않았다. '여보'도 아니고 연인이었을 때처럼 '료짱'도 아니고, 아무 감정이 실리지 않은 목소리로 '저기……' 하고 말을 걸었다.

처음에는 유카가 화가 나서 일부러 쌀쌀맞게 행동하는 거라고 생각했지만 사실은 그게 아니었다. 유카의 마음은 정말로 죽어버렸다.

그 사실을 알아차린 건 불단에 올려둔 복숭아가 거무칙칙하게 썩어 있는 걸 본 순간이었다. 썩은 복숭아 주위로 커다란 파리 두 마리가 날고 있었다. 하즈키가 좋아했던 과일을 근처 슈퍼마켓에서 사와서 불단에 올리고 향도 매일 빠뜨리지 않고 피우던 유카였다. 하지만 그날 밤 이후로 그 습관마저 뚝 끊겼다.

아내의 마음이 죽었다.

썩은 복숭아를 봤을 때 시카이는 가벼운 구역질을 느꼈다.

부부 간의 대화가 줄어들자 침묵이 집 안을 지배하여 공기마저 답답하게 만들었다.

심각한 죄책감에 시달리던 시카이가 그날 밤 있었던 일에 대해 몇 번이나 몇 번이나 사죄했지만, 유카는 멍한 얼굴로 "응, 괜찮아. 나는 상관없어"라고만 대답할 뿐이었다. 유카의 죽은 마음은 끝내 돌아오지 않았다.

시카이의 가정을 잠식한 침묵은 무자비한 함박눈처럼 퇴적되어 조금씩 조금씩 무거워졌고, 어느새 마음 한가운데까지 꽁꽁 얼어붙게 했다.

그때부터 시카이는 집에서든 밖에서든 대화가 없는 공간에 있으면 침묵을 견디지 못하고 혼자서 계속 지껄이게 되었다.

그 버릇은 날이 갈수록 심해졌다. 스스로 침묵 공포증이라는 병명까지 붙였을 정도다. 즐겁지 않을 때도 무조건 '웃는 얼굴'을 만들어 쉴 새 없이 떠들어댔다.

얄궂게도 시카이가 침묵을 두려워하면 할수록 치과는 번성했다. '늘 싱글벙글 웃으며 이야기를 많이 해주는 원장 선생님'으로 입소문이 난 덕분이었다.

* * *

"그래서 말이에요, 하는 일은 순조롭게 궤도에 올랐지만 집에 있는 게 좀 괴로워서……."

늘 앉던 카운터석에 자리 잡은 시카이는 카오리가 만들어준 김렛을 홀짝홀짝 마시며 말했다. 드라이진과 라임 주스를 적당히 섞어 만드는 심플한 칵테일이다.

"그랬구나. 센세한테 그런 사정이 있는지 몰랐어."

카운터 안의 곤마마가 글썽글썽해진 눈으로 시카이를 내려다보았다. 눈썹이 팔자가 되어 있다.

"당연히 몰랐겠죠. 이런 얘기 아무한테도 안 했으니까. 그런데 나 참 바보 같죠? 곤마마, 비밀로 해줘요. 아하하……."

시카이는 안주로 주문한 안초비를 덥석 집어 입에 넣더니 "아아, 인생은 참 짜다"라며 어깨를 움츠렸다.

"맞아. 이따금 혀가 얼얼할 정도로 짜. 그럴 땐 쌉쌀한 김렛이 최고지."

"어, 왜요?"

시카이의 의문에 늠름하게 대답한 건 카오리였다.

"짠맛을 씻어내는 데에는 쌉쌀한 술이 제격이에요. 달콤한 술을 마시면 오히려 짠맛이 강해져서 위장에 오래 남거든요."

그다음 말은 곤마마가 이어받았다.

"김렛이라는 칵테일엔 '먼 사람을 생각한다'는 의미가 있어. 하즈키랑 부인이 먼 사람이 돼버렸어도 두 사람을 버리거나 잊지 않고 마음 깊이 생각하잖아. 그래서 카오리가 김렛을 만든 거야. 그렇지, 카오리?"

"네."

자그맣게 대답한 카오리가 조금 쓸쓸한 듯 웃었다.

"그렇구나. 먼 사람을 생각한다……."

시카이는 라임 색 칵테일을 들고 찬찬히 응시하다가 아까보다 아주 조금 온화한 표정이 되어 말을 이었다.

"먼 사람을 생각하는 건 내가 아니라 오히려 하즈키인 것 같아요."

"응? 무슨 뜻이야?"

곤마마가 자기 볼에 손을 대고 물었다.

"조금 전에 이야기했죠? 탁자 밑에 적힌 낙서 메시지요. 그런 메시지가 집 안 구석구석에 숨어 있거든요."

"아."

곤마마와 카오리가 한목소리로 감탄했다.

"하즈키는 요양 중에 이제 곧 죽는다는 걸 알았던 것 같아요. 그래서 죽은 뒤에도 유카와 나를 기쁘게 해주려고, 잘 보이지 않는 곳에 작은 낙서를 몰래 남겨놓고 죽을 때까지 비밀로 했어요."

"그건……."

곤마마가 쉰 목소리를 냈다.

"유서라고 하긴 좀 그렇지만 말이에요. 그냥 아이다운 메시지였어요. 운동회 때 도시락이 맛있었다든가, 생일에 모자를 사줘서 고마웠다든가, 엄마가 만든 크로켓이 가장 맛있다든가……. 그런 내용의 낙서가 생각지도 못한 곳에서 생각지도 못한 때에 발견되곤 했죠. 그게 왠지 머나먼 천국에서 보내오는 메시지인 것만 같아서……."

"하즈키가 그런 감사의 메시지를 남겼다니."

곤마마의 중얼거림에 시카이는 아무 대답도 하지 않고 고개만 끄덕였다. 지금 입을 열면 울먹일 것 같아서였다.

카오리는 이미 연두색 손수건으로 안경 안을 닦고 있었다.

"그 메시지, 몇 개나 찾았어?"

"100개는 넘었을걸요."

"그렇게나……."

"네. 유카의 마음이 무너지고 나서 그 메시지를 처음 발견했는데요, 그 후에 둘이서 집 안을 정신없이 뒤지고 다녔죠. 메시지가 나올 때마다 유카는 훌쩍훌쩍 울고……. 그러는 동안 유카의 마음이 점점 원래대로 돌아오는 것 같았어요. 그래서 정말 하즈키가 먼 곳에서 우리를 생각해주고 있는 게 아닐까 하고……."

"그렇구나."

"예. 그런데……."

"그런데?"

"이제 거의 다 찾은 것 같아요. 요즘은 전혀 나오지 않네요. 그러니까 더 쓸쓸한 생각이 들고, 유카의 마음도 다시 닫히는 것 같고……."

"허허, 참……."

곤마마는 자그맣게 한숨을 내쉬며 통나무 같은 팔을 서로 엇걸었다. 그리고 카오리에게 말했다.

"카오리, 센세한테 솔티 도그를 좀 만들어드릴까?"

"아……." 고개를 숙이고 울던 카오리가 얼굴을 들었다. "정말 솔티 도그로 괜찮을까요?"

"괜찮아. 이 사람은 솔티 도그를 좀 마셔야 해."

시카이가 끼어든다.

"솔티 도그는 무슨 의민데요?"

곤마마는 팔짱을 낀 채 조금 장난스럽게 웃었지만, 그 웃음은 평소에 비해 30퍼센트쯤 쓸쓸해 보였다.

"센세에겐 좀 어렵겠지만, '과묵하다'는 뜻이야."

* * *

하즈키의 세 번째 기일은 마침 치과가 휴진인 목요일이었다.

시카이는 낮 12시가 조금 지났을 때 유카를 벤츠 조수석에 태우고 하즈키가 잠들어 있는 묘지로 향했다.

도중에 슈퍼마켓에 들러 하즈키가 좋아했던 포도와 요구르트를 샀다. 시카이 일가의 묘지는 본가 근처의 높은 지대에 있어서, 묘 앞에 서면 후미진 만으로 둘러싸인 온화한 바다가 저 멀리 바라다보인다.

"와아, 오늘 정말 날씨 좋다. 성묘하기에 딱 좋은 날씨네."

시카이는 조수석을 보고 말했지만, 유카가 대답을 하지 않아 혼잣말처럼 되어버렸다.

눈부시도록 쾌청한 가을 하늘이었다. 황금색의 드넓은 전원 풍경 위로 상쾌한 바람이 불었고, 높고 푸른 하늘에는 수많은 고추잠자리가 떼 지어 날아다녔다.

만약 하즈키가 살아 있다면 함께 잠자리를 잡으러 다녔겠지…….

시카이는 그런 생각을 하면서 액셀을 밟았다.

유카와 둘이서 차를 타고 멀리 나가는 것도 꽤 오랜만이었다. 정확하게는 생각이 나지 않지만 어쩌면 작년 기일 이후 처음인지도 모른다. 시카이는 의도적으로 피했다. 좁고 도망칠 곳 없는 차 안이라는 공간에 유카와 단둘이 있는 게 두려웠다. 견디기 힘든 침묵이 차 안을 가득 채울 것 같아 무서웠다. 그래서 오늘 시카이는 평소보다 더 많은 말을 하고 있다. 멍하니 앞만 바라보며 건성으로 대답하는 유카를 향해 끊임없이 농담을 던져대고 있다.

"헬스장 여자 스태프만 보면 성희롱을 하는 조폭 졸개 같은 아저씨 있다고 그랬지? 한번은 곤마마가 그 아저씨한테 가서 이렇게 말했어. '젖가슴이 그렇게 좋으면 내 걸 한번 만져보시지. 자, 자, 여기' 하면서. 그랬더니 그 아저씨, 오줌을 질질 쌀 것 같은 얼굴이야. 결국 곤마마가 손목을 꽉 잡아서 근육이 불룩불룩한 젖가슴에 강제로 갖다 댔지. 그랬더니 그 자식, 죄송합니다, 죄송합니다, 울면서 막 빌고. 아하하. 그러고 나서는 헬스장에 안 나타나."

"후후. 곤마마라는 사람, 정말 굉장하네."

유카가 조금이라도 웃어주었다는 사실에 적잖이 안도한 시카이는 또 계속 말을 이었다.

"맞아. 존재감이 보통이 아니지."

"……."

"그런데 그 뒷이야기가 걸작이야. 그 사람이 며칠 뒤에 우연히 곤마마 가게에 술 마시러 왔더라는 거야. 문을 열었는데 바로 눈앞에 키가 2미터나 되는 곤마마가 우뚝 서 있었던 거지. 그때 그놈이 뭐라고 했을 것 같아?"

"……."

"모르겠지?"

"……."

"으음, 그럼 내가 정답을 알려줄까?"

시카이는 조수석을 흘끗 쳐다보며 유카의 표정을 살폈다. 유카는 앞을 향한 채 가만히 눈을 감고 있었다.

"응? 유카?"

"미안. 좀 조용히 있고 싶은데. 나 졸려서."

"어……. 아, 그랬구나. 미안, 자꾸 말 시켜서."

"아냐. 괜찮아. 재미있었어."

"아, 응……."

거기서 대화가 뚝 끊겼다.

좁은 차 안이 침묵으로 채워진다. 숨 쉬는 소리마저 들릴 것 같은 텅 빈 무음의 검은 구멍. 차 소리도 거의 내지 않는 벤츠를 원망스러워하며 시카이는 꿀꺽 침을 삼켰다.

무슨 말이라도 하고 싶어 견딜 수 없었지만, 조용히 해달라고 하니 어쩔 도리가 없어서 심호흡만 여러 차례 반복했다.

잘 거라면 빨리 잠들어줘.

시카이는 그렇게 빌었다. 상대가 잠들어주면 '침묵'이 '고요'로 바뀐다.

그러나 고른 숨결은 아무리 기다려도 들리지 않았다. 유카는 눈만 감고 있었다. 시카이는 더 이상 참지 못하고 작은 소리로 말을 걸어보았다.

"유카, 자?"

그러자 유카가 하아, 하고 자그맣게 한숨을 쉬더니 조금 귀찮은 듯 말했다.

"나한테 신경 쓰지 마."

"그래……. 별로 신경 안 써……."

"애써 말하려고 하지 않아도 돼."

시카이의 말을 덮으려는 듯 눈을 감은 채 딱 잘라 말했다.

* * *

맑은 가을 하늘 아래에서 검푸른 바다를 내려다보는데 상쾌한 바람이 불어왔다. 키 큰 소나무가 머리 위로 가지를 뻗은 채 나뭇잎을 서로 비비며 사각사각 기분 좋은 소리를 연주했다.

묘지에 도착한 두 사람은 조금 어색한 공기 속에서 하즈키가 잠든 무덤과 그 주위를 청소했다. 잡초를 뽑고, 낙엽을 쓸고, 묘비를 닦았다.

"아, 유카, 꽃은 마지막에 꽂는 게 좋을까?"

"상관없지 않아?"

"그렇……겠지? 모기가 아직도 꽤 있네. 근처에 장구벌레가 많이 꾀는 웅덩이라도 있는 건가?"

"……."

어디까지 말해도 좋고 어디부터 쓸데없는 내용인지 그것에만 신경이 쓰여서 내뱉는 말 하나하나가 어색해져버린다. 어색한 채로 대화를 시도하면 유카는 한층 더 입을 닫아버리니, 이미 심각한 악순환에 빠진 상태였다.

청소를 끝내고 향을 피우고 그 냄새에 감싸인 채 묘비 앞에서 손을 모으니, 뿔뿔이 흩어져서 안정되지 않았던 기분이 서서히 가라앉기 시작했다. 이제야 하즈키에게 마음을 모을 수 있을 것 같다.

시카이는 가슴으로 말을 걸었다.

천국에서 즐겁게 지내고 있어?

여기서는 만들지 못했던 친구도 많이 생겼을까?

엄마랑 아빠가 없어도 쓸쓸하지 않아?

요즘은 하즈키가 남겨준 메시지를 찾을 수가 없어.

아빠는 하즈키가 너무 보고 싶어…….

볼 수도 만질 수도 없는 하즈키에게 말을 걸다 보니 왠지 시카이 안에 온기가 가득해졌다. 이 따듯함을 언젠가 느낀 적이 있는데……라고 생각하다가 문득 떠올랐다. 과거에 하즈키에게 품었던 무조건적인 사랑의 온도였다. 자기 목숨보다 더 소중한 것을 바라볼 때만 느낄 수 있는 그 흡족한 온기.

감은 눈에서 자기도 모르게 물방울이 흘러내려, 시카이는 손등으로 슬쩍 닦았다.

그러자…….

"여기……."

오른쪽에서 목소리가 들렸다.

"응?"

돌아보니 옆에서 손을 모으고 있던 유카가 손수건을 내밀고 있었다.

"아, 고마워."

"……."

"하즈키를 안았을 때 감촉이 떠올라서……. 목소리랑 자그마한 손도……."

"……."

"마지막엔 몸이 너무 여위어서 안으면 슬퍼질 정도로 가벼웠지. 그래도 온기는 확실히 느껴졌어. 온기를 느낄 때마다 아직 살아 있다, 하즈키는 아직 살아 있어주고 있다……."

시카이는 손수건을 받아들고 눈물을 닦으며 평소처럼 계속 지껄였다.

유카가 한숨 섞인 목소리로 시카이의 말을 막는다.

"됐어."

"응?"

"됐어. 이제 그렇게 말하려고 애쓰지 않아도 돼."

"……."

"하즈키한테……좋지 않아."

하즈키한테, 좋지 않다고?

시카이는 그게 무슨 뜻인지 헤아려보려 했다.

"종알종알 아무리 지껄여도 하즈키는 이제 돌아오지 않아. 나도 정말 피곤해."

"어……, 미안."

"……."

유카는 미간에 주름을 잡은 채 옆에 있는 시카이를 묵묵히 바라보았다.

"그런데 아까 그건 무슨 뜻이야? 내가 말을 하면 하즈키한테 왜 좋지 않지?"

시카이는 자칫하면 밖으로 흘러넘칠 것 같은 열띤 감정을 억제하며 되도록 냉정한 말투로 물었다.

"도대체 언제쯤 하즈키가 이 세상에 없다는 걸 받아들일 셈이야? 아빠가 그러니 하즈키가 마음 놓고 천국에 갈 수 없잖아."

"……."

유카의 감정이 끓어오르는 걸 느꼈다.

"이제 적당히 좀 받아들여. 대체 언제까지 혼자 비극의 주인공인 척할 거야? 슬프고 괴로운 건 나도 마찬가지라고!"

하즈키 묘비 앞에서 들은 아내의 부르짖음에 시카이는 헉하고 숨을 삼켰다.

오랜만에, 정말로 오랜만에, 유카가 감정을 드러냈다.

"유카……."

벌써 오래전에 죽은 줄 알았던 유카의 마음은 깊고 깊은 동굴 속에서 몰래 호흡하고 있었다. 시카이가 던진 잔혹한 말 때문에 일시적으로 얼어붙었을 뿐이었다. 지금 유카가 그 얼음을 녹였다.

"혼자 피해자 같은 얼굴 하지 마. 그런 표정, 이제 지긋지긋해."

강한 말투로 내뱉으며, 유카도 두 눈에서 투명한 물방울을 뚝뚝 흘렸다.

"자."

유카에게 빌렸던 손수건을 돌려주었다.

그러고는 숨을 깊이 들이마셨다. 눈물을 닦는 아내에게 말을 던지고 싶었다. 감정의 캐치볼을 하고 싶다.

"당신은 하즈키의 죽음이 쉽게 받아들여져?"

"쉽지는 않지만 받아들일 수밖에 없잖아. 안 그러면 어떻게 이 세상을 살아가!"

"나는 그리 쉽게 잊을 수 없고, 잊고 싶지도 않아."

"아무도 잊으라고 하지 않았어! 료쨩처럼 언제까지나 하즈키가 남긴 메시지만 찾고 있으면 조금도 앞으로 나아가지 못한다는 뜻이야!"

유카가…….

'료쨩'이라 불렀다.

시카이는 안도와 기쁨과 슬픔과 분노가 뒤섞인 기분으로 아까와 똑같은 대사를 아까보다 더 감정적으로 내뱉었다.

"당신이 뭐라고 하든, 나는 그리 쉽게 잊을 수 없어!"

"왜 그렇게 남자답지 못해! 아버지 주제에 우는소리나 하고. 하즈키가 죽어서도 아빠 걱정을 해야 해? 정말 바보 아냐?"

인간다운 열을 띤 유카의 폭언을 오히려 기분 좋게 받아들이며, 시카이는 문득 묘비를 보았다. 묘비 위에 고추잠자리 한 마리가 앉아 있다. 하찮은 부부싸움을 어이없어하며 구경하는 듯 보였다.

어쩌면 하즈키가 이 고추잠자리 눈으로 엄마 아빠를 보고 있는지도 모른다. 아무 근거도 없이 그런 생각을 하는 자신이 우스웠다.

하즈키, 혹시 네가 녹여주었어?

엄마의 얼어붙었던 마음을.

유카의 등 뒤로 펼쳐진 가을 하늘에 예쁜 조개구름이 떠 있었다. 유카는 옛날처럼 빠른 말투로 불평을 늘어놓았다. 시카이는 그런 아내를 보면서 무의식적으로 깊은 한숨을 쉬었다.

"왜 웃어!"

"어……?"

유카에게 추궁을 당하고서야 알았다. 한숨을 쉬면서 웃고 있었다는 사실을.

"안 웃었어. 아무튼 나는 하즈키가 없어서 슬퍼. 부모로서 당연한 마음이잖아? 그게 왜 나쁘다는 거야?"

"몇 번이나 말했잖아! 슬픈 건 부모니까 당연하다고. 그런데 료쨩은 자신의 슬프다는 사실에 취해 있는 것 같아! 그게 아빠답지 못하다는 거야! 정말 한심해!"

유카는 양손을 허리에 대고 어이없다는 듯한 말투로 꽤 호되게 시카이를 비난했다.

살아 있는 인간답게 예쁜 눈물을 주르르 흘리면서. 묘비 위의 고추잠자리가 파르르 날아올라 반짝이는 바다 쪽으로 비행했다.

고마워, 하즈키.

"어디 보는 거야!"

"바다 좀 보면 안 돼?"

이번엔 스스로 알았다. 말하면서 웃었다는 사실을.

*　*　*

다음 날 헬스장에서 멍하니 컨센트레이션 컬을 하는데 게라가 어깨를 두드렸다.

"센세, 무슨 일 있어요? 오늘따라 조용하시네."

"아……."

"조금 전에 라커룸에서 샤초도 걱정하던데요? 오늘은 시카이 센세의 따발총을 못 들었다면서 무슨 일 있나 하시던데."

"아하, 아하하하." 시카이는 반사적으로 웃는 얼굴을 만들었다. "그래요? 전 평소랑 똑같은데요. 그보다 게라 씨, 위팔이 전보다 더 굵어진 것 같아요. 특히 삼두근이 단단해졌네요."

"어, 그런가요? 센세랑 곤마마가 늘 지도해준 덕분에 조금은 성과가 있었던 모양이네요."

거울을 바라보고 서서 위팔에 힘을 주는 게라의 흡족한 표정을 보고, 시카이는 한 번 더 칭찬했다.

"아뇨 아뇨 아뇨 아뇨, 게라 씨가 노력한 덕택이죠. 헬스장에 오시는 게 거의 개근상 수준이잖아요. 정말 성실하게 운동하시는 것 같아요. 근육은 인간보다 솔직해서 자신에게 거짓말을 하지 않지요."

그렇게 말하며 게라를 향해 웃음을 던지는데 등 뒤에서 중저음 목소리가 울렸다.

"맞아, 근육은 거짓말을 하지 않아요. 그러니까 고통을 극복해야 성장할 수 있지. 그것 참 멋지지 않아, 센세?"

어느새 나타난 곤마마가 두툼한 손가락으로 시카이의 부풀어오른 등세모근을 콕 찔렀다.

"아, 곤마마, 언제 왔어요?"

시카이가 뒤돌아보고 말하니, 곤마마가 큼직한 윙크를 날리면서 농담처럼 이렇게 말했다.

"지금 막 왔어. 센세는 거, 짓, 말, 쟁, 이."

시카이는 곤마마가 무슨 말을 하고 싶은지 대충 알고 있었다. 하지만 게라는 알지 못했다.

"어? 왜 시카이 센세가 거짓말쟁인가요?"

"게라짱한텐 비밀. 우후후후."

"앗. 지금 나만 따돌리는 거예요?"

"어쩔 수 없어. 벤치 프레스 120킬로그램 들어올리면 가르쳐줄 수 있는데."

"120킬로그램이라니, 몇 년 걸릴걸요?"

"그렇게 많이 안 걸려. 내년이나 후년에는 들 수 있을 거야,

틀림없이. 그때가 되면 이미 센세는 거짓말쟁이가 아니겠지만."

곤마마는 장난스러운 얼굴로 웃어 보이더니 두 사람에게 획 등을 돌리며 말했다.

"자자, 거짓말쟁이랑 호기심쟁이는 내버려두고 나는 하반신이나 열심히 단련해야지잉. 어머머, 오해하지 말아요. 하반신이랬다고 거시기를 떠올린 건 아니겠죠? 네갈래근이랑 햄스트링이라니깐."

이렇게 평소처럼 야한 농담을 날리면서 스쿼트용 봉에 원판을 우르르 끼웠다.

거짓말쟁이라…….

큰곰 같은 곤마마의 거대한 등을 바라보며 시카이는 짧은 한숨을 내쉬었다.

'슬플 때는 애써 말하려 하지 않아도 돼요. 그냥 울면 되는 거야. 솔티 도그를 마시고, 엉엉 울든지 훌쩍훌쩍 울든지 그냥 울어요. 침묵이 괴로우면 괴롭다고 솔직하게 말하면 돼. 센세가 자기 자신한테 거짓말을 하는 동안엔 분명 부인도 어쩌면 좋을지 모를 거야.'

시카이는 히바리에서 곤마마가 해준 이야기를 떠올렸다.

그러다 유카의 언짢은 얼굴도 떠올랐다.

또 후우 하고 한숨이 나왔다. 이번에는 유난히 깊고 축축한 한숨이었다. 어제 하즈키의 무덤 앞에서 격하고도 기분 좋은 말다툼을 한 뒤 아직 화해도 하지 않았다. 한동안 이야기도 제대로 들어주지 않을 것 같다.

* * *

이튿날.

시카이는 오전 진료를 마치고 휴식을 취하고 있었다.

젊고 미인이 많다고 소문난 치과 위생사들이 끼리끼리 모여 근처 파스타 가게나 찻집 등으로 점심을 먹으러 나갔다.

시카이는 혼자 2층으로 올라가 세 평쯤 되는 원장실에 들어갔다. 책상과 의자, 책장, 소형 냉장고, TV가 있는 아담한 은둔처다.

시카이는 TV를 켜고 의자에 털썩 몸을 맡긴 채 책상 위에 놓인 편의점 도시락을 먹었다. 하즈키가 유치원에 다닐 땐 유카가 "준비하는 김에 아빠 것도 쌌어"라며 시카이 도시락까지 만들어주곤 했다. 하즈키가 입원한 후로는 더 이상 그럴 여유가 없었다.

"요즘 편의점 밥, 제법 맛있어."

TV를 향해 혼잣말을 중얼거리며 마치 의무를 이행하듯 젓가락을 천천히 입으로 옮겼다. 500밀리리터 페트병에 든 차를 목 안으로 벌컥 쏟아넣음으로써 쓸쓸한 점심식사는 끝이 났다.

점심시간은 1시간이지만 식사는 10분이면 끝난다. 시카이는 남는 시간에 뭘 할까 생각하다가 오후 예약표를 보고 누가 오는지 체크해두기로 했다.

원장실에서 나와 계단을 내려갔다. 내려가면 바로 대기실이 나온다. 환자를 위한 작은 책장에 여성잡지나 어린이를 위한 그림책이 꽂혀 있다. 평소엔 여성 스태프 중 누군가가 책장을 깔끔하게 정돈해두는데, 오늘은 웬일인지 잔뜩 어질러져 있고 책장 위까지 그림책이랑 잡지가 아무렇게나 놓여 있었다.

대기실과 화장실이 깨끗해야 손님이 많이 모여……라고 치과 대학 선배가 해준 말을 떠올리며, 시카이는 흩어진 책장의 책들을 하나하나 정리했다. 그러다 어느 그림책을 손에 들었을 때, 시카이는 문득 움직임을 멈췄다.

이거 하즈키가 좋아했던 책이네.

시카이는《우사미밋치》라는 제목의 그림책만 책장 위에 올리고 나머지 책들을 가지런히 꽂았다.

책장 정돈이 끝나자《우사미밋치》를 들고 원장실로 돌아왔다. 오후 예약표를 체크하는 일 따위 이미 까맣게 잊어버렸다.

"이 책 정말 좋아했는데……."

중얼거리면서 그림책을 책상 위에 놓았다. 표지가 여기저기 찢겨 있어 왠지 책이 불쌍하게 느껴졌다. 나중에 테이프로 붙여줘야지.

그림책을 펼치니 본 기억이 있는 입체 그림이 시야로 뛰어들어 시카이의 가슴을 꾹 눌렀다. 하즈키가 아직 건강했을 때, 이 그림책을 읽어주면서 하즈키를 재우곤 했다.

하즈키의 잠옷에 그려진 핑크색 토끼가 이 그림책 주인공인 '미밋치'였다. 이야기 속의 '미밋치'는 가슴 설레는 일이 생길 때마다 엄마토끼에게 "엄마, 행복의 두근두근"이라고 말하며 자기 가슴을 가리킨다. 그러면 엄마토끼는 그 기다란 귀를 '미밋치' 가슴에 대고 "정말이네? 미밋치의 두근두근이 그대로 전달되어 엄마도 같이 행복해졌어." 하고 대답하는 것이다.

하즈키는 종종 이 그림책 흉내를 내어 뭔가 기쁜 일이 있으면 시카이에게 "아빠, 행복의 두근두근, 들어봐!" 하고 말하며 자기 가슴을 가리키곤 했다.

시카이는 하즈키의 작은 가슴에 귀를 대던 순간을 회상했다. 두근두근두근…….

일정한 리듬을 새기는 작은 생명의 증거. 행복의 두근두근.

하즈키가 행복하게 살아 있다는 걸 증명해주는 은혜로운 리듬. 기억 밑바닥에서 온기가 하늘하늘 피어올라 무심코 그 그림책을 꼭 끌어안고 싶은 충동에 휩싸였다.

시카이는 그 충동을 억제하고 다시 책장을 한 장 한 장 넘겼다. 천진난만하고 호기심 왕성한 '미밋치'와 그 '미밋치'를 다정하게 감싸는 엄마의 흐뭇한 대화를 접할 때마다 시카이는 자신의 심장이 달콤한 힘으로 뭉개지는 듯한 느낌을 받았다.
 마지막 페이지를 펼쳤을 때.
 "앗!"
 시카이는 무심코 짧은 비명을 질렀다.
 "이런 곳에……."
 저자 소개 옆에 사인펜으로 적힌 글씨.

 행복의 두근두근
 늘 가득했어요.
 아빠 엄마 고마워요.

 정말 오랜만에 발견한 하즈키의 메시지였다.
 크기가 제각각인 글자 하나하나를 몇 번이나 몇 번이나 되풀이해 읽었다.
 "하즈키……."
 목소리를 낸 순간, 그 글자가 흔들흔들 흔들리기 시작했다.
 눈을 깜빡이니 책상 위로 눈물방울이 뚝뚝 떨어지는 소리가 들렸다.
 "아빠야말로 행복의 두근두근, 늘 가득했어."
 눈물이 멈추지 않는다. 볼을 타고 내려온 방울 하나가 입술에 닿았다. 핥으니 조금 짰다. 시카이는 '히바리'에서 마신 솔티 도그를 떠올렸다.

슬플 땐 울어도 돼.

시카이는 그림책을 꼭 끌어안고 홀로 흐느껴 울었다.

* * *

시카이는 그날 진료를 마치고 바로 집으로 향했다. 벤츠 조수석에 《우사미밋치》가 놓여 있다. 오랜만에 발견한 메시지를 조금이라도 빨리 유카에게 보여주고 싶었다.

아파트에 도착해서 주차장에 벤츠를 세우고 빠른 걸음으로 성큼성큼 현관을 통과했다. 엘리베이터로 9층까지 올라가 가장 안쪽 집 문을 열고 안으로 들어간다.

거실 불이 켜져 있었다.

시카이는 깊이 심호흡을 한 후 "나 왔어." 하고 크게 인사하며 신발을 벗었다.

묘비 앞에서 싸운 뒤로 아직 유카와 제대로 대화를 나눈 적이 없다. 되살아난 듯싶었던 유카의 마음이 성묘를 하고 돌아온 직후 꽃이 시들듯 다시 조금씩 닫혀버렸다.

거실 문을 여니 평소처럼 탁자 앞에 유카의 모습이 있었다.

"나 왔어."

시카이는 다시 한번 밝은 목소리를 내보았다.

"어서 와. 운동은?"

무시당하지 않았다는 사실에 일단 안도했다.

"오늘은 쉬었어. 유카에게 빨리 보여주고 싶은 게 있어서."

"뭔데?"

고개를 갸우뚱하는 유카.

"이거야."

시카이는 맞은편이 아니라 일부러 옆자리에 앉아서 《우사미밋치》를 유카 앞으로 살짝 내밀었다.

"앗……!"

"옛날 생각 나지?"

유카는 "응." 하고 자그맣게 고개를 끄덕이며 책장을 넘기기 시작했다.

한 장씩 정성껏 넘기고 싶은 마음은 엄마도 아빠도 똑같구나……라고 기쁘게 생각하며 시카이는 아내 옆에서 사랑스러운 그림책을 들여다보았다.

마지막 페이지를 넘기려는 순간, 시카이가 손을 유카의 손 위에 올렸다.

"자, 거기서 스톱."

"응?"

"잠깐 그대로 있어."

시카이는 그렇게 말하고 일어나서 등 뒤의 장식장에서 가족

셋이 디즈니랜드에서 찍은 사진을 가져왔다.

"왜?"

의아한 표정을 짓는 유카를 보며 시카이가 웃었다.

"마지막 페이지는 가족 모두 같이 보고 싶어서."

"어……. 앗."

유카가 눈을 크게 떴다. 어쩐지 시카이의 마음을 꿰뚫어본 모양이다.

"좋아, 넘겨봐."

"응."

잔뜩 긴장하면서 책장 모서리를 잡은 유카의 가느다란 손가락이 마지막 페이지를 천천히 열었다.

그리고…….

유카의 눈길이 그 글씨 위에서 멈췄다. 그와 거의 동시에 유카의 눈에서 빛나는 눈물방울이 부풀어올랐다가 뚝뚝 떨어졌다. 시카이는 그 모습을 응시하며 평소와 달리 차분한 말투로 이야기하기 시작했다.

"지금 생각해보니, 하즈키가 자신의 죽음을 깨달았을 때 같은데……."

"응……."

유카가 울먹이는 목소리로 대답했다.

"하즈키가 병원 침대에 누워서 나한테 이렇게 묻더라. '아빠,

사람은 왜 태어나?' 하고."

유카는 하즈키의 메시지를 가만히 응시한 채 다시 한번 "응." 하고 고개를 끄덕였다. 시카이는 아내의 옆얼굴을 바라보며 온화한 말투로 계속 이야기했다.

"굉장히 어려운 질문이라고 생각했는데, 그때 아마 이렇게 대답했던 것 같아. 사람은 다른 사람을 기쁘게 하기 위해 태어나는 거야. 그랬더니 하즈키가, '그렇구나. 그래서 아빠랑 엄마가 나를 기쁘게 하는구나.'"

시카이는 거기까지 말하고 탁자 위 사진을 보았다.

서로를 기쁘게 하던 시절 가족의 웃는 얼굴은 이렇게도 반짝반짝한 공기에 감싸여 있었다.

"하즈키는 분명 그때 내가 해준 말을 기억하고…… 이런 식으로……."

시카이는 숨이 콱 막혔다. 말이 나오지 않는 대신 눈물방울이 흘러넘쳤다. 몇 초간 눈물의 온도를 느낀 후 아이처럼 손목으로 쓱 닦고 솟아나는 생각을 다시 말로 바꿨다.

"하즈키는 이런 식으로 우리를 기쁘게 해주려고……. 몸이 많이 아팠을 텐데……, 그런데도, 이렇게 많은……, 많은 메시지를."

따발총이 무기인데 말이 잘 나오지 않았다.

유카는 오열했다.

시카이도 그 등을 쓰다듬으며 소리 죽여 울었다.

"병원에서 이 메시지를 발견했을 때 생각했어. 하즈키에게는 잘난 척 그런 얘기를 해놓고, 정작 나는 다른 사람을 조금도 기쁘게 해주지 못하고 있다고. 그저 침묵이 무서워서 종알종알 이야기만 늘어놓고……. 가장 가까운 유카조차 기쁘게 해주지 못했어. 정말 미안해."

유카는 양손으로 얼굴을 가리고 울었다.

시카이는 다시 말을 이었다. 침묵이 두려워서가 아니라 유카에게 전하고 싶은 생각이 자꾸자꾸 흘러나와서 말을 멈출 수 없었다.

"나, 유카 말대로 하즈키의 죽음을 받아들이기로 했어. 이제 메시지도 찾지 않을 테고, 발견되지 않는다고 해서 낙담하지도 않을 거야. 이 그림책 속의 메시지처럼 우연히 발견했을 때는 천국에 있는 하즈키가 보내준 선물이라고, 그렇게 생각하기로 했어. 일부러 찾지 않아도 우리는 줄곧 하즈키의 메시지에 둘러싸여 살아갈 수 있어. 이 집 여기저기에 하즈키의 마음이 흩어져 있으니까……. 앞으로는 하즈키가 없는 슬픈 생활이 아니라, 하즈키의 다정한 마음에 감싸인 행복한 생활이 될 거야. 그리고……."

시카이는 숨을 크게 들이마셨다.

유카가 얼굴을 들고 시카이를 본다.

"이젠 침묵을 두려워하지 않기로 했어. 그러니까 종알종알 쓸데없는 말은 안 하……도록 노력할게."

"왜?"

유카가 떨리는 목소리를 냈다.

"곤마마가 그러더라. 슬플 땐 울면 된다고. 불안할 때는 불안해하면 되지, 그 감정을 속일 필요 없다고. 그래서 그렇게 결심했어."

시카이는 결의를 담아 그렇게 말하고 조금 쑥스러운 듯 헤헤헤 하고 웃었다. 결국 울다가 웃은 셈이 되어버렸다.

그러자 울던 유카의 눈이 살짝 가늘어졌다. 유카도 울다가 웃은 것이다. 그 입술이 장난스러운 미소를 머금은 채 울먹였다.

"이야기하고 싶어서 하는 건 나쁘지 않다고 생각해. 억지로 바꾸려 하지 마, 아빠."

아빠…….

사진을 본다.

행복한 아빠였던 시절. 모두 함께 웃고 있다.

그렇다. 하즈키의 마음과 함께 사는 이상, 앞으로도 계속 아빠다. 다른 누구도 아닌 하즈키의 영원한 아빠다.

아빠…….

시카이는 그 두 글자에서 어떤 것과도 비교할 수 없는 사랑을 느끼고, 지금까지와는 다른 종류의 눈물을 쏟기 시작했다.

짭짤하면서도 유독 따뜻한 물방울이었다.

"유카, 가끔은 같이 술이라도 마시러 가면 좋겠다."

유카의 등을 어루만지면서 말해보았다.

"어, 지금?"

"응. 히바리에 가자. 소개할게."

"좋, 아……."

"곤마마랑 카오리라고, 칵테일을 기가 막히게 잘 만드는 바텐더도 있어."

"칵테일?"

"응. 내가 권하고 싶은 건…….'

시카이는 눈물을 머금은 채 싱긋 웃었다.

"솔티 도그야."

5장

✶
스에쓰구 쇼자부로의 사죄

터미널 역 계단을 올라 지상으로 나오자마자 스에쓰구 쇼자부로는 탁한 회색 하늘을 올려다보았다.

역시 비가 온다.

아침에 본 일기예보대로 점심시간이 지나자 미지근한 봄비가 흩뿌리듯 내리기 시작했다.

가죽가방 안에 접이식 우산이 들어 있다. 하지만 가방을 머리 위에 훌쩍 올리고 가랑비 속을 달리기 시작했다. 목적지는 역과 회사 중간쯤에 있는 단골 찻집. 내년이면 일흔 줄에 들어서긴 하지만, 평소에 헬스장에서 몸을 단련한 덕분인지 나이에 비해 발걸음이 경쾌하다.

양복 어깨가 촉촉이 젖을 무렵 찻집에 도착했다. 고풍스러운 목제 문을 밀어서 여니 딸랑 하는 달콤한 방울소리가 가게 안에 울렸다. 그윽한 커피 향에 감싸이니 '아이고' 하는 소리가 절로 나왔다.

"아, 사장님, 어서 오세요."

같은 나이인 점장이 미소 지으며 인사했다.

"어허허, 갑자기 비가 내리네. 아, 배고프다. 사장님, 나폴리탄 스파게티랑 아이스커피 부탁합니다."

가게로 들어서자마자 주문하면서, 스에쓰구는 안쪽에서 세 번째 카운터 자리에 걸터앉았다. 벌써 수십 년을 앉아왔으니 지정석이나 다를 바 없다.

"네, 알겠습니다."

싱긋 미소 짓는 점장의 등은 20대 못지않게 반듯하고, 올백으로 빗어넘긴 은발은 마치 왕년의 영화배우처럼 고상한 멋을 풍긴다.

스에쓰구는 이처럼 나이 들어도 젊음을 유지하는 사람과는 말이 잘 통한다. 반대로 몸도 마음도 늙어서 지병을 자랑하느라 바쁜 '마음의 노인'과는 되도록 가까이하지 않는다. 함께 있으면 자기도 따라서 시들어버릴 것 같기 때문이다.

"방금 요양원에 다녀왔어요."

스에쓰구는 파스타를 삶는 점장의 등에 대고 말을 걸었다.

"어, 왜요?"

허리를 꼿꼿이 세운 점장은 돌아보지 않고 대답했다.

"미리 말해두자면, 내가 들어가는 건 아니고요."

"아하하. 그건 저도 알아요."

"사실은 우리 회사에서 그 요양원의 홍보용 팸플릿을 만들기로 했어요."

"호오."

"오늘 요양원 내부를 시찰하고 왔는데, 왠지 기분이 가라앉네요."

스에쓰구는 사이타마 현 변두리에 있는 요양원 상태를 떠올리며 절절히 설명했다.

자신과 같은 또래 노인이 늘 휠체어를 타고 다니고, 혼자서 목욕을 못하니 씻을 때마다 간병인 아주머니 손을 빌려야 하고, 무기력한 표정의 노인들이 한곳에 모여 초점이 맞지 않는 눈으로 멍하니 TV만 보고…….

"그런데 말이요, 어떤 방은 문손잡이가 끈으로 친친 감겨 있는 거야. 왜 그런 것 같소?"

"글쎄요……, 방 안에 중요한 의료기기가 있어서 노인들이 못 들어가도록 한 게 아닌지?"

"안타깝게도 그 반대야. 안에 들어가지 못하게끔 한 게 아니라, 나오지 못하도록 한 거죠."

"네?"

"말하자면, 치매에 걸린 노인은 방에 가두는 거지. 그런 모습을 보고 왔더니 내 몸이 완전 녹초가 됐네."

스에쓰구답지 않게 우울한 한숨을 내쉬는데 점장이 아이스커피를 건네준다.

"이런 시대에 할 일이 있다는 것만으로도 다행이지 않습니까? 사장님은 나이에 비해 건강하다는 사실을 재확인한 셈이고."

"뭐, 그렇긴 하지만. 정력이 너무 좋아서 탈이지."

스에쓰구는 특기인 이런 농담이나 하면서 아이스커피에 크림과 시럽을 듬뿍 넣고 한 모금 마셨다. 30년 이상 즐겨 마셔온 씁쓸한 액체가 목을 미끄러져 내려가니 좀 살 것 같았다. 단 한 잔의 커피로 기분전환이 되니 '작은 일상'이란 굉장한 힘을 지닌 모양이다.

자, 이제……. 기분이 안정되자 스에쓰구는 생각했다.

팸플릿 제작을 누구에게 맡길까?

스에쓰구가 사장으로 있는 회사는 '스에쓰구 플래닝'이라는, 사원 수 네 명의 작은 기업이다. 일단 광고업계 한쪽 구석에 간신히 매달려 있는데, 대기업의 하청, 혹은 하청의 하청으로 명맥을 이어가고 있다.

스에쓰구는 이 회사를 35세가 되던 해에 세웠다. 그 당시엔 일본 경제가 호황기였기에 오른쪽을 봐도 왼쪽을 봐도 활기가 넘쳤다. 창업 파트너는 대학 시절 친구인 사사베라는 남자였는데, 수학 두뇌가 뛰어난 그가 재무를 맡았다.

회사는 시대의 순풍을 타고 창업과 동시에 일이 밀물처럼 쏟아져 들어왔다. 스에쓰구는 현기증을 느낄 정도로 바쁜 나날을 보냈고, 마차를 끄는 말처럼 일만 했다. 그렇게 15년이 지나는 동안, '스에쓰구 플래닝'은 사원 수 30명의 회사로 성장했다.

이윽고 버블 절정기를 맞았다. 스에쓰구는 밤마다 아가씨가 있는 가게에서 술을 마시고 택시에 실려서 귀가하는 방탕한 생활에 빠져 지냈다. 하지만 그런 꿈같은 나날은 그야말로 거품처럼 허무했고 그리 오래 지속되지 못했다.

거품이 터지고 경기가 순식간에 얼어붙자, 스에쓰구의 회사로 들어오는 일도 급감했다. 수주한 일의 평균 단가마저 반값 아래로 떨어지는 바람에, 사원들에게 보너스도 줄 수 없게 되어버렸다. 직원들은 유능한 순으로 퇴사했다. 이제 그만 회사를 접을까 생각했을 때 이번엔 아내가 암으로 죽고, 파트너인 사사베까지 뇌졸중으로 식물인간이 되어 반년 후에 사망하고 말았다. 스에쓰구는 적어도 사사베의 아내는 챙겨야 할 것 같아서 회사를 최대한 축소하고 경영 합리화를 시도하여 형식상 사사베의 아내를 사원으로 채용했다. 그 후로 많지는 않지만 매달 월급을 입금해왔다.

지금 실질적으로 남은 사원은 고작 네 명.

그 중 누구에게 요양원 팸플릿을 맡겨야 할지, 스에쓰구는 네 사람의 얼굴을 차례로 떠올렸다.

맨 먼저 뇌리에 떠오른 얼굴은 곧 50세가 되는 큰언니 아이하라 사다코였다. 아이하라는 창업 당시부터 줄곧 함께 일해온 고참 사원이다. 성격이 드센 데다 화나면 신경질적으로 달려드는 여자라서 솔직히 다루기 어렵다. 이 일도 맡기기 쉽지 않을 것이다. 게다가 매월 대기업 그룹 정보지도 도맡아서 제작하기 때문에 다른 일은 시키지 않는 편이 좋다. 어쨌거나 우리 회사는 그 정보지에서 들어오는 정기적인 수입으로 꾸려진다고 해도 과언이 아니다.

두 번째로 떠오른 얼굴은 유난히 말이 없고 얌전한 고미야마 미치코. 마흔이 넘은 독신녀다. 낯선 사람 대하는 걸 극단적으로 어려워하는 성격이라, 혹시 모태솔로가 아닐까 싶은 생각도 든다. 하지만 일반 상식은 확고하게 갖추고 있고 업무에도 성실하게 임할 뿐 아니라 스에쓰구가 마실 차도 알아서 준비해주는 유일하게 센스 있는 사원이기도 하다. 다만 덩치는 좋은데 저혈압이고 병약하다는 점이 옥에 티다. 피로에 약하고 병으로 인한 결근이 잦아서 정기적인 업무는 맡기기 힘들다. 평소에 아이하라 사다코 일을 돕다가 자질구레한 일회성 제작물을 맡아서 하는 것도 그래서이다. 만약 이 요양원 일을 맡겨서 새로운 부담을 주면 분명 또 병이 날 것이다. 즉, 고미야마 미치코도 안 된다.

나머지 두 사람은 20대 초반의 남녀이다.

오랜만에 회사에 새로운 바람을 불어넣으려고 시험 삼아 채용해본 이른바 'MZ세대'다. 스에쓰구는 그들 얼굴을 떠올리며 정신이 쏙 빠질 정도로 깊은 한숨을 쉬었다.

"어, 왜 그러세요? 그렇게 깊은 한숨을 쉬시고."

점장은 웃으면서 갓 완성된 나폴리탄 스파게티 접시를 내려놓았다. 뜨거운 김이 피어오르는 면에서 맛있는 케첩 냄새가 났다.

"요즘 젊은이들을 어떻게 다루면 좋을지 모르겠어요."

"MZ세대 말씀이세요?"

"맞아요, 바로 그거. 그 녀석들 정말 외계인이야."

적당히 씹히는 면을 포크로 둘둘 말아서 옷에 케첩이 튀지 않도록 주의하며 크게 한 입 먹었다.

맛있다.

베테랑이 만드는 음식은 역시 맛있다. 오랜 세월에 걸쳐 자기 일에 진지하게 맞서는 동안 갖춰진 숙련된 솜씨. 그런 베테랑이기에 기껏해야 스파게티일 뿐인 이 요리도 이만큼 맛있게 만들어내는 것이다. 역시 일은 경험이 말한다. 근력운동과 마찬가지로 하루아침에 되지 않는다.

그런데 이 녀석들은······.

"MZ세대는 경험을 쌓기도 전에, 그건 못합니다, 그건 싫습니다, 하면서 성장할 기회를 놓쳐요. 내가 일을 제대로 가르쳐주려 해도, 듣고 있는지 아닌지도 모르겠어. 야단을 치면 변명만 유창하게 늘어놓고. 어째 이런 녀석들이 다 있는지."

몹시 곤란한 얼굴로 스에쓰구가 투덜거리니, 점장은 쿡쿡 웃으며 집게손가락으로 관자놀이를 긁적였다.

"뭐, 여유를 갖고 지켜봐주는 것도 좋지 않을까요? 사실은 사촌의 손자가 그 세대거든요. 자유롭게 하도록 내버려두니 혼자서 꾸준히 뭐든 하는 모양이에요."

"그런데 말이오, 사회가 그렇게 만만치 않잖소. 여유 부리다 보면 눈 깜짝할 사이에 뒤처진다니까."

"사장님이 계시는 광고업계는 그럴지도 모르겠네요. 하지만 MZ세대에도 뭔가 좋은 점이 있지 않을까요?"

"과연 그럴까?"

"그럴 거예요."

"으음……."

스에쓰구는 여전히 납득하지 못하는 표정으로 카운터 너머에 있는 점장을 쳐다보았다.

"스파게티를 만들 때도 속도가 중요하잖소. 천천히 하면 면이 불어버리잖아. 타임 이즈 머니, 여유 부리면 안 된다니까 그러네."

그러자 점장이 스에쓰구의 가슴 쪽을 가리키며 "숙련된 사람도 서두르다 보면 이렇게 실수할 수 있지 않겠습니까?" 하면서 장난스럽게 싱긋 웃었다.

"어?"

가슴팍을 내려다보니 그만큼 조심했는데도 하얀 와이셔츠에 케첩이 묻어 있었다. 크고 작은 걸 합쳐서 세 군데나.

* * *

스에쓰구 플래닝은 대로에서 한 블록 들어간 뒷골목의 볕이 잘 들지 않는 40년 된 상가 건물 2층에 있다.

외관을 보면 불경기 한복판에 있는 건물처럼 느껴지는 데다, 원래 하얀색이었을 벽은 시대의 흐름과 함께 거무스름해졌고, 요즘은 여기저기 금이 가서 균열이 제법 눈에 띈다. 엘리베이터도 요즘 세상에 보기 드문 구식에다 자주 고장이 난다. 스에쓰구도 여태까지 세 번 엘리베이터에 갇힌 적이 있다. 뿐만 아니라 1층 가라오케에서 주정뱅이들의 시끄러운 노랫소리가 저녁마다 들려온다. 유일한 장점은 월세가 파격적으로 저렴하다는 것 정도일까?

"새 일을 가져왔으니 모두 모여봐."

케첩 얼룩을 묻힌 채 회사로 돌아온 스에쓰구는 당장 사원 네 명을 불러 모았다. 모았다고 해도 원래 좁은 공간에 있었으니 사무실 구석에 있는 작업용 탁자로 조금씩 이동했을 뿐이다.

"사이타마 교외에 후쿠코엔이라는 요양원이 있는데, 그곳 팸플릿을 우리가 제작하기로 했어. 중철 제본에 28쪽, 기본 4색, 판형은 A4라는 것까지 정해졌다. 부수는 일단 3,000부로 견적을 냈는데, 약간 변경될 수는 있겠지. 납기는 3개월 뒤. 누가 맡아보겠나?"

"……."

스에쓰구는 모두를 휙 둘러보았지만 예상대로 아무도 대답하지 않았다.

"으음, 아이하라 씨는……?"

스에쓰구가 슬쩍 찔러보았다.

"저는 지금도 할 일이 많습니다, 아시다시피."

큰언니는 불쾌감을 고스란히 드러냈다. 잠자는 사자의 코털을 건드리면 안 되지, 안 돼.

"그렇겠군. 그럼 고미야마 씨는?"

줄곧 고개를 숙인 채 손톱을 깨물던 고미야마 미치코가 단발머리를 좌우로 흔들며 거절 의사를 밝혔다.

스에쓰구는 새어나오려는 한숨을 꾹 누르고 MZ세대 두 사람을 보았다. 두 사람은 아무런 표정 변화 없이 이쪽을 보고 있었다.

좋아, 입사 3년차인 모리타 고키한테 먼저 물어볼까?

스에쓰구는 마음으로 기합을 넣었다. 야리야리한 몸매에 예뽀장하게 생긴 모리타는 요즘 유행하는 말로 초식남 스타일이다. 무슨 말을 해도 반응이 없으니 어떻게 대하면 좋을지 잘 모르겠다.

"그럼 모리타는 어때? 일을 배우려면 아무래도 경험을 많이 하는 게 좋지. 뭐든 하는 만큼 성장하니까."

어차피 '저는 싫습니다'라는 대답이 나올 것으로 예상하고 미리 마음의 준비를 했다.

"한번 해볼까요? 좋아요, 저라도 괜찮다면."

"어?"

예상 밖의 대답을 들은 스에쓰구는 무심코 입을 떡 벌렸다. 아이하라도 고미야마도 깜짝 놀란 얼굴로 모리타를 보았다.

"사장님, 그런데요."

아아, 역시 나왔다. MZ세대의 입버릇 '그런데요'다.

"뭐야?"

"요양원이라면 남자도 여자도……아니, 할아버지도 할머니도 계시는 곳이지요?"

"그거야 물론 그렇지."

"그럼 미타무라 씨랑 같이 해도 될까요?"

"왜?"

"여자 화장실이라든가 목욕탕 촬영을 할 때 아무래도 여성이 있으면 좋잖나 싶어서요."

좋잖나……라고 하는 자네 말투가 좋잖다, 라고 말하고 싶은 마음을 꾹 누르고 스에쓰구는 고개를 끄덕였다.

"그렇겠군. 그럼 미타무라 씨가 도와줄 텐가?"

"네에. 저는 좋아요. 둘이서 하면 편하기도 하고."

입사 2년차인 미타무라 도모미는 경박한 성인잡지 모델처럼 여유롭게 웃으며 대답했다. 그러나, 뭐, 아무튼…… 이 녀석들이 '하겠다'고 말한 것만으로도 큰 성과라면 성과다.

"좋아. 그럼, 담당은 자네들 둘로 결정. 아이하라 씨와 고미야마 씨는 자리로 돌아가도 좋아요. 모리타 씨랑 미타무라 씨는 지금부터 회의를 좀 하도록 하지."

"네에."

"네에."

왜 '예'라고 짧게 대답하지 못하는 거야……라고 마음속으로 욕하면서 요양원 자료를 탁자 위에 나란히 펼치기 시작했다.

그동안에 모리타가 미타무라에게 말을 건다.

"시부야 도겐자카에 햄버거 가게 새로 생겼더라."

"아, 알아, 알아. 거기 오가닉 베지터블 버거, 엄청 맛있어."

"그 담백한 맛은 정말 위험해. 한자리에 앉아서 세 개 정도는 늘름 먹어치울 수 있어."

"그래도 저칼로리래. 여자들한테 인기 많겠더라."

"매장 인테리어도 센스 있어, 그치?"

"맞아, 정말 좋더라! 집을 그런 분위기로 꾸며놓고 살면 얼마나 멋질까?"

미타무라 눈이 망상으로 반짝반짝 빛나기 시작했을 때, 스에쓰구가 탁자를 톡톡 두드렸다.

"쓸데없는 잡담은 그만하지. 이제 회의 시작하자고."

"……."

모리타와 미타무라는 갑자기 지루한 얼굴이 되어 스에쓰구가 펼친 자료에 눈길을 두었다.

이런, 정말로 이 녀석들이 고객 요청에 따라 팸플릿을 만들 수 있을까.

스에쓰구는 무의식중에 한숨을 내뱉을 뻔했다가 억지로 삼키고 입을 닫았다. 한숨을 참는 데에는 하품을 참는 것보다 세 배의 노력과 에너지가 필요했다.

"그럼, 우선 기획 개요부터 설명하겠다."

스에쓰구는 홍보담당에게 받은 주문서를 장황하다 싶을 만큼 세세하게 전달했다. 사진 자료를 보여주면서 요양원 시설에 대해 설명하기 시작했을 때 두 사람이 별안간 웃음을 터뜨렸다.

"아하하, 이 창문 디자인 너무 촌스럽지 않아?"

"그러게. 벽 색깔을 왜 노란색으로 했을까?"

어이어이, 그런 쓸데없는 이야기는 왜 하는 거야?

이런 말을 클라이언트 앞에서 하는 날엔, 스에쓰구가 애써 납작 엎드려 몇 번이나 고개를 숙이면서 따온 일이 백지화되어 버린다.

"우리는 고객이 원하는 걸 완벽하게 제공하기만 하면 되는 거야. 그런 쓸데없는 말을 해서 고객 심기가 불편해지면 어쩌려고 그러나? 불필요한 말은 최대한 삼가도록 해."

"……."

"……."

멍하니 있지 말고 이럴 땐 '예' 하고 대답해야지.

스에쓰구는 결국 인내의 한계를 넘어 하아……하고 깊은 한숨을 내쉬고 말았다.

* * *

그날 저녁 스에쓰구는 쌓이고 쌓인 스트레스를 발산해야겠기에 헬스클럽 사브로 발걸음을 옮겼다.

"오, 샤초, 안녕하세요. 오늘도 왠지 에로틱한 얼굴이네요. 또 벌컥벌컥 수상한 중국 약 드신 거 아니에요?"

치과 의사 시카이 센세가 곧바로 농담을 던지며 다가온다.

"당연히 먹었지. 헬스장에 오면 사랑스러운 미레 씨가 있잖아. 언제든 발사할 준비를 해둬야 하지 않겠어?"

스에쓰구도 농담으로 받아치니 헬스장 최고의 슈퍼 미녀가 웃으며 한마디 한다.

"나는 놀기 전에 도핑 검사만큼은 엄격하게 하거든요. 그러니 샤초는 아웃입니다."

"정말로 먹었는지 안 먹었는지 내 오줌 뽑아서 검사해주려나?"

"그건 제3자 기관인 곤마마에게 맡길게요."

미레가 곤마마를 끌어들이자, 키 2미터가 넘는 스킨헤드 울트라 마초가 나긋나긋한 목소리로 교태를 부린다.

"어머나, 저라도 괜찮다면 오줌이든 뭐든 얼마든지 뽑아드리지요."

그 말을 들은 시카이 센세가 "우와, 샤초, 위기예요, 위기! 있는 것 없는 것 다 뽑히고 미라가 돼버리겠어요!" 하며 폭소를 터뜨린다.

"제발 참아줘. 나의 소중한 아들내미, 곤마마한테 잡히면 아마 뿌리째 뽑혀버릴 거야."

눈썹을 팔자로 내리면서 스에쓰구가 말하자 모두 손뼉을 치며 웃는다.

근육 친구들의 웃음이 연쇄적으로 일어나는 동안, 친숙한 프리웨이트 존이 유쾌한 공기로 가득 찼다. 스에쓰구는 지난 몇 년간 회사에서 한 번도 느낀 적 없는 편안한 느낌으로 충만

했다.

"아, 참. 샤초가 부탁했던 샘플, 가지고 왔어요."

판지 가공업체에 근무하는 샐러리맨 게라가 자그마한 종이봉투를 건넨다.

"자, 샤초가 좋아하는 것, 선물입니다."

"오오, 그거? 땡큐, 게라 씨."

스에쓰구는 당장 종이봉투에서 내용물을 꺼내어 모두에게 보여주었다.

"뭐예요? 그 군복 무늬 상자. 멋진데요?"

고등학생 슌 군이 관심 있게 들여다보았다.

"오, 궁금해? 사실은 이거……." 스에쓰구는 공연히 거드름을 피우며 상자를 감싼 셀로판지를 벗겼다. 천천히 뚜껑을 열고 안에 든 것을 꺼내어 보여준다. "내 아들내미한테 입혀줄 늘어나는 옷이야. 슌 군, 써본 적 있어?"

그게 군복 무늬 콘돔이라는 걸 안 순간 모태솔로인 듯한 슌 군은 잠시 주춤했지만 역시 사춘기 소년답게 저항했다.

"아, 당연히 있죠, 그 정도는……. 그보다 샤초야말로 아직 쓸 수 있는 거예요?"

"어머나, 슌 군, 샤초를 얕보면 안 되지. 일본 각지 항구에 가보면 샤초랑 똑같이 생긴 애들이 얼마나 많은지 몰라. 해마다 증식 중이야."

일부러 진지한 얼굴로 말한 곤마마가 까마귀 날개 같은 속눈썹을 펄럭이며 찡긋 윙크를 날렸다.

스에쓰구가 그 말을 받아서 이야기를 더욱 부풀린다.

"알겠나, 슌 군? 이 옷의 이름은 '탐험대'라고 하는데, 돌기형으로 특별히 제작한 거야. 이걸 아들한테 폭 씌우고, 지하수로 촉촉이 젖은 신비의 동굴에 몇 번이고 들어갔다 나왔다 하면서 깊이깊이 탐험하는 거야. 남자로 태어났다면 누구나 모험가지."

"뭐예요, 그 수상한 설교는? 똑같은 얼굴이 계속 증식한다면 그 '탐험대'라는 옷을 입은 의미가 없잖아요."

미레의 촌철살인에 모두 "정말 그러네!" 하고 한목소리로 말하며 손뼉을 치고 폭소를 터뜨렸다.

스에쓰구는 유쾌한 얼굴들 사이에서 마음속 깊이 안도감을 느꼈다.

여기 있는 친구들은 모두 둘째가라면 서러울 괴짜들이지만 정신적으로 똑바로 선 어엿한 어른이다. 고등학생인 슌 군도 조금 시건방지긴 하지만 하고 싶은 말을 정확하게 하니까 대화가 성립되는 것이다. 그에 비해 우리 회사 MZ세대는······.

다루기 어려운 두 외계인 얼굴이 문득 떠오르자, 스에쓰구는 기분전환 의미로 괜히 미레를 놀려주고 싶었다.

"그런 의미에서 미레 씨, 나랑 같이 미지의 세계를 탐험해보지 않을래?"

"곤마마의 도핑 검사에 통과하면요."

"어이, 미레 씨. 그렇게 쌀쌀맞으면 애인도 안 생겨."

"그래요? 그럼 이번 기회에 샤초의 애인이 되어버릴까?"

"그래, 그러자!"

"고급 아파트에 매월 천만 엔, 어때요?"

"조금만 깎아줘. 우리 회사는 영세 기업이라고."

"난 싸게는 안 팔거든요."

"어머나, 샤초. 나는 어때? 허름한 아파트에 백만 엔이면 돼."

곤마마가 옆에서 특대 사이즈 입술을 오므리며 손 키스를 날렸다. 있을 리 없는 풍압을 느끼는 척 뒤로 나자빠지는 시늉을 하니 모두 웃는다.

"하아……, 역시 여기 있으면 즐거워."

스에쓰구가 한숨 섞인 목소리로 말하니 그 모습을 본 게라가 입에 웃음을 머금은 채 고개를 갸웃했다.

"응? 샤초, 무슨 일 있어요?"

"우리 회사 젊은 직원들…… 흔히 말하는 MZ세대인데 정말 외계인 같아서 다루기 힘들어. 근성은 없고, 걸핏하면 '그런데요' 하면서 핑곗거리나 찾고, 다른 사람 이야기는 안 듣고, 경어도 제대로 못 쓰고……. 정말 언제쯤 정상적인 지구인이 될까?"

스에쓰구는 말하면서 덤벨을 손에 들었다. 오늘은 컨센트레이션 컬을 하는 날이다. 벤치 끝에 걸터앉아 오른손에 덤벨을 든 채 팔꿈치를 오른쪽 무릎 안쪽에 댔다. 이두박근을 정확히 의식하면서 팔을 힘껏 굽힌다.

그때 굵으면서도 나긋나긋한 목소리가 스에쓰구의 등을 덮었다.

"샤초, 다른 사람은 바꿀 수 없어. 바꿀 수 있는 건 샤초 자신뿐이야."

"응?"

스에쓰구는 얼굴을 들어 거울에 비친 곤마마를 보았다.

곤마마가 거울 속에서 혀를 윗입술 안쪽에 끼워 고릴라 흉내를 냈다. 그 얼굴이 너무 우스워서 풋 하고 웃음을 내뿜고 말았다.

"이것 봐요, 내가 얼굴을 바꾸니까 샤초도 무뚝뚝한 얼굴에서 웃는 얼굴로 바뀌었잖아. 그러니까 내가 먼저 바뀌어야 해."

곤마마가 정색을 하고 말하니 스에쓰구도 웃음을 멈췄다.

"샤초 회사의 젊은 직원 모습은 혹시 샤초 자신의 모습이 아닐까?"

"무슨 뜻이지?"

"눈앞의 다른 사람은 어쩌면 거울 속 자기 모습일지도 몰라."

그럴 수도······.

분명 곤마마가 재미있는 표정을 지으니 자신의 기분도 밝아졌다. 곤마마가 정색을 하자 웃음이 딱 멈췄다.

"그런데······."

스에쓰구는 뒤돌아서 직접 곤마마를 보았다. 곤마마가 기회를 놓치지 않고 웃으면서 한마디 한다.

"이것 봐, 샤초도 '그런데'라고 했잖아. 직원이 '그런데요'라고 해도 야단 못 치겠네."

"으으······."

"히히. 아무튼 샤초는 MZ세대를 너무 의식하는 것 같아. 그런 태도가 '보이지 않는 벽'을 만드는 거 아닐까?"

곤마마는 그렇게 말하고 훨훨 날갯소리가 날 것 같은 윙크를 찡긋 날리더니 스미스 머신으로 걸어가서 스쿼트를 시작했다.

보이지 않는 벽······.

너무 의식하면 보이지 않는 벽이······.

그 벽을 내가 만들었다고? 으음, 정말일까?

스에쓰구는 거울에 비친 자기 얼굴을 찬찬히 살펴보았다. 자신이 상상했던 것보다 훨씬 더 지쳐 보이는 노인 모습이 있었다.

안 돼, 안 돼. 이대로 늙어서 되겠는가? 나는 아직 녹슬지 않았다.

스에쓰구는 스스로 채찍질하며 이두박근에 힘을 주었다.

＊ ＊ ＊

 이튿날 오전 중엔 정해진 일정이 없어서 11시 반에 사장다운 출근을 했다. 사무실에 들어가도 누구 하나 인사하는 사람이 없다. "수고들 많네." 하고 먼저 말을 건네니, 고참인 아이하라 사다코부터 나이순으로 인사가 돌아왔다. 입속으로 웅얼거릴 뿐인 시원찮은 인사였지만.

 아이고……. 직원들이 한눈에 보이는 사장 자리에 앉아 편의점에서 사온 캔 커피를 마시며, 여전히 다루기 어려운 컴퓨터를 켜고 메일을 확인했다……가 바로 한숨을 내쉬었다.

 한숨의 원인이 된 메일 발신인은 바로 눈앞에 있는 고미야마였다.

 〈사장님. 조금 전에 덴파쿠도의 하라다 부장님한테 전화가 왔는데, 사장님이 만든 기획서는 시대에 뒤떨어졌으니 젊은 사원이 만든 기획서를 읽고 싶답니다. 그리고 이건 사족입니다만, 사장님이 가와카미 디자인의 여사장님과 애인 사이라고, 모리타랑 미타무라가 이야기하는 걸 들었습니다. 물론 아이하라 씨도 저도 옛날부터 알고 있었습니다. 조금 조심하는 게 어떻겠습니까?〉

 모니터에서 얼굴을 들어 고미야마를 보았다. 고미야마는 멋이라곤 없는 안경을 끼고 모니터랑 눈싸움을 하며 모른 척 시치미를 떼고 있다. 말을 걸어야 할지 답장을 보내야 할지 고민했다.

고미야마, 생각이 짧군, 기획서는 고리타분해도 일거리는 끊임없이 물어오지 않는가? 그리고 미안하지만 내 애인은 한 사람이 아니거든. 가와카미 디자인의 여사장이 메인인 건 맞지만, 그 외에도 같이 노는 여자가 몇 명이나 있다. 게다가 혼자 사는 홀아비가 아닌가. 불륜을 하는 것도 아니고, 그냥 내버려 둬. 아직 늙어서는 안 되는 몸이다. 회사를 위해, 나아가서는 직원들을 위해, 맹렬히 싸워야 한다. 중국의 값싼 정력제를 대량으로 주문해서 먹고 헬스장에 날마다 다니며 몸을 단련하는 것도 다 그 때문이다. 사장이 열심히 움직여 일을 따오지 않으면 너희 월급도 말이야…….

거기까지 생각하고 조금 짜증이 나려던 찰나, 문득 어젯밤에 곤마마가 했던 말이 떠올랐다. 다른 사람은 바꿀 수 없다. 바꿀 수 있는 건 자기 자신뿐.

좋아. 스에쓰구는 심호흡을 한 번 한 뒤 차분한 목소리를 내보았다.

"으음, 고미야마 씨, 잠깐 얘기 좀 할까?"

"아, 지금 한창 집중하던 중이라서요."

모니터에 얼굴을 딱 붙인 채 고미야마가 냉담한 말투로 대답했다.

"어이, 그렇게 쌀쌀맞으면 애인도 안 생겨."

스에쓰구는 어젯밤 미레와의 대화를 떠올리고 일부러 같은 대사를 농담처럼 던져보았지만, 고미야마 얼굴은 모니터에서 1밀리미터도 떨어지지 않았다. 기계보다 더 차가운 대사만 툭 되돌아왔을 뿐이다.

"지금 성희롱하신 거예요?"

"……."

업무 종료 시각인 7시 정각에 미타무라가 일어섰다.

회사에 1분이라도 더 있으면 큰일이 나는지 서둘러 퇴근 준비를 하는 MZ세대를 보고 스에쓰구는 눈썹을 팔자로 내리며 자리에서 일어났다. 일부러 밝고 생기 넘치는 목소리를 내보기로 했다.

스스로 변해보는 거다.

"오늘 다 같이 한잔 할까? 내가 사지."

큰언니 아이하라가 미안한 듯 작은 소리로 말한다.

"죄송해요. 저는 강아지 밥을 줘야 해서……, 조금만 더 일하다가 바로 퇴근하겠습니다."

"어? 아아, 그렇구나. 반려동물을 기르는 게 쉬운 일은 아니지. 다른 세 사람은 어때? 가끔은 일을 떠나 여러 가지 이야기를 나누는 것도 좋겠지? 응? 고미야마 씨."

"저는 술을 못 마셔서."

"안 마셔도 돼."

"그냥 빠지겠습니다."

"뭐야, 사장이 가자는데 가끔은 못 이기는 척 따라나설 줄도 알아야지."

농담으로 한 말인데 고미야마는 정색을 하고 불쾌한 표정을 지었다.

"이번엔 권력을 행사하시는 거예요?"

"……"

어이, 장난이지? 스에쓰구는 할 말을 잃었다. 하지만 여기서 꺾이면 아무것도 바뀌지 않는다.

"알겠어. 그럼 두 사람하고는 다음 기회에 마시지. 모리타 씨랑 미타무라 씨는?"

매달리는 마음으로 MZ세대 두 사람을 보았다.

모리타와 미타무라가 서로 마주보며 한숨 쉰다.

"너무 늦지만 않는다면 괜찮아요."

"저도……"

"엇? 자네들, 정말 같이 마셔줄 텐가?"

스에쓰구는 잘못 들었나 싶어 다시 묻고 말았다.

말한 순간, 자기가 내뱉은 말에 혐오감을 느꼈다.

마셔줄 텐가……라니, 왜 사장인 자기가 어린 직원들을 상대로 이런 한심한 말을 했나? MZ세대 둘도 의아한 듯 '네?' 하는 얼굴로 이쪽을 보고 있지 않은가?

스에쓰구는 그 눈길에 적잖이 당황했지만 사장으로서의 위엄을 조금이라도 되찾기 위해 중후한 저음을 짜내어 질문을 던졌다.

"좋아, 자네들 뭘 먹고 싶나? 일식, 양식, 중식, 뭐든 말해봐."
"저는 다이어트 중이라 일식이 좋아요."
"나는 든든하게 먹고 싶으니, 중식."
"……"

왜 이런 일이 생길까? 서로 분위기 정도는 읽을 줄 알아야지…….

스에쓰구가 맥 빠진 얼굴을 하니 옆에서 고미야마가 끼어든다.

"사장님 곤란하게 하지 말고 가위바위보로 정하는 게 어때?"

오오, 고미야마, 좋은 제안이야. 돌아보니 고미야마 옆자리의 아이하라도 MZ세대 두 사람을 어이없다는 듯 쳐다보고 있었다.

역시 뭐니 뭐니 해도 경험이 중요하다. 중년에 접어든 두 여자도 대하기 어려운 부분은 있으나 그래도 어엿한 사회인이다.

그러나 MZ세대는 선배가 하는 말 따위 들으려 하지도 않았다.

"나는 가위바위보로 정하는 거 싫어하거든요. 그냥 양식으로 하죠."

"그럼 저도."

학창시절 운동회 때 '모두 함께 결승점까지' 달렸던 세대는 적어도 전쟁만은 일으키지 않겠다는 확신이 들었다.

***

결국 회사에서 걸어서 5분 거리에 있는 작은 이탈리안 레스토랑에 두 사람을 데리고 갔다. 예약을 늦게 했기 때문인지 안내받은 테이블은 오른쪽 구석 화장실 바로 앞이었다. 화장실 문과 테이블 사이에 반들반들한 잎이 무성하게 난 관엽식물이 놓여 있어서 크게 신경 쓰이진 않았다.

스에쓰구는 자리에 앉아서 메뉴를 모리타와 미타무라에게 건네며 대범하게 말했다.

"뭐든 좋아하는 걸로 주문해."

메뉴도 제대로 보기 전에 모리타가 손을 들어 점원을 불렀다.

"주문하시겠어요?"

다가온 점원이 단골인 스에쓰구의 얼굴을 보고 말했지만, 대답한 건 모리타였다.

"이 가게에서 가장 인기 있는 요리 베스트5까지 일단 가져

와주세요."

 어……, 어떤 요리가 베스트5인지 묻지도 않고?

 스에쓰구가 어이없어하는데, 미타무라는 '재미있다'고 웃으며 기뻐했다.

 재미있……나? 그럼 됐지 뭐.

 점원이 스에쓰구 얼굴을 보았다. 그래도 돼요? 하고 눈이 묻는다. 스에쓰구는 점원이 안심하도록 고개를 끄덕여주었다.

 "추천 요리를 적당히 갖고 와주겠소? 그전에 생맥주 한 잔씩. 자네들도 맥주 괜찮은가?"

 MZ세대 두 사람은 "네에." 하고 여느 때의 김빠진 대답을 했다.

 "그렇게 주세요."

 "네, 알겠습니다."

 스에쓰구 목소리를 들은 점원은 그제야 안심했는지 주방 쪽으로 물러났다.

 아이고, 주문하는 것만으로 이렇게 지치다니.

 스에쓰구는 주방으로 가는 점원 뒷모습에서 눈길을 거두어 눈앞의 두 사람을 보……는 것과 동시에 할 말을 잃었다. 둘 다 스마트폰을 들여다보고 있었다.

 "어이, 스마트폰은 나중에 보면 안 될까?"

 "죄송해요. 엄마한테 외식한다고 미리 메시지 보내야 해서요. 안 그러면 나중에 혼나요."

"저는 친구가 보낸 메시지에 답장 쓰고 있었어요. 기다리게 하면 미안하잖아요."

"그, 그래."

둘 다 스마트폰에만 집중하고 스에쓰구에겐 미안한 기색도 없다.

당연한 말이지만, 세 사람이 앉은 테이블 위엔 침묵만 가득했다. 지금 이 순간 어색함을 느끼는 건 아무 할 일이 없는 스에쓰구뿐이다. 그렇게 생각하니 참았던 한숨이 쏟아져 나왔다.

식사가 시작되고 맥주에서 하우스와인으로 갈아탈 즈음에야 가까스로 대화가 성립되었다. 사회인으로서 비상식적인 면이 제법 있는 두 사람이긴 하지만, 차분히 대화를 나누다 보니 둘 다 천성은 착한 녀석들이었다.

가족이나 친구를 무척 소중히 여기는 듯했고, 일에 관해 조언을 하면 의외로 고분고분하게 받아들였다. 단지 그때 하는 대답이 모두 '네에'라는 점이 옥에 티였다.

스에쓰구는 레드와인을 두 잔 비우고 나니 화장실에 가고 싶어졌다. 세련된 디자인의 소변기 앞에 서서 저 녀석들도 제대로 교육을 시키면 의외로 유능한 광고맨이 되어줄지도 모르겠다……고 마음속으로 흐뭇해하며 볼일을 본 후 화장실에서 나왔다.

나오자마자 발을 멈췄다.

빽빽한 관엽식물 잎 사이로 두 사람 모습이 보였다. 엿듣고 싶은 생각은 털끝만큼도 없었지만, 그래도 자기가 없을 때 두 사람이 무슨 이야기를 할지 괜스레 궁금해졌다.

아아, 역시……

예상대로 둘 다 스마트폰을 손에 들고 자판을 두드리고 있다. 스에쓰구가 한숨을 쉬려던 순간, 미타무라가 스마트폰에 눈길을 고정시킨 채 입을 열었다.

"모리타 씨는 요양원 팸플릿 일, 왜 맡기로 했어?"

"응, 왜일까? 어릴 때 부모님이 맞벌이를 했기 때문에, 나는 거의 할머니가 키워주신 거나 다름없거든."

대답하는 모리타도 듣고 있는 미타무라도 스마트폰 화면에서 눈길을 떼지 않는다.

"할머니 생각을 하니 왠지 해보고 싶더라."

"흐음, 그렇구나. 나는 할아버지 할머니랑 같이 산 적은 없지만 시골에 가면 무척 귀여워해주셨어."

"응, 역시 할아버지 할머니는 참 좋아."

"그러게. 모리타 씨 할머니는 살아 계셔?"

"작년에 돌아가셨어. 췌장암으로."

"……"

할 말을 잃은 건 그늘에서 엿보던 스에쓰구였다. 미타무라는 메시지를 전송했는지 "됐다"고 중얼거린 뒤에야 비로소 얼굴을 들었다.

"우리도 작년에 할아버지 할머니가 연이어 돌아가셨어."

"그랬구나. 돌아가실 때 울었어?"

"응. 엉엉 울었지."

"나도 많이 울었어. 병원 침대에서 돌아가시기 직전에 할머니가 내 손을 힘없이 잡고는 눈물을 주르르 흘리면서 고맙다고 하시더라. 내가 어떻게 안 울 수 있었겠어."

"맞아. 이야기만 들어도 눈물이 날 것 같아."

"아, 안 돼. 나도 울고 싶어져."

스에쓰구도 눈을 손가락으로 눌렀다. 나이가 들면 공연히 눈물이 많아져서 난처하다.

"할아버지 할머니들, 다정하고 참 좋아."

"그렇지? 요양원 팸플릿 만드는 일로 할아버지 할머니들에게 은혜를 갚고 싶은 건가?"

"응, 그럴지도 몰라. 잘 만들어드리고 싶어."

스에쓰구는 주머니에서 꺼낸 손수건으로 눈에서 흘러나오는 물방울을 닦았다. 방금 젖은 손을 닦았기에 손수건이 차가웠지만, 그런 건 아무래도 좋았다. 스에쓰구는 감동했다. 그리고 깊이 반성했다. 아무 생각 없이 그들을 'MZ세대'라는 말로 대충 묶어버렸다는 사실이 부끄러웠다. 그렇다. 다른 사람을 판단할 때에는 어디까지나 개인의 자질을 물어야지, X세대니 Y세대니 보이지 않는 틀을 만들어놓고 마음대로 집어넣어선 안 되는 거다. 앞으로는 곤마마 말처럼 먼저 마음을 활짝 열고 '인간 대 인간'으로 만나야겠다.

애들아, 정말 미안했다……

앞으로는 이 사랑스러운 직원들과 마음을 다해 소통해야지.

단단히 결심한 스에쓰구가 화분 뒤에서 씩씩하게 나오려던 찰나…… 되도록 듣고 싶지 않았던 '그런데'라는 접속사가 스에쓰구의 귀를 때렸다.

"근데 사장님이 늘 강조하는 '고객이 원하는 대로만 만들면 된다'는 방침에 대해서는 어떻게 생각해? 그건 전혀 창조적이지 않잖아? 세대 차이 느껴져."

"맞아. 그러면 우리는 그저 잡일이나 하는 기계에 지나지 않잖아?"

"그러게 말이야."

"사장님 나이가 일흔이던가?"

"넘지 않았어?"

웃기지 마. 일흔까지는 아직 일 년이나 남았다고! 스에쓰구는 호통치고 싶은 마음을 꾹 참고 귀를 쫑긋 세웠다.

"그런가? 일흔이 넘으면 사고방식이 낡는 건 당연하겠지. 사장님은 우리 월급도 챙겨야 하니까 어쩔 수 없는 부분도 많을 거야."

"맞아. 그래도 모처럼 젊은 우리가 담당하기로 했으니 이번엔 개성을 마음껏 발휘해보자."

"그러자! 멋진 요양원으로 만들어보자."

어이, 멋진 요양원으로 만들자니? 도대체 어떤 팸플릿을 만들려고? 그냥 고객이 시키는 대로 하면 되는 거야. 아니, 그보다 나를 '노인'이라는 틀에 집어넣다니, 이 나쁜 녀석들!

두 사람을 'MZ세대'라는 틀에 넣은 사실은 까맣게 잊고, 자신이 노인의 틀에 들어갔다는 사실에만 분개하고 있다. 나이는 숫자일 뿐, 헬스장에서도 팔팔하고, 자기 체중과 같은 무게의 벤치 프레스도 거뜬히 들어올린다. 중국산 정력제를 먹으면 아랫도리도 벌떡벌떡 선다. 무엇보다 나의 인맥과 신용으로 회사가 그럭저럭 운영된다는 자부심과 프라이드가 있다.

그런데 아무 쓸모 없는 노인 취급을 하다니…… 에잇!

스에쓰구는 조금 전의 반짝반짝한 마음이 진흙으로 덧칠당한 기분이 되어 퉁명스러운 얼굴로 관엽식물 뒤에서 나왔다. 두 사람은 그 기척을 느끼고 스마트폰을 잽싸게 가방에 넣었다.

"사장님, 오래 걸리셨네요. 큰 쪽이었어요?"

모리타가 말하니 미타무라가 크크 웃는다.

"아, 나는 변비 아니거든. 내장 연령은 40대라고 의사가 그랬어. 아니, 30대였던가?"

스에쓰구는 하찮은 허세를 부리며 싱긋 웃었다. 그런 자신에게 뭐라 말할 수 없는 연민을 느끼고 무의식중에 잔에 든 와인을 벌컥 들이켰다.

그로부터 스에쓰구는 고객을 소중히 하는 것이 얼마나 중요한지를 절절히 설명했다. 그러나 두 사람은 하품을 참으며 틈틈이 '네에' 하고 대충 대답했다. 이날 최고의 한마디는 스에쓰구의 설교를 덮어버리려는 듯 모리타가 강력하게 내뱉은 이 말이었다.

"아, 큰일 났다! 오늘 TV 꼭 봐야 하는데……. 사장님, 죄송해요. 15분 후에 저만 먼저 실례할게요."

"응? TV?"

"죄송합니다."

모리타 말에 어이없어하는데 미타무라와 눈이 마주쳤다. 그러자 미타무라도 갑자기 불편한 얼굴로 입을 열었다.

"그럼 그때 저도 같이 일어나겠습니다."

결국 일어난 시각은 모리타가 말한 15분 뒤가 아니라, 접시에 놓인 식사를 모조리 먹은 지 5분이 채 지나지 않았을 때였다.

가게를 나와 서둘러 집에 가는 두 사람 뒷모습을 배웅한 뒤,

어스레한 외등 아래에서 손목시계를 보았다. 아직 9시도 안 됐다. 살짝 한숨을 내쉬고 골목길을 터벅터벅 걸어서 큰길로 나왔다. 가드레일 옆에 서서 오른손을 드니 곧 지나가던 택시가 멈췄다. 스에쓰구는 뒷좌석에 올라 집에서 가장 가까운 역 이름을 말했다. 차가 달리기 시작하자 스에쓰구는 몸을 축 늘어뜨려 시트에 등을 맡겼다.

그대로 멍하니 창밖을 바라보았다. 가로등이 자꾸자꾸 뒤로 흘러간다. 왠지 자신이 걸어온 인생도 어이없이 과거로 사라져버릴 것 같은 허무한 기분에 빠져들었다.

미래는 줄고, 과거는 늘어간다.

그 당연한 사실을 깨닫고 조금 마음이 무거워졌다. 남은 인생의 얼마 되지 않는 시간으로 무엇을 할 수 있을까? 여태까지 쌓아온 과거는 대체 무엇이었던가. 하찮은 생각에 빠진 채 한숨을 쉬었다.

이대로는 집에 가고 싶지 않았다. 아내가 죽은 후의 2층 목조건물은 스에쓰구 혼자 살기에 너무 넓다. 고요가 무겁다.

택시의 흔들림에 몸을 맡기고 눈을 감았다.

그리고 한마디 툭 내뱉었다.

"히바리에 들렀다 갈까……."

* * *

"역시 히바리가 좋아."

즐겨 찾는 술집의 즐겨 앉는 자리가 스에쓰구의 엉덩이를 오랫동안 잡아두었다. 스에쓰구의 입은 자정이 넘어서까지 MZ세대의 믿기지 않는 행동에 대해 절절히 호소했다. 카운터 안의 곤마마와 카오리는 그런 스에쓰구의 불평을 흘려듣지도 너무 심각하게 받아들이지도 않고 적당히 맞장구치며 상대해주었다.

"이런 내 기분, 곤마마는 알겠어? 내 사고방식이 낡았대. 인사 하나 제대로 못하는 녀석들이."

"낡았다는 말에 꼭 나쁜 뜻만 있는 건 아니에요. 그렇지, 카오리?"

곤마마가 채소 스틱을 잘게 썰면서 말했다.

"네, 저도 그렇게 생각해요."

"카오리는 참 상냥해. 같이 있으면 정말 마음이 편안해져. 웃는 얼굴도 마음도 미인이야." 혀가 꼬였다는 게 스스로도 느껴졌다. 하지만 술이 부족하다. "카오리, 이런 나한테 딱 어울리는 칵테일 하나 만들어줄래?"

스에쓰구는 그때까지 홀짝홀짝 마시던 싱글몰트를 단숨에 벌컥 들이켜더니 빈 잔을 카오리에게 내밀었다.

"네, 알겠습니다."

카오리는 바텐더다운 유려한 몸짓으로 인사를 하고는 냉장고에서 레몬과 오렌지를 꺼냈다.

"오랜만에 만드는 칵테일이에요."

카오리는 혼잣말처럼 중얼거리며 익숙한 손놀림으로 레몬을 둥글게 자르고 오렌지를 반달 모양으로 잘랐다. 이어서 비터스를 뿌린 각설탕과 각얼음 다섯 개를 바닥이 넓은 잔에 넣고, 라이 위스키를 꿀렁꿀렁 소리 내며 따른다. 칵테일 픽에 오렌지랑 레드체리를 끼워 잔 안에 세우고 마지막에 투명한 머들러를 곁들이면 완성. 스에쓰구 앞에 호박색 칵테일이 놓였다.

"오래 기다리셨습니다."

"이건?"

"올드 패션드야."

대답한 건 곤마마였다.

"올드 패션드? 그거 구식이라는 뜻 아닌가? 카오리도 못됐네."

무심코 눈썹을 팔자로 내린 스에쓰구에게 카오리가 청초한 미소를 싱긋 날렸다.

"아뇨, 그런 뜻이 아니라 칵테일에 담긴 의미가 멋지거든요. 지금까지의 사장님과 앞으로의 사장님에게 딱 어울리는 칵테일이에요."

"어떤 의미인데?"

"나의 길을 간다."

 옆에서 끼어든 곤마마가 프랑크푸르트 소시지 같은 집게손가락으로 스에쓰구 이마를 콕 찔렀다. 살짝 찔렀을 뿐인데 하마터면 뒤로 나자빠질 뻔했다. 그 모습을 보고 카오리가 웃었다. 스에쓰구도 "곤마마, 좀 살살해." 하며 쓴웃음을 지었다.

"어머나, 죄송해서 어쩌나."

 곤마마는 모른 척 시치미를 떼며 갓 자른 채소 스틱을 내주었다.

 스에쓰구가 잔을 다시 손에 들고 흔들리는 호박색 액체를 바라보며 말했다.

"나의 길을 간다……. 응, 나쁘지 않네."

 카오리가 안경 속 눈을 가늘게 뜨고 웃으며 살짝 고개를 끄덕였다.

"젊은 직원이 젊은이다운 감성을 가진 대신, 사장님께서는 풍부한 경험으로 뒷받침된 방식이 있잖아요. 어느 쪽이 좋고 어느 쪽이 나쁘다고 말할 수 없을 것 같아요. 사장님께서는 여태까지 해오신 대로 경험을 살려서 자기만의 길을 걸으셨으면 좋겠어요. 노인이냐 아니냐는 스스로 정하는 거라고 생각해요."

"카오리."

"네?"

"역시 내가 노인으로 보이나?"

"제 눈엔 중년의 멋진 신사로 보이십니다."

손녀뻘 아가씨에게 위로의 말을 듣고 입이 헤벌쭉 벌어지려는데 곤마마의 굵은 목소리가 울렸다.

"노인이라기엔 이 사람 너무 에로틱해."

"물론이지. 나는 평생을 현역으로 살 거야."

"와앗! 샤초의 혈기왕성한 선언은 역시 멋있어."

셋이서 웃음을 터뜨렸다.

곤마마가 말을 잇는다.

"그 칵테일은 머들러로 각설탕을 녹이거나 레몬을 으깨어 취향에 맞게 맛을 조절하면서 마시는 거야."

"호오, 그래?"

"샤초는 처음 마시니까 각설탕을 어느 정도 녹이고 레몬을 얼마나 으깨면 좋은지 모르겠죠?"

"뭐, 그렇지."

"일도 마찬가지 아닐까? 처음엔 더 귀찮은 일이 많아지겠지만, 젊은 직원에겐 되도록 많이 경험시켜요. 잘못하면 호되게 야단도 치고. 그게 바로 혈기왕성한 노인의 역할이라고 생각해."

곤마마는 일부러 '노인'이라는 단어를 큰소리로 말하면서 까마귀 날갯짓 같은 윙크를 찡긋 날렸다.

"일을 맡기자니 왠지 걱정이 돼서. 그 녀석들, 너무 여유 부린단 말이야."

머들러로 레몬 과육을 터뜨리며 스에쓰구가 말했다.

"샤초, 플라토라는 말 알아요?"

"응? 그게 뭔데?"

"운동할 때 쓰는 용어인데, 정체기라는 의미야. 오랫동안 근력운동을 하다 보면 서서히 매너리즘에 빠져서 플라토에 갇히게 되죠. 그럴 때 어떻게 하느냐면……."

"어떻게 하는데?"

잔에 입을 댄 채 스에쓰구가 물었다.

"슬로 트레이닝을 하는 거야."

느린 동작으로 운동을 한다는 뜻인가?

"혼자서 전력질주하기보다 가끔 속도가 느린 인재를 섞어보면 새로운 발견을 하게 될지도 모르죠."

그런가?

스에쓰구는 각설탕을 머들러로 쿡쿡 찌르며 생각했다.

칵테일을 한 모금 홀짝여본다. 단맛과 신맛이 더해져서 아까보다 더 맛있어졌다. 레몬의 신맛은 아직 약간 부족하다. 레몬을 조금 더 으깨본다. 맛의 균형이 훨씬 더 좋아졌다. 서서히 맛이 우러나는 MZ팀인가.

레스토랑에서 그들이 고백했던 조부모를 향한 마음……나쁘지 않았다. 하지만 그 녀석들은 사회인으로서 경험이 부족하다. 압도적으로 부족하다. 그러나 스에쓰구 자신도 젊었을 때 경험 부족으로 수많은 실수를 했고, 선배나 거래처에게 호되게 야단맞고, 그 결과 어느샌가 제 몫을 하게 되지 않았던가?

좋아, 경험하게 해줄까?

스에쓰구는 후웃 하고 결의를 담은 짧은 숨을 내뱉었다.

"카오리, 이 칵테일 정말 맛있네."

스에쓰구의 목소리가 오랜만에 활기를 띠었다.

* * *

이튿날 스에쓰구는 출근하자마자 모리타와 미타무라에게 선언했다.

"후쿠코엔 요양원 일 말이야, 자네들에게 전적으로 맡기겠다. 마지막까지 책임지고 수고해줘."

뜻밖이었는지 MZ팀은 한순간 멍한 표정을 지었지만 곧 한 목소리로,

"네에."

"네에."

하고 여전히 맥 빠지는 대답을 했다. '예'라고 해야지, 하고 무심코 입에서 튀어나올 뻔했지만 겨우 목구멍 안으로 삼켰다.

자, 오늘은 뭘 해야 하더라……?

생각하면서 자리에 앉아 컴퓨터를 켜니 마침 고미야마에게 메일이 와 있었다. 지금 바로 눈앞에서 컴퓨터를 들여다보고 있는 고미야마 미치코 말이다. 이 사람은 왜 입으로 말하지 않고 늘 메일을 보내나? 귀찮다. 속으로 살짝 욕하면서 메일을 열어보았다.

'저 둘한테 맡겨도 괜찮겠습니까?'

메일 내용은 그 한 줄뿐이었다.

'나는 두 사람을 믿어.'

스에쓰구는 집게손가락 두 개로 어설프게 여덟 글자를 입력하여 고미야마에게 보냈다. 전송한 직후 너무 젠체했나 싶어서 약간 쑥스러웠지만, 고미야마는 모니터를 응시한 채 표정 하나 바꾸지 않았다. 다행이다 싶기도 하고 김이 빠지기도 하고 왠지 조금 복잡한 기분이었다.

그러나……

날이 갈수록 스에쓰구 가슴에 불안이 쌓여갔다. MZ세대 사전에는 '보고, 연락, 의논'이라는 단어가 없었다. 직장인이 일할 때 기본으로 갖춰야 할 이 세 가지 조항이 완전히 누락되어 있는 것이다.

이 녀석들, 실수 없이 잘하고 있는 걸까?

스에쓰구는 태평스러운 두 사람 얼굴을 볼 때마다 불안해졌다. "그 건은 지금 어떻게 되고 있나?" 하고 잡담이라도 던지듯 물어보면 되겠지만 일단 두 사람에게 '전적으로 맡기겠다'고 선언했고 고미야마에겐 '나는 두 사람을 믿어'라고 잘난 척 메일을 보내고 말았으니 체면상 진척 상황을 꼬치꼬치 캐묻기도 좀 그랬다.

일주일이 지나자 가슴속 불안이 부글부글 끓어올라 초조해지기 시작한 스에쓰구는 고참인 아이하라 사다코에게 어떻게 진행되고 있는지 알아봐달라고 살짝 부탁했다.

그 결과…….

뜻밖에도 '양호'하다는 답변이 돌아왔다.

두 사람은 자주 후쿠코엔에 다니며 사진 자료를 모으고 취재를 하면서 노인들과도 즐겁게 지내는 모양이었다.

아이하라의 보고에 안도한 스에쓰구는 역시 일은 맡겨봐야 안다고 반성하면서 고미야마가 타준 식은 차를 마셨다.

하지만 마음의 평안은 오래가지 않았다.

* * *

"아, 여보세요, 스에쓰구 씨? 죄송하지만 담당자를 좀 바꿔주시면 좋겠어요."

후쿠코엔의 홍보 담당자가 강한 어조로 클레임을 건 것은

MZ팀에게 제작을 맡긴 지 딱 보름 뒤의 일이었다. 스에쓰구는 거래처에 영업을 나갔다가 돌아오는 길에 지하철 플랫폼에서 그 전화를 받았다.

"무슨 일이 있었습니까?"

"아무튼 이 사람들과는 못하겠습니다."

노기를 품은 목소리가 귀에 거슬려 무의식중에 전화를 얼굴에서 떼어냈다.

"죄송합니다. 저기, 대체 무슨······."

"아무 말도 못 들었어요?"

"네······. 죄송합니다."

요컨대 이런 것이었다. 모리타와 미타무라는 후쿠코엔의 운영 방식과 직원의 형편없는 서비스에 대해 왈가왈부한 끝에 제작 중인 팸플릿에 거짓말을 쓸 수 없다고 고집을 부렸다.

"왜 당신네 직원들한테 우리 회사가 비난받아야 합니까? 팸플릿에 거짓으로 좋은 말을 써줄 수 없다는 건방진 소리나 하고 말이야."

"아, 정말, 진심으로 사과드립니다."

"우리는 스에쓰구 씨가 꼭 좀 일을 맡겨달라고 부탁을 해서 한 건데."

"예, 정말 뭐라고 사죄의 말씀을 드려야 할지······."

스에쓰구는 자기보다 서른 살은 젊은 홍보 담당자에게 전화기 너머로 머리를 굽실굽실 숙여댔다.

"아무튼 당장 다른 사람을 보내주세요. 납기 못 맞추면 대금 못 드립니다."

홍보 담당자는 토해내듯 말하더니 마지막에 쯧 하고 혀를 한 번 차고는 일방적으로 전화를 끊어버렸다.

"하아아……."

스에쓰구는 최근 몇 년간 가장 깊은 한숨을 쉬면서 오른손으로 관자놀이를 문질렀다.

손목시계를 보니 저녁 7시 반이 지나 있었다. 오늘 그 녀석들은 외근 후 바로 퇴근한다고 했다. 전화기를 손에 든다. 먼저 건 상대는 모리타였다. 벨이 몇 번 울리다가 음성사서함으로 넘어간다. 미타무라에게 걸어도 결과는 마찬가지였다.

그랬다. MZ세대는 근무시간이 지나면 공적인 전화는 일체 받지 않는다.

이 멍청한 것들!

손에 들었던 전화기를 선로에 냅다 집어던지고 싶은 충동에 휩싸였지만, 그것만큼은 참아냈다. 그러나 무의식중에 혀를 찼는지 옆에 서 있던 아줌마가 매섭게 노려보았다.

이튿날 오전 중에 차로 영업을 나간 스에쓰구는 오후가 되어서야 회사로 출근했다. 아무 일 없었다는 듯 태연한 얼굴로 자리에 앉아 있는 모리타와 미타무라를 보자마자 "자네들, 나랑 같이 갈 데가 있어. 알겠나? 지금 당장 말이야"라며 회사에서 끌고 나와 차 뒷좌석에 밀어 넣었다.

운전석에 앉은 스에쓰구는 묵묵히 액셀을 밟았다. 행선지는 물론 후쿠코엔이다. 주차장에서 나와 편의점이 있는 골목을 왼쪽으로 돌아서 큰길로 나왔다.

"어제 후쿠코엔 홍보 담당자한테 전화가 왔더군."

스에쓰구는 핸들을 잡은 채 낮은 목소리로 말했다. 대답은 없었다. 백미러로 두 사람을 보니 '이것 참 성가시군' 하는 표정이다.

"어떻게 된 일인가, 모리타?"

교차로 앞에서 핸들을 꺾어 수도 고속도로로 들어섰다.

"뭐랄까……. 그 회사 서비스가 너무 엉망이어서 내가 봐도 불쾌했어요. 그래서 팸플릿에 훌륭한 요양원이라는 거짓말은 쓸 수 없다고 솔직하게 말했을 뿐입니다."

"솔직? 고객이 솔직하게 만들어달라고 했나?"

또 대답이 없다. 대답을 하지 못한다는 건 조금이라도 죄책감을 느낀다는 뜻이다. 아니면 반항인가?

"지금 이 차가 어디로 향하고 있는지 알고 있나?"

대답 없음. 모를 리가 없다. 백미러를 보았다. 스마트폰을 만지작거리고 있으면 혼쭐을 내려고 했는데, 역시 그건 아니었다. 둘 다 꽤 의기소침한 얼굴로 고개를 푹 숙이고 있다.

젊었을 때 스에쓰구도 이런 식으로 야단맞고 풀이 죽었던 적이 있었던 것 같다. 언제였을까? 기억나지 않는다. 하지만 분명 비슷한 경우도 있었던 것 같다. 아니다. 아무리 그래도 이렇게 심한 실수는 안 했던 것 같은데? 이 아이들보다는 생각이 제대로 박혀 있었다.

문득 곤마마의 얼굴이 떠올랐다. 카오리가 만들어준 올드 패션드 맛도 혀 위에서 되살아났다.

경험시키라고?

불합리한 이유로 고객에게 불평을 듣는 것도, 그런 상대에게 사죄하는 것도, 이 녀석들에겐 좋은 경험이겠지.

"진심을 다해 제대로 사과하는 거다."

스에쓰구가 목소리를 낮게 깔고 말했다.

"그런데요……" 하고 미타무라가 가녀린 목소리를 냈다.

"그런데요는 무슨 그런데요야. 잘 들어, 설사 불합리하다 해도 깍듯이 사죄해야 할 때도 있는 법이야. 사회란 원래 그런 거야."

스에쓰구의 말을 마지막으로 차 안이 무거운 침묵으로 가득 찼다.

잡목림으로 둘러싸인 후쿠코엔 주차장에 숲 냄새를 품은 상쾌한 바람이 지나갔다. 하늘이 무척 높고 맑아서 지금부터 열심히 빌러 가야 한다는 게 믿기지 않았다.

스에쓰구가 맨 앞에 서서 현관을 향해 걸었다.

진달래 밭 앞을 지날 때, 지팡이를 짚은 대머리 노인이 조금 서두르는 걸음으로 이쪽으로 다가오는가 싶더니 별안간 모리타와 미타무라에게 쉰 목소리로 말을 걸었다.

"아아, 젊은이들, 지난번엔 고마웠어."

밝은 햇살을 사선으로 받은 노인이 쭈글쭈글한 주름투성이 얼굴을 활짝 펴고 웃었다.

"아니에요, 고맙긴요."

미타무라가 평소보다 조심스러운 목소리로 대답하며 미소 지었다. 모리타도 웃으며 "할아버지, 나중에 또 뵈어요." 하며 손을 살짝 흔든다.

스에쓰구가 걸으면서 물었다.

"저 할아버지한테 뭘 해드렸는데 그러나?"

"그냥 손톱을 깎아드렸을 뿐이에요."

미타무라가 얌전한 목소리로 말했다.

손톱? 왜 우리 직원이 그런 일을 했지?

그건 요양원이 해야 할 일이 아닌가? 하고 물으려다 그만두었다. 벌써 현관에 도착했기 때문이다.

현관 왼편 접수처에 방문 목적을 말하니, 무뚝뚝한 30대 여자가 식당으로 안내해주었다. 세 사람은 구석 자리에 앉아 홍보 담당자가 오기를 기다렸다. 그녀는 차를 대접하지도 않고 냉큼 나가버렸다. 예상은 했지만 역시 환영받지 못할 모양이다.

오른쪽으로 조금 떨어진 탁자에 등이 굽은 자그마한 노파가 멍하니 창밖을 바라보며 앉아 있었다. 꿈쩍을 하지 않으니 왠지 인형처럼 보이기도 했다. 어쩌면 치매에 걸렸는지도 모른다.

3분 정도 기다리니 40대 남자가 성큼성큼 걸어왔다. 걸음걸이가 이미 화난 상태임을 드러내고 있었다. 스에쓰구와 MZ팀은 일어나서 상대를 맞았다.

오랜만에 만난 홍보 담당자 오하라 쓰토무가 맞은편 의자를 조금 난폭하게 끌어당겨 앉더니 스에쓰구에게만 눈길을 주었다.

"어제 담당자를 바꿔달라고 부탁했을 텐데요."

MZ팀은 완전히 무시다.

"예, 물론 그럴 계획인데요, 우선 사죄를 해야 할 것 같아서요."

"흠. 일단 앉으십시오."

"예, 실례하겠습니다."

세 명 다 얌전하게 의자에 걸터앉았다.

오하라가 와이셔츠 소매를 걷어올리고 팔짱을 낀 채 이쪽을 노려본다. 가늘고 희멀건 팔이었다. 이런 약체랑 팔씨름을 하면 나라도 이길 것 같다. 곤마마랑 하면 한순간에 꺾이겠지. 스에쓰구는 별 의미 없는 생각을 하면서 양손을 탁자에 올리고 "이번 건은……." 하고 운을 뗐다. 그다음을 말하려던 찰나, 오른쪽에서 긴장된 목소리가 끼어들었다. 모리타였다.

"사장님, 사과하지 마세요."

스에쓰구도 할 말을 잃었지만 오하라의 얼굴은 더 험악해졌다. 눈을 크게 뜨고 입술을 부르르 떤다.

"어이, 왜 그래, 모리타."

나무라려 했지만 모리타는 물러서지 않았다.

"우리는 잘못한 게 없습니다. 광고에 거짓말을 쓰면, 역시 안 될 것 같습니다."

"거짓말이라니, 뭐가 거짓말이라는 거야?"

탁자 위로 몸을 내민 오하라는 이미 한계까지 격분한 상태였다. 스에쓰구는 그 기세에 눌려 무심코 몸을 뒤로 뺐는데, 놀랍게도 왼쪽 옆에 있던 미타무라가 반대로 몸을 앞으로 쑥 내민다.

"거짓말은 거짓말이잖아요. 이곳 스태프들은 모두 할아버지 할머니께 불친절하고, 손톱은 부러질 때까지 깎아주지도 않고, 목욕시킬 때도 머리 위에서 대충 물만 뿌리고, 침대에 누운 자세를 바꿀 때도 난폭하게 대하고, 밥을 먹일 때도 죽이랑 반찬을 아무렇게나 섞어서 입에 밀어 넣고……. 그런 건 서비스라 할 수 없어요."

평소에는 온순한 미타무라가 이렇게 당차게 이야기할 줄은 몰랐다. 거기에 모리타까지 공격을 가한다.

"돌아가신 할아버지가 가르쳐주셨어요. 일이란 다른 사람을 '섬기는 것'이라고. 누군가를 기쁘게 하는 일을 해야 한다고. 이 시설은 아무도 기쁘게 하지 못해요."

얼어붙은 듯 말이 없던 오하라가 크게 심호흡을 했다. 분노를 넘어서 서서히 냉정을 되찾은 듯했다.

"모리타, 미타무라, 그런 무례한 말은 하는 거 아니야."

스에쓰구는 굳이 조용한 목소리로 말해보았다. 이럴 때는 큰소리를 내기보다 오히려 작은 소리로 말하는 편이 상대의 가슴속까지 효과적으로 파고든다는 걸 경험상 알고 있었다.

탁자 위로 무거운 침묵이 퍼졌다.

등 뒤의 벽에 걸린 시계가 째깍, 째깍, 째깍…… 하고 시간을 새긴다. 오하라는 아직도 심호흡을 계속하고 있다. 반격할 말을 생각하는지도 모른다.

스에쓰구는 문득 깨달았다. 조금 전까지 오른편에 보이던 자그마한 노파의 모습이 사라졌다는 사실을. 흥분한 목소리로 대화를 나눴더니 시끄러워서 어딘가로 가버린 건가?

"스에쓰구 씨." 쉰 목소리가 낮게 깔렸다. 오하라였다. "당신,

대체 오늘 뭐 하러 왔소?"

"사죄하러 왔습니다."

"이게 당신네가 사죄하는 방식입니까?"

"아뇨, 당치도 않습니다. 사장으로서 제가 다시 말씀드리겠습니다. 이번 건은 정말로 죄송……."

"사장님." 이번엔 미타무라였다. "사과하지 마세요."

성인잡지 모델 같은 얼굴이 애달프게 일그러졌다. 눈물을 참고 있는 것이다. 하지만 일을 하다 보면 울고 싶어지는 경우가 앞으로 얼마나 생길지 모른다. 상대가 불합리하다고 해서 매번 대들 수는 없는 일이다. 가슴 앞에서 팔짱을 낀 오하라의 희고 가는 팔. 그 팔을 멍하니 바라보며 스에쓰구는 이번에야말로 사죄의 말을 건네자고 마음먹었다.

그 순간, 오하라의 눈이 커졌다. 깜짝 놀란 듯한 그 눈길이 스에쓰구 뒤쪽으로 쏠렸다. 그 눈길에 이끌려 돌아보니 바로 뒤에 조금 전의 자그마한 노파가 서 있었다. 게다가 그 노파 주위에 열 명 가까운 노인들이 모여 있는 게 아닌가?

"이 아이들은 아무것도 나쁜 짓을 한 게 없어요. 상냥한 아이들이야."

그 노파가 싱긋 웃으며 말했다.

주위 노인들도 응응 하며 고개를 끄덕인다.

"우리 모두 이 아이들 편이야."

백발이 폭발한 것 같은 행색의 노인이 그렇게 말하고 껄껄 웃었다.

뭐야, 이건…….

스에쓰구는 오하라 쪽으로 돌아앉았다. 오하라는 입을 떡 벌린 채 할 말을 찾고 있는 듯했다.

미타무라를 보니 두 눈에서 눈물이 주르르 흐르는 참이었다. 모리타의 눈도 눈물을 듬뿍 머금고 있다.

그 모리타가 아이처럼 콧물을 훌쩍이다가 눈물을 애써 참으며 이야기하기 시작했다.

"사장님, 제 할아버지 할머니가 살아 계신다면 이런 시설에는……, 절대 못 맡겨요."

"저도요."

미타무라는 완전히 울먹이는 목소리였다.

"만약……, 나를 길러주신, 돌아가신 할머니가 여기 계신다면…… 그렇게 생각하니, 저…… 역시 거짓말은 절대……."

울먹이며 호소하는 모리타를 보며 스에쓰구는 아내를 생각했다. 모리타 말대로 만약 아내가 생전에 이곳에서 거칠게 다뤄졌다면……. 생각해보니 가슴이 아팠다.

등 뒤의 노인들은 이제 아무 말도 하지 않았다. 그 조용한 숨결이 왠지 묘하게 따뜻했다.

스에쓰구는 후우 하고 탄식하듯 숨을 내뱉고 곧 새 공기를 빨아들였다.

"오하라 씨." 스에쓰구는 조용히 성의를 담아 오하라의 이름을 불렀다. "이번 건에 대해……."

"사장님!"

"사장님!"

모리타와 미타무라의 울먹이는 소리가 겹쳐졌다.

"자네들은 잠자코 있어."

스에쓰구는 작은 소리로 두 사람을 제지했다.

"이번 건에 대해서는 우리 직원들이 큰 폐를 끼쳤습니다. 정말 죄송합니다. 하지만 저는……."

거기까지 말하고 모리타와 미타무라의 얼굴을 보았다. 다시 숨을 들이마신 다음, 이번엔 사장으로서의 위엄을 담아 단호하게 말했다.

"저는 우리 직원들을 믿습니다."

"……."

"……."

등 뒤에서 박수 소리가 들렸다. 모여 있던 노인들이었다.

* * *

스에쓰구는 돌아가는 차 안에서 핸들을 잡은 채 올드 패션

드의 맛을 떠올리며 작게 한숨 쉬었다.

어이쿠, 조금도 '나의 길'을 걷지 못했다. 짭짤한 일거리 하나를 놓쳐버리지 않았는가? 나도 아직 미숙하다. 아니, 젊다……고 생각하기로 했다.

불황이 계속되는 작금의 현실을 생각하면 잃은 게 크다.

그래도 기분은, 뭐 나쁘지는 않다.

스에쓰구는 뒷좌석을 향해 물었다.

"일거리 하나 놓친 기분이 어때?"

"……좋지는 않습니다."

"저도요……."

두 사람 목소리가 축 가라앉아 있었다.

그렇겠지, 그렇겠지. 당연히 그럴 것이다. 하지만 기분은 그리 나쁘지 않았다. 스에쓰구는 자기도 모르게 히쭉거릴 것 같아 라디오를 켰다. 스피커에서 구세대의 음울한 블루스가 흘러나왔지만, 그 케케묵은 선율에도 어딘지 모르게 깊은 맛이 있는 듯하여 이 역시 그리 나쁘지 않았다.

* * *

이튿날 아침 출근하니 또 고미야마에게서 메일이 와 있었다.

〈사장님. 아까 모리타 씨랑 미타무라 씨가 웬일인지 사장님

을 자유로운 영혼이라고 칭찬하던데요. 오늘쯤 같이 한잔 하시는 건 어때요?〉

그런 말은 메일로 말고 입으로 해. 바로 눈앞에 있잖아. 또 '웬일인지'라는 말은 굳이 안 써도 되잖아? 스에쓰구는 할 수 없이 집게손가락 두 개로 '그러지요'라는 네 글자를 입력하여 고미야마에게 전송했다.

오늘 아침에도 MZ팀 두 사람은 느긋하고 평화로운 얼굴로 컴퓨터를 바라보며 커피를 마시고 있었다. 스에쓰구는 두 사람의 컵이 다 비기를 기다렸다가 말을 꺼냈다.

"어이, 자네들한테 새 일을 맡기려고 한다. 이번에는 완벽하게 해낼 수 있도록 차분하게 이야기를 나눴으면 싶은데……, 오늘 저녁에 나랑 한잔 해줄라나?"

일부러 농담처럼 말했는데 모리타가 평소처럼 정색을 하고 대답한다.

"앗, 정말요? 오늘 저녁엔 TV 봐야 하는데……."

어이, 이야기가 다르잖아.

스에쓰구가 뾰로통한 얼굴로 고미야마를 봤을 때, 예상 밖의 대사가 모리타 입에서 나왔다.

"그런데요, 내일이라면 저도 미타무라도 시간 낼 수 있어요. 몇 시에 회사로 돌아올 수 있을지는 모르겠지만."

"응? 자네들, 둘이 같이 어디 가?"

"사이타마요."

미타무라가 대답했다.

"사이타마?"

"후쿠코엔 사장님을 직접 뵙고 사죄하려고요. 물론 서비스 개선도 부탁할 생각입니다. 직접 만나 담판을 지으려는 거죠."

직접 담판? 이 시건방진 녀석들.

"잠깐만."

스에쓰구는 수첩을 들췄다.

내일 일정이……

업무의 연장선상에서 동료와 골프를 치기로 되어 있었다. 스에쓰구는 당장 전화를 걸어 약속을 취소했다. 요통이라고 거짓말을 하고.

"모리타, 미타무라, 내일 같이 가자. 사장한테 서비스를 개선해달라고 단단히 부탁하고, 또 통 크게 사과할 건 사과하고, 잘 되든 안 되든 끝나고 한잔 하는 거야."

"예."

"예."

"어?"

처음으로 '네에'가 아닌 '예'라고 대답했다.

고작 1밀리미터 정도라도 성장한 건가? 이토록 하찮은 것에 감동하는 자신의 모습에 쓴웃음을 지으면서 스에쓰구는 다시 말을 이었다.

"좋아. 그럼, 일식, 양식, 중식, 뭘로 할까?"

"저는 아직 다이어트 중이라 일식으로."

"저는 고기를 든든히 먹고 싶으니 양식이 좋습니다."

어이, 그런 부분도 좀 성장하자…….

스에쓰구는 무의식중에 한숨을 내쉬었지만, 뇌리에 좋은 아이디어가 반짝 떠올랐다.

"그렇군. 좋아, 양식도 일식도 척척 만들어주는 비밀의 가게로 데려가주지."

"와아, 어떤 가겐데요?"

모리타가 평소답지 않게 흥미진진한 얼굴을 했다.

"거대한 게이와 미소녀 바텐더가 인생을 가르쳐주는 술집이야."

"우왓! 뭐예요, 그게."

"재미있겠다."

왠지 흥이 난 MZ팀. 옆에서도 뜻밖의 말이 들린다.

"저기……, 저도 그 가게, 가보고 싶네요."

고미야마였다.

"어, 그럼, 저도 갈게요."

아이하라까지 합세했다.

자네들, 갑자기 왜 이래?

"좋지. 그럼 내일 근무 끝나고 실컷 마셔볼까?"

스에쓰구는 당장 곤마마의 휴대전화로 연락했다. 다섯 번째 벨이 울린 뒤에야 굵으면서도 나긋나긋한 목소리가 들렸다.

"곤마마, 난데, 내일 저녁에 우리 직원 네 사람이랑 같이 갈 테니 예약 부탁해요. 일식, 양식, 중식, 여러 가지 준비해줘요."

"어머나, 샤초, 왠지 목소리에 활기가 넘치네. 혹시 또 수상한 정력제 마신 거 아냐?"

곤마마는 모든 걸 알면서도 일부러 장난을 친다.

"바보 같은 소리. 그게 아니라, 드디어 뚫고 나왔다네."

"응? 뚫고 나오다니, 뭘?"

스에쓰구는 자기를 가만히 응시하는 네 명의 직원을 바라보았다.

미숙하지만 저마다 좋은 점을 가진, 나이 차 많이 나는 동료들.

그들을 보고 싱긋 웃으며 말했다.

"드디어 돌파구를 찾았어."

6장

✳

곤다 데쓰오의

아홉(阿吽)

 새벽 2시가 지났을 때 오늘 마지막 단골손님이 카운터 자리에서 일어났다.

 "그만 갈게요. 곤마마, 계산."

 "어머어, 벌써 가게?"

 히바리의 주인인 곤다 데쓰오가 2미터 높이에서 과장스러운 윙크를 날렸다. 보통사람의 엄지손가락보다 거대한 새끼손가락을 세우면서 장난스러운 표정도 짓는다.

 "다카짱은 오늘도 애인한테 가?"

 농담을 던지면서도 계산은 정확히 하고 있다.

 "아하하, 그렇지 뭐."

 다카짱이라 불린 마흔 가량의 직장인이 거스름돈을 받으며 싱긋 웃는다.

"아이, 인기 많은 남자는 좋겠다. 상대도 마음대로 바꿔가면서 하고."

"무슨 말씀을. 곤마마야말로 인기 많잖아?"

"우후후. 내 애인은 이것뿐이야."

곤다는 숨만 들이마셔도 터지려 하는 티셔츠에 반쯤 감춰진 거대한 가슴근육을 불룩불룩 움직여 보였다.

"우와. 굉, 굉장하다……. 그런데 말이야, 평생 혼자라면 슬프잖아. 곤마마도 근육 말고 진짜 애인을 만들어보지 그래?"

"그럼, 다카짱이 내 애인이 되어줄래?"

특대 사이즈 새끼손가락을 세우고 교태를 부리는 곤다의 모습에 남자가 웃음을 터뜨렸다.

"좋아 좋아, 알겠어요. 여자한테 계속 차이고 결혼도 못할 것 같으면, 그땐 곤마마한테 인생을 바칠게."

"어머, 정말? 나 똑똑히 들었어. 남자는 한 입으로 두말하는 거 아냐."

곤다가 야구 글러브 같은 두 손으로 남자의 양쪽 뺨을 누르니 입술이 문어처럼 되었다. 그 입술이 울먹이면서 "알겠어요, 알겠어. 약속할게"라고 말한다.

"아이, 착해라. 그럼 오늘은 돌아가도 좋아요. 또 와앙."

"응, 또 올게요. 수고하세요."

남자는 곤다와 카오리에게 손을 흔들며 문 밖으로 나갔다.

"후우."

마지막 손님을 배웅한 뒤 곤다는 짧은 숨을 내뱉었다. 한숨이 아니다. 오늘도 잘 살아냈다는 만족의 표현이다.

카오리가 그 모습을 지켜보다가 공기 속을 흐르던 음악을 껐다. 지하의 어스레한 술집이 쓸쓸한 고요로 가득 찬다. 곤다는 이 순간 맛볼 수 있는 작은 해방감을 좋아한다.

"카오리, 수고 많았어. 오늘도 고마웠어."

"네, 마마도 수고 많으셨습니다."

늠름한 바텐더 차림에 은테 안경을 낀 미소녀가 쫑쫑 땋은 머리를 꾸벅 숙이고는 잔 두 개에 생맥주를 따랐다. 곤다가 그중 하나를 받아든다.

"오늘도 그럭저럭 잘 보냈네. 내일도 멋진 하루가 될 수 있도록, 건배."

"건배."

두 사람은 잔을 쨍 부딪치고 부드러운 거품에 입술을 댔다. 히바리의 마지막 일과인 둘만의 '작은 회식'이다.

"푸하아, 맛있다아."

곤다의 맥주잔이 단숨에 텅 비었다. 마치 소주잔으로 마시는 것 같은 속도다.

"후우, 오늘도 맛있네요."

카오리는 조금만 입에 머금고 품위 있게 미소 짓더니 바로 앞에 있던 살라미 햄을 덥석 입에 넣었다.

맥주를 다 마신 두 사람은 문 닫을 준비를 척척 끝내고 15분 후에 가게 밖으로 나왔다. 열쇠로 문을 잠그고 계단을 오른다.

그윽한 가을바람이 두둥실 흘러와 곤다의 통나무 같은 목을 어루만진다. 그 밤바람의 일부이기라도 한 듯 골목 안쪽에서 검정색 덩어리가 훌쩍 다가온다. 반들반들한 털이 아름답게 빛나는 검은 고양이다.

"치로짱, 기다렸지?"

곤다가 말을 걸자 고양이가 '야옹' 하고 울었다. 울면서 곤다와 카오리의 정강이에 검은 몸을 비벼대며 애교를 떤다.

두 사람은 쭈그리고 앉아서 치로의 턱이랑 등을 쓰다듬어주었다. 곤다는 늘 그랬듯 가게에서 가지고 나온 음식 재료(오늘 밤은 베이컨)를 뜯어 치로에게 먹였다.

"치로, 맛있어?"

"야옹."

카오리가 다정하게 등을 어루만지며 묻자 검은 고양이가 얼굴을 똑바로 들고 대답했다.

치로의 식사가 끝나자 두 사람은 일어나서 "치로짱, 바이 바이." 하고 인사하고 인기척 없는 골목길을 나란히 걸었다. 역 앞 로터리까지 나와서 멈춰 선다.

"카오리, 내일 봐."

"네. 수고하셨습니다."

곤다와 카오리는 볼 옆으로 손을 들어 서로에게 살짝 흔들어주고는 반대 방향으로 걷기 시작했다. 치로가 어두운 골목에서 두 사람의 모습을 얌전히 지켜본다.

오늘 밤바람엔 금목서 향기가 희미하게 녹아 있다. 곤다는 구름 사이로 반짝이는 별을 올려다보며 향기로운 밤공기를 깊이 들이마셨다.

* * *

가게에서 걸어서 15분. 방 두 개짜리 아파트로 귀가한 곤다는 평소처럼 뜨거운 물로 샤워를 하고, 이를 닦고, 특별 주문한 빨간색 잠옷으로 갈아입었다. 살풍경한 방에 놓인 킹사이즈 침대에 걸터앉아 목에서 어깨에 걸쳐 부풀어오른 등세모근을 손으로 꾹꾹 주무른다. 요 며칠 피로가 쌓인 듯하다. 잠을 푹 자지 못한 탓인지도 모른다.

째깍, 째깍, 째깍, 째깍, 째깍……, 벽시계 초침이 운다. 곤다는 조만간 시계를 바꿀 생각이다. 오늘도 무자비한 초침 소리가 곤다에게 '혼자'임을 확인시키려 애쓴다. 새로 살 시계는 무음 타입으로 정했다.

"이제 그만 자야지. 근육을 비대하게 만드는 성장 호르몬을 뇌하수체 전엽에서 뿜어내도록 해야 하니까. 모처럼 근력운동을 열심히 했는데 효과가 없으면 안 되지."

일부러 밝은 목소리로 혼잣말을 하고 침대에 드러누운 곤다는 옆에 있는 리모컨으로 형광등을 껐다. 노란색 작은 전구는 그대로 켜두었다. 방이 너무 캄캄하면 암흑에 짓눌리는 듯하여 잠이 잘 오지 않는다.

후우우…….

이불 속에 들어가 기분을 가다듬으려고 숨을 내뱉으니 조금 전 다카짱이 한 말이 귀 안쪽에서 되살아났다.

'평생 혼자라면 슬프잖아.'

그 목소리가 마치 메아리처럼 웅웅 울리며 곤다에게로 다가왔다.

곤다는 당황스러운 마음에 눈을 꼭 감아버렸다. 잠들면 그 소리에서 도망칠 수 있고, 또 밝은 아침이 곧 찾아온다. 그건 알고 있다. 하지만 부자연스럽게 힘이 들어간 눈꺼풀이 실룩실룩 움직이고 말았다. 그 감각에 신경이 집중되면 잠의 세계로 좀처럼 빠지지 못한다.

마음을 가라앉히려고 몇 번이나 심호흡을 반복했지만 헛수고였다.

아아, 나는 평생 외톨이일지도…….

뿌리 깊이 박힌 불안이 검은 에너지의 핵이 되어 곤다의 사고를 부정적인 방향으로 몰고 갔다. 호흡이 서서히 얕아지면서 가벼운 두통을 느꼈다.

이불 속으로 기어들어가 태아처럼 등을 동그랗게 만다.

괜찮아, 안정될 거야 하고 자신을 타이른다.

곤다도 알고 있다. 요컨대 확률론이다.

동성애자는 이성애자에 비해 연인을 만들 수 있는 확률이 극단적으로 낮다. 소수파끼리는 만남의 기회가 잘 없으니 상대를 선택할 수 있는 범위도 극단적으로 좁아진다. 게다가 가령 누군가와 사랑에 빠진다 해도, 그 사랑의 결과인 아이를 가질 수 없다. 즉, 이성애자보다 훨씬, 훨씬, 훨씬 더 외톨이로 일생을 마칠 확률이 높다.

앞으로 줄곧 차가운 고독을 가슴에 품은 채 이 세상에서 사라져갈 자신. 그 생각을 하면 곤다는 숨이 막힌다.

째깍, 째깍, 째깍, 째깍, 째깍…….

곤다의 남은 인생을 가차 없이 소비하는 시계 초침.

하나뿐인 인생이 이 소리와 함께 줄어든다.

남은 시간도, 누군가를 사랑하고 그 사람에게 사랑받으리라는 희망을 티끌만큼도 가지지 못한 채 살아야 하다니…….

어느새 곤다의 가슴이 격렬히 움직이고 있었다. 과호흡에 빠지려 한다.

하아, 하아, 하아······.

곤다는 거친 호흡을 반복하며 이불을 걷어차고 침대에서 내려왔다. 입을 벌리고 턱을 내밀고 양손으로 가슴 부위를 꾹 누르며 호흡을 진정시키려 했다. 이마에서 코를 따라 땀이 뚝뚝 떨어진다.

침대 옆에 굴러다니는 두 개의 금속덩어리가 문득 눈에 들어왔다.

곤다는 재빨리 40킬로그램 덤벨을 양손에 들고 어깨 위로 올렸다가 만세하듯 쭉 펴고 다시 내렸다. 숄더 프레스라 불리는 프리웨이트 트레이닝이다. 이 운동은 어깨의 작은 근육인 삼각근을 맹렬하게 압박한다. 곤다는 이를 악물고 최대한 빨리 몇 번이나 덤벨을 올렸다 내렸다 했다. 그러면 피로물질인 '유산'이 순식간에 삼각근 앞에 쌓인다. '버닝'이라 불리는 통증이 발생하는 순간이다. 그 고통이 곤다를 괴롭힌다. 그래도 곤다는 쉬지 않고 덤벨을 움직였다.

제정신이 들었을 땐 어느새 과호흡이 가라앉고 정상적인 호흡으로 돌아와 있었다.

운동은 곤다에게 '안전지대' 같은 것이다. 견디기 힘든 '불안'에서 도망칠 수 있는 유일한 은신처. 물론 그것이 일시적인 신경안정제일 뿐이라는 건 알고 있다. 그래도 곤다는 한밤중의 이 자학적인 트레이닝에서 벗어날 수 없었다.

좀 더, 좀 더, 좀 더, 자신을 몰아넣어야 한다.

곤다는 이를 악물고 덤벨을 움직였다.

뺨을 타고 내려온 미지근한 물방울이 턱 끝에서 방울져 떨어진다. 맨발에 떨어졌을 때, 그것은 이미 차가운 눈물로 바뀌어 있었다.

* * *

이튿날은 아침부터 가을비가 보슬보슬 내렸다. 히바리가 있는 뒷골목이 은빛 실비에 젖어 왠지 꿈속처럼 아련해 보였다.

개점 준비를 위해 가게로 온 곤다는 낡은 건물 앞에서 치로를 불렀다. 그러나 검은 고양이는 보이지 않았다. 비오는 날은 모습을 잘 드러내지 않는다. 아무래도 고양이라 물에 젖는 게 싫은지도 모른다.

가게 '경비묘'의 얼굴을 보지 못해 조금 아쉬운 마음으로 어슴푸레한 계단을 내려가려는데 갑자기 등 뒤에서 누가 불렀다.

"곤마마 씨, 배달 왔어요."

뒤돌아보니 주류 도매상의 친근한 청년이 경트럭 창문을 열고 웃는 얼굴로 손을 흔들고 있었다.

"어머나, 오늘도 멋진 야지마. 늘 수고가 많아."

"하하, 곤마마가 더 멋지죠. 특히 어깨근육이."

메이저리그 모자를 거꾸로 쓴 야지마가 싱글벙글 웃으며 가랑비 속으로 나와 경트럭 짐칸에서 맥주 박스를 내리기 시작했다.

곤다는 내려가던 계단을 도로 올라와 "도와줄게." 하며 맥주 박스를 훌쩍 들었다.

"아, 괜찮습니다. 제 일인데요."

"아니야. 흔치 않게 이런 몸을 갖고 태어났으니 조금이라도 세상에 기여해야지."

"하하. 그럼 그것 하나만 부탁할게요."

"어머, 하나는 너무 가벼워. 위에 한 칸 더 쌓아줘."

"안 돼요, 너무 무거워요."

"나를 뭐로 보고 그래? 빨리 안 하면 공주처럼 안아 올려서 야지마쨩의 그 귀여운 입술을 훔쳐버릴 거야."

곤다는 가랑비에 젖은 채 이런 농담을 하면서 여느 때처럼 과장스러운 윙크를 날렸다.

"아오, 그것만은! 그럼 한 박스 더 부탁합니다."

야지마는 웃으면서 곤다가 안고 있는 박스 위에 하나를 더 올렸다.

"그럼 먼저 옮길게."

"고맙습니다. 나머지는 제가 옮길게요."

곤다는 맥주 두 박스를 안고 낡은 건물 안으로 향했다. 어스레한 계단을 성큼성큼 내려가는데 등 뒤에서 또 누가 불렀다.

"야옹."

이번엔 치로였다.

"어머, 치로, 어디 있……."

짐을 안은 채 계단 중간에서 뒤돌아본 순간, 비에 젖은 곤다의 오른발이 쭈루룩 미끄러지고 말았다.

앗!

속으로 비명을 질렀을 땐 이미 거구가 비스듬하게 기울어져 있었다. 그다음 순간, 곤다는 무중력을 느꼈다.

앗, 깨뜨리면 안 돼!

무중력 속에서 맥주를 지키기 위해 반사적으로 몸을 비틀었다. 하지만 그 이후로 세상이 빙글빙글 돌면서 와장창, 와장창 하는 끔찍한 소리만 끊임없이 귓전에서 터졌다.

"아앗! 꽤 괜찮으세요?"

남자 목소리가 유난히 멀리서 들리는 듯한 느낌이 들었다. 그게 야지마 목소리라는 걸 이해하기까지 조금 시간이 걸렸다.

응, 괜찮아…….

그렇게 말하려 했지만 곤다 입에서 나온 건 거친 신음소리뿐이었다. 일어나고 싶어도 몸에 힘이 들어가지 않았다. 마치 자기 몸이 아닌 것 같았다.

아아, 다쳤구나. 몸 여기저기가 아파.

가까스로 그 사실을 깨달았을 때, 눈앞에서 히바리 문이 천천히 열렸다. 안에서 카오리가 조심조심 아름다운 얼굴을 내민다.

카오리와 눈길이 마주쳤다. 콘크리트 바닥에 쓰러진 곤다는 장난스럽게 싱긋 웃으려 했지만 잘 되지 않았다.

"꺄악!"

카오리가 짧은 비명을 지른 뒤 양손으로 입을 막은 채 그 자리에 굳어버렸다.

"괜찮으세요?!"

야지마의 발소리가 계단을 내려온다.

"괘, 괜, 찮……."

아, 라고 말하면서 상체를 일으키다가 이를 악물고 움직임을 멈췄다. 허리에 심한 통증이 느껴졌다. 너무 아파서 눈앞이 새하얘질 정도였다.

몸이 차갑다. 맥주가 콘크리트 바닥에 거뭇한 웅덩이를 만들어 곤다의 어깨에서 허리까지 흠뻑 적셔놓았다.

아아, 너무 차가워. 그리고 맥주 냄새.

맥주 웅덩이에 혈액도 섞여 있는 듯 보였다.

"구, 구급차!"

카오리가 소리친 것과 곤다의 의식이 끊어진 건 거의 동시였다.

***

여러 군데의 타박상과 두부 열상, 요추 염좌.

의사의 진단 결과였다. 측두부에 난 상처에서 꽤 많은 출혈이 있었지만 다행히 다섯 바늘 꿰매는 것으로 끝났다.

"일단 뇌에 이상이 없어서 다행이에요. 나머지는 시간이 해결해줄 거예요."

스트레이트 백발을 버섯처럼 자른 나이 지긋한 여의사가 소탈하게 웃으며 말했다.

"정말 다행이에요, 선생님. 감사합, 우욱……."

허리를 깁스로 고정하고 병상에 엎드린 자세로 인사하려 했지만 말을 하는 것만으로 아팠다.

"정형외과 의사로 있는 동안 당신처럼 큰 사람을 진찰한 건 처음이에요. 무슨 일을 하시는 분인가요?"

"자그마한 바를 운영하는 마마예요."

대답한 건 줄곧 옆에 있어준 카오리였다.

"마마? 그렇다면 게이?"

선생이 오른쪽 손등을 왼쪽 볼에 대고 말했다.

"어머, 내가 아이돌 가수로 보였나 보다. 우욱……."

이런 질문에 익숙한 곤다는 여느 때처럼 농담으로 대응했지만, 윙크를 날리기 전에 극심한 통증으로 그만 얼굴을 찌푸리고 말았다.

"선생님, 허, 허리가, 말을 하기만 해도 아픈데요."

"조금 전에 록소닌이라는 진통제 먹었죠? 좀 참으세요."

"저는 힘은 센데 근육통 말고 다른 통증에는 약하단 말이에요. 아우욱……!"

"네네. 아무튼 아프지 않으려면 안정을 취해야 해요. 며칠 동안 입원해서 상태를 보고 걸을 수 있게 되면 퇴원합시다."

"앗, 입원요? 이런 내가?"

"당연하죠, 움직일 수 없으니까. 당신 몸에 맞는 침대가 이것밖에 없어서 개인실로 잡았어요. 운이 좋은 거라 생각해요."

"가게는 어쩌지, 우웅……?"

곤다는 통증으로 얼굴을 찌푸리며 카오리를 보았다.

"오늘은 임시 휴업을 할 수밖에 없겠어요. 내일부터는 저 혼자 가게를 볼 테니 마마는 안심하고 쉬세요."

이제 보니 카오리는 바텐더 차림 그대로다. 병원에는 어울리지 않는 복장이다. 자세히 보니 하얀 셔츠 오른팔에 검붉은 얼룩이 묻어 있다. 아마 곤다를 부축하면서 묻은 혈액일 것이다.

"카오리, 어차피 이렇게 되었으니 가게는 당분간 쉴까? 카오리도 장기 휴가 받아서, 우욱…… 바, 바람도 조금 쐬고 오면 좋잖아. 아우웃……!"

일주일쯤 쉰다 해도 생활이 곤란해질 정도는 아니다. 이번 기회에 그동안 고생한 카오리가 여유로운 시간을 좀 보냈으면 싶은 마음도 있다. 그러나 카오리는 안경 속의 살짝 처진 눈을 가늘게 뜨고 웃으며 가만히 고개를 저었다.

"그건 안 돼요. 우리 가게는 손님들의 오아시스 같은 곳이잖아요. 마마가 없으면 모두 쓸쓸해하겠지만, 그래도 일단 가게는 열어야죠."

"카오리……."

"문이 계속 닫혀 있으면 마마의 팬 여러분이 걱정할 거예요. 제가 카운터 자리를 지키고 있다가 손님이 물으면 '곤마마는 괜찮아요' 하고 전해드려야죠."

카오리의 친절에 곤다는 깜빡 눈물지을 뻔했다. 마침 그때 하얀 버섯머리 아줌마 선생이 끼어들었다.

"카운터 자리를 지키다니……. 너 중학생 아니니? 아니면 고등학생? 미성년이 술집에서 일하면 안 돼."

선생은 말하면서 곤다를 쏘아보았다.

"어?"

"어?"

곤다는 카오리를 보았다. 카오리도 침대 위의 곤다를 내려다보았다. 그리고 둘이 같이 웃었다. 곤다는 허리 통증으로 웃는 건지 비명을 지르는 건지 알 수 없었지만.

* * *

카오리가 미성년이 아니라는 사실을 알고 깜짝 놀란 선생이 병실을 나가고, 카오리도 잠시 후 돌아갔다. 가게 문에 '오늘 임시 휴업'이라는 종이를 붙이러 간 것이다.

병실에 홀로 남겨진 곤다는 하얀 천장을 보며 "이런 일이 생기다니." 하고 중얼거렸다. 이제 조금 안정된 듯하여 일련의 기억을 되살려본다.

맥주 박스를 안고 계단을 내려가다가, 치로 소리에 돌아보고, 발이 미끄러져서……. 어느 쪽이 하늘이고 어느 쪽이 땅인지 알 수 없었다. 그리고 가게 문 앞에 쓰러졌다.

정말 바보야, 나는…….

허리를 단단히 고정시킨 깁스를 만져보았다. 두꺼운 붕대와 금속판으로 만들어진 모양이다. 머리엔 붕대가 둘둘 감겨 있다. 스킨헤드에 흉터가 남으면 어쩌나 걱정도 되었다.

문득 벽시계에 눈길이 갔다. 오후 6시가 조금 지났다.

째깍, 째깍, 째깍, 째깍, 째깍…….

이 병실 시계도 초침 소리가 크다.

곤다가 입원한 종합병원의 소등 시각은 9시였다.

소등 후에도 희미한 빛은 켜져 있으니 완전한 암흑은 아니지만, 그래도 어둠은 어둠다운 무게를 띠고 움직이지 못하는 곤다를 압박하기 시작했다.

째깍, 째깍, 째깍, 째깍, 째깍……

시계 초침의 울음소리는 어중간한 어둠 속에서 훨씬 크게 들렸다. 어둠의 농도와 초침 소리 크기는 신기하게도 비례한다.

약효가 나타나는지 허리 통증은 다소 줄었지만 마음대로 몸을 움직일 수 있을 정도는 아니었다. 곤다는 긴 팔을 있는 힘껏 뻗어서 침대 옆 선반에 있는 TV 리모컨을 잡았다. 개인실이라서 다행이라고 생각하며 스위치를 켠다. 가벼운 예능 프로그램에 채널을 맞추고 소리를 줄였다.

밤이 깊어가도 곤다는 계속 TV를 보았다. 아니, 본다기보다 그저 멍하니 눈길을 주고 있었다. 조명을 대신하는 네모난 상자와도 같았다.

어느 순간 방문을 조심스레 두드리는 소리가 들렸다. 곤다가 대답하기 전에 문이 열린다.

"곤다 씨, 벌써 새벽 2시예요. 그만 주무셔야죠."

야근 중인 간호사였다. 연한 핑크색 제복에 예쁜 얼굴이 앙증맞게 놓여 있다. 아직 스무 살 정도로밖에 보이지 않았다.

"소리는 끌 테니 그냥 켜두면 안 될까?"

곤다의 말에 간호사가 고개를 갸웃했다.

"나, 이래 봬도 밤에 캄캄하면 무섭단 말이야."

농담처럼 말하니 간호사가 킥킥 웃는다. 설마 곤다 같은 거대한 마초남이 그럴 리 없다고 생각했으리라.

"무서워도 TV는 꺼주세요. 머리맡의 독서등은 켜둬도 괜찮아요."

"어머, 그래도 돼? 그런데 간호사님, 꽤 미인이다. 나랑 좀 닮은 것 같은데?"

"우후후, 감사합니다."

가능하다면 조금 더 이야기하고 싶었지만 병실을 도는 중인지 "그럼 안녕히 주무세요"라고 작은 소리로 말하고는 조용히 나가버렸다. 그 가냘픈 등을 향해 '저 시계 좀 없애줘요'라고 말할 뻔했지만 가까스로 삼켰다.

간호사가 나간 뒤 시키는 대로 TV를 끄고 독서등을 켰다. 하얀 병실이 희미한 노란색 공간이 되었다. 노랗게 변한 벽에 몇 가지 검은 그림자가 드리운다. 선반 그림자, 커튼 그림자, 서랍 그림자, 독서등 그림자, 그리고 벽시계 그림자.

이 안에 곤다 자신과 그림자만 있는 것 같았다. 곤다는 여느 밤과 마찬가지로 '혼자'임을 생각했다.

어디서 자든 쓸쓸하구나 하고 마음속으로 중얼거리니 병실이 유난히 넓게 느껴졌다.

곤다는 되도록 천천히 심호흡을 했다. 과거의 즐거웠던 일만 떠올리면서 과호흡에 빠지지 않도록 주의 깊게 공기를 들이마시고 또 내뱉었다.

침대 옆에 덤벨이 없다는 사실 때문에 더 불안했다. 가령 있다고 해도 부상을 입은 지금 상태로는 들 수도 없을 텐데 말이다. 그렇게 생각하니 불길한 열을 품은 불안이 위장 깊은 곳에서 목구멍으로 밀려 올라오는 듯했다.

째깍, 째깍, 째깍, 째깍, 째깍…….

한층 더 커진 초침 소리가 병실에 쌓여 곤다의 마음을 압박하기 시작했다.

쓸쓸함으로 병실이 넓게 느껴지는데도 압박감을 느끼다니 모순이네.

하지만 괜찮아, 괜찮아.

곤다는 스스로를 타이르며 눈을 감고 심호흡을 계속했다. 누군가 곤다의 마음을 가라앉혀줄 사람을 생각했다. 곧 떠오른 건 카오리의 얼굴이었다.

카오리…….

너도 나처럼 불안하니?

마음속으로 물어본다.

넌 나와 달리 뛰어나게 아름다운 외모를 가졌으니 그런 걱정은 없겠지?

그래도……, 하고 곤다는 생각한다.

카오리라면 나의 이런 불안을 이해해주지 않을까? 다른 누구도 아닌 카오리라면, 분명······.

그 밤은 무척 길었다.

곤다가 가까스로 잠에 빠졌을 무렵엔 이미 창문이 레몬색 아침 해로 가득 채워져 있었다.

* * *

이틀 뒤에 퇴원을 했다.

맑게 갠 오후에 카오리가 마중을 와주었다.

"곤마마처럼 초인적인 회복력을 보여준 사람은 처음이야."

지난 이틀 동안 완전히 친해진 백발 버섯 선생이 조금 쓸쓸한 웃음을 머금고 말했다.

"어머, 방금 그 말, 숙녀를 칭찬한 걸까요, 굴욕을 준 걸까요?"

"물론 칭찬하는 거죠." 백발 버섯 선생이 쿡쿡 웃으며 말했다. "조만간 히바리에 놀러 갈게요."

"꼭 와주세요. 선생님을 똑 닮은 팽이버섯 요리 대접할게요."

"정말 예의 없는 게이라니까."

백발 버섯 선생이 곤다의 엉덩이를 툭 쳤다.

"꺄아, 아야야야······! 아직 다 나은 거 아니거든요. 의사가 뭐 이래요!"

곤다가 허리를 누르며 울상을 짓자 백발 버섯 선생과 카오리가 한목소리로 웃었다.

"그럼 선생님, 이제 가야겠네요. 정말 감사했습니다."

"아니에요. 몸조리 잘하고, 당분간은 무리하면 안 돼요."

"알겠어요. 그럼, 바이 바이."

곤다는 볼 옆으로 손을 들어 살짝 흔들고 비트적비트적 걸어서 병원 정문으로 나왔다.

부드러운 가을바람이 불고 있었다.

"아, 마마, 좋은 냄새가 나요."

"정말이네? 금목서구나, 좋다."

병원 부지 내에 정원수로 심은 것이리라.

카오리는 멈춰 서서 눈을 감고 향기로운 바람 냄새를 맡았다.

"역시 바깥 세계가 좋구나."

곤다도 나란히 서서 맑은 가을 하늘을 올려다보며 같은 냄새를 맡았다.

* * *

곤다는 퇴원한 뒤에도 줄곧 집의 킹사이즈 침대에 누워 있었다. 침대 옆의 덤벨은 물론 바라보기만 할 뿐 들 수는 없었다.

곤다는 그 타는 듯한 근육통이 그리울 때마다 매호 챙겨 읽는 잡지 〈트레이닝 매거진〉 페이지를 넘겼다. 최신호를 다 읽고 나면 지난 호까지 손을 뻗었다.

이따금 휴대전화로 메시지가 왔다. 헬스장 친구들이나 가게 단골손님들이 장난기 어린 위로가 담긴 유쾌한 문장을 보내주곤 했다. 한가한 곤다는 모든 메시지에 농담 섞인 답장을 보냈다.

가게 영업을 끝내고 카오리가 찾아온 건 새벽 3시 반이 지났을 때였다.

"카오리, 수고 많았어. 피곤하지?"

"아뇨, 괜찮아요. 그보다, 자, 여기, 데리고 왔어요."

카오리가 가슴에 품은 검정색 물체를 곤다에게 보여주고는 거실 바닥에 살짝 내려놓았다.

"앗, 치로."

검은 고양이는 당황스러운 듯 집 안을 둘러보았다. 곤다가 불러도 오지 않고 냄새만 킁킁 맡으며 돌아다녔다.

"마마, 배고프죠?"

"아니, 조금 전에 컵라면 먹었어."

"어, 자유롭게 움직일 수 있어요?"

"백발 버섯이 말했잖아. 나의 회복력은 초인적이라고."

곤다의 말에 카오리가 킥킥 웃었다.

"그보다 가게는 어때?"

"별일 없어요. 모두 마마를 걱정하긴 했지만. 메시지 안 왔어요?"

"왔지. 정말 시끄러울 정도. 그래서 야한 농담으로 받아쳤어."

"우후후, 다행이다."

"뭐가?"

"마마의 그런 농담을 다시 들을 수 있어서."

치로가 거실 소파 위에서 몸을 둥글게 말았다. 카오리가 그 옆에 걸터앉아 치로의 턱을 쓰다듬었다.

째깍, 째깍, 째깍, 째깍……

카오리 뒤의 벽에 달린 시계가 소리를 낸다.

"있잖아, 카오리."

"네?"

얼굴을 든 카오리가 왠지 의지할 데 없는 외톨이 소녀로 보였다. 숨을 후우 불어넣으면 모래가 되어 흩어져 사라져버릴 것 같은…….

"조금 이상한 질문 하나 해도 될까?"

"어, 뭔데요?"

치로가 야옹 하고 울며 카오리처럼 불안한 얼굴로 이쪽을 보았다.

곤다는 숨을 크게 들이마시고 이야기하기 시작했다.

"시계 초침 소리, 무섭지 않아?"

질문의 의미를 헤아리지 못했는지 카오리가 고개를 갸우뚱했다.

"아, 그러니까 말이야, 한밤중에 갑자기 외로워진다든가 그럴 때 시계 소리가 굉장히 크게 들리고……."

"아아, 그런."

카오리는 아까와 같은 표정으로 다시 치로의 턱을 쓰다듬기 시작했다.

"역시 카오리도?"

곤다는 기도하는 듯한 마음으로 물었다.

내 기분, 이해하지?

너도, 그러니까 너도, 동성에게만 끌리잖아…….

카오리가 치로의 턱을 쓰다듬으며 희미하게 미소 짓는 듯한 느낌이 들었다.

"무섭지 않아요, 지금은."

예상 밖의 대답이었다.

"무섭지, 않아……?"

"네."

카오리가 치로에게서 눈을 떼고 이쪽을 보았다. 무척 자연스럽고 편안한 표정이었다. 천천히 일어나면서 말을 잇는다.

"마마가 좋은 말을 많이 선물해주셔서 마음이 단련된 거라고 생각해요."

"말을? 내가?"

카오리가 살짝 웃으며 고개를 끄덕였다.

내가 어떤 말을 선물했더라?

곤다는 과거를 더듬어보지만 넓은 기억의 바다를 헤매기만 할 뿐 딱히 생각나는 건 없었다.

"마마, 치로에게 먹이를 줄 그릇이 필요한데, 혹시 있나요?"

"어? 아, 아아……, 거기 찬장 맨 위 칸을 한번 열어봐."

몸집이 작은 카오리가 발돋움을 하여 찬장 문을 열었다.

"응, 거기 오른쪽에 있는 하얀 그릇, 그거 써도 돼."

"네에."

식빵을 많이 사서 사은품으로 받은 그릇이다.

카오리는 그걸 주방 바닥에 놓고 냉장고에서 꺼낸 우유를 따라주었다.

"치로, 이리 와."

"야옹."

검은 고양이가 느릿한 동작으로 다가가서 그릇 안의 우유를 핥기 시작했다.

"마마도 뭐 마실래요?"

"글쎄? 응, 목은 마르네."

카오리가 냉장고 안을 들여다보더니 "아, 좋은 것 발견." 하고 이쪽을 돌아보았다. 오른손에 캔 맥주, 왼손에 진저에일을 들고 있다.

"마마한테 딱 맞는 칵테일을 만들어볼게요."

"샌디 개프?"

"맞아요. 알코올 도수도 낮고, 이 정도라면 마실 수 있겠죠?"

곤다는 고개를 끄덕이며 "어머, 기뻐라. 맛있게 만들어줘." 하고 여느 때의 과장스러운 윙크를 날렸다.

샌디 개프는 맥주와 진저에일을 반씩 섞기만 하면 되는 간편한 칵테일이다. 진저에일이 맥주의 쓴맛을 완화하는 대신 생강의 얼얼한 자극이 입안에 남는다.

카오리는 솜씨 좋게 칵테일을 두 잔 만들어 곤다가 앉아 있는 침대로 다가왔다.

곤다는 카오리가 내민 잔을 받았다.

"카오리, 고마워."

"그럼, 건배할까요?"

"그러네, 뭘 위해 건배할까?"

"아홉을 위해."

카오리가 의미심장한 표정으로 그렇게 말하더니 은테 안경 너머로 윙크를 했다. 오랫동안 함께 지냈는데도 카오리의 윙크를 보는 건 어쩌면 이번이 처음인지도 모른다.

"역시 카오리야. 완벽한 윙크네. 내가 남자였다면 홀딱 반했을 거야."

"후후후."

"그런데 아홉을 위해 건배라니, 무슨 뜻이야?"

"설명은 나중에 할게요. 일단 거품이 사라지기 전에."

둘이서 "건배!" 하고 잔을 부딪쳤다.

차가운 샌디 개프가 목 깊숙이 스며들 듯 맛있어서 여느 때처럼 단숨에 들이켜고 말았다.

"후우, 맛있다."

카오리도 반 가까이 마시고 행복한 한숨을 흘렸다.

두 사람 사이에 침묵이 내린다.

째깍, 째깍, 째깍, 째깍…….

곤다는 공간을 뻔뻔스럽게 장악한 초침 소리를 차단하려고 입을 열었다.

"이제 설명해주려나? 아홉을 위해 건배라니."

"예."

카오리는 고개를 끄덕인 뒤 잔을 손에 든 채 입술에 자그마한 웃음을 담고 말을 하나하나 음미하듯 이야기했다.

"지금 이 순간을 소중히 살아낸다. 아홉이 이런 뜻이라고 마마가 가르쳐주셨죠."

"어……?"

"마마랑 처음 만난 날에."

"어머, 내가 그런 말을 했던가?"

"네, 아홈의 '아'는 입을 벌려 내는 소리로 자음의 처음이고, '홈'은 다물고 내는 소리로 자음의 끝이라고요. 즉, 아홈은 이 세상 모든 것을 비유적으로 이르는 말이라고 하셨죠. 어떤 사물이든 아와 홈 사이의 지금 이 순간에만 존재하고, 네가 살 수 있는 것도 지금 이 순간뿐이라고……."

카오리의 말에 곤다의 기억이 서서히 되살아났다.

알겠니, 카오리……?

네가 살 수 있는 건 지금 이 순간뿐이야. 과거와 미래를 염려하는 건 다 쓸데없는 짓이지.

다시 돌아갈 수도 없는 과거를 슬퍼하면 모처럼 살고 있는 '지금'이 불행해질 뿐이야. 아직 오지도 않은 미래를 불안해할 필요도 없어. 소중한 '지금'을 하찮은 것으로 만들면 안 되겠지?

괴로운 과거에서 벗어나 미래의 불안도 모두 잊고, 지금 이 순간만을 음미하며 살자.

그게 바로 '행복하게 살 수 있는 비결'이란다…….

곤다는 그렇게 말했다. 처음 만난 카오리에게.

"마마, 기억하세요?"

"응. 생각났어. 그런 말을 했던 것 같네."

카오리는 조금 안심한 표정으로 샌디 개프에 살짝 입을 댔다.

"저, 그때부터 줄곧 마마가 가르쳐준 '아홉'을 좌우명으로 삼고 살아왔어요."

"……."

"이젠 미래가 불안하지 않고, 한밤중의 초침 소리도 무섭지 않아요."

카오리가 싱긋 미소 지으니 은테 안경 속의 눈이 가느다란 초승달 모양이 되었다. 정말 예쁜 눈이었다.

만약 레즈비언이 아니었다면 착하고 귀여운 이 아가씨는 얼마나 풍요로운 인생을 살았을까?

그런 생각을 하며 쏟아질 듯한 한숨을 애써 삼킨 곤다는 카오리와 처음 만난 그날을 회상했다. 그때 카오리는 가랑눈이 흩뿌리기 시작한 한겨울 해질 무렵의 공원을 울면서 걷고 있었다.

혼자서.

살얼음이 낀 연못 속을.

* * *

그날.

헬스장에서 운동을 끝낸 곤다는 슈퍼마켓 봉투를 들고 근처 공원을 가로지르고 있었다. 가게를 열기 위해 '히바리'로 향하는 중이었다.

한겨울 하늘이 엷은 잿빛 구름으로 뒤덮였고 가랑눈도 조금씩 흩뿌리고 있었다. 바람은 없었지만 추위가 뼛속까지 스며드는 저녁 시간이었다.

공원 출구 근처까지 걸었을 때 곤다는 문득 발을 멈췄다.

어, 뭐야, 저 아이……

교복을 입은 여고생이 살얼음이 낀 연못 속을 첨벙첨벙 소리 내며 걷고 있는 게 아닌가? 그리 깊은 연못은 아니지만 그래도 소녀의 허벅지까지는 물속에 잠겨 있었다.

왜 이런 날 연못 속에?

곤다가 어안이 벙벙하여 그 모습을 바라보는데, 소녀가 연못 한가운데쯤 이르자 허리를 굽혀 오른팔을 물 안에 집어넣는 것이었다.

"자……, 잠깐, 너 지금 뭐 하는 거야?"

곤다는 그제야 달려갔다.

목소리에 뒤돌아본 아이는 어깨까지 오는 검은 머리에 창백한 피부를 가진 미소녀였다. 은테 안경 속 눈에서는 눈물이 흐르고 있었다.

물속에서 오른팔을 빼내니 그 손에 흠뻑 젖은 가방이 들려 있다.

가방을 들고 연못에서 올라온 소녀는 추운 나머지 어금니를

덜덜 떨었다.

"너, 방금 뭐 한 거야……?"

곤다는 갖고 있던 손수건과 휴지를 모두 소녀에게 건네고 젖은 다리와 팔을 조금이라도 닦게 했다. 그리고 입고 있던 코트를 어깨에 덮어주고 벤치에 앉혔다.

"너, 괜찮아? 집은 어디야?"

되도록 온화한 어조로 말을 걸어보았지만 소녀는 어떤 질문에도 떨면서 고개만 숙일 뿐 대답을 하지 않았다. 집에도 가고 싶지 않은 기색이었다.

"원래는 처음 만난 남자 집에 따라가면 안 되는데, 나는 게이이기도 하고 특별한 경우니까."

소녀를 내버려둘 수 없었던 곤다는 흠뻑 젖은 등을 밀어 집으로 데려가, 오는 길에 산 옷으로 갈아입도록 했다. 연못의 흙이 묻은 교복과 속옷은 세탁기로 직접 빨게 했다. 건조기로 말리는 동안 뜨거운 코코아를 마시면서 연못에 들어간 까닭을 들었다.

소녀의 이름은 카오리.

작년에 같은 반 여학생을 사랑했다가 거절당하고, 그러다 동성애자라는 사실이 알려지는 바람에 집단 괴롭힘을 당하게 된 모양이었다. 공원 연못에 들어간 것은 반 아이들이 던져 넣은 가방을 찾기 위해서였다고.

집에 가고 싶어 하지 않는 까닭도 물었다. 요컨대 엄마와 얼굴을 맞대고 싶지 않은 것이다. 카오리의 부모는 그녀가 어렸을 때 이혼했다고 한다. 그 뒤로 엄마와 단둘이 살았는데, 엄마는 카오리를 잘 돌봐주지 않았다. 즉, 자식을 방치하는 엄마였던 것이다.

곤다가 타준 코코아를 조용히 홀짝이는 카오리는 마음도 몸도 지쳐 마치 버려진 인형 같았다. 예쁜 얼굴도 초췌해진 상태였고, 겁먹은 목소리엔 패기가 없었다. 착해 보이는 눈도 초점을 잃어 눈동자에선 조금의 빛도 느껴지지 않았다.

카오리는 인생에 절망한 상태였다. 쓰라린 과거를 짊어진 채 암흑 속의 미래를 두려워하고 있었다. 그래서 곤다는 이야기했다. 카오리의 연약한 등을 쓰다듬으며. 아홉이라는 행복하게 살기 위한 비결을.

"그러니까, 카오리. 지금 이 순간을 멋지게 살면 돼. 지금을 멋지게 살면 미래는 그 연장선상에 만들어지는 것이니 틀림없이 멋진 미래로 이어질 거야."

그날 밤 곤다는 카오리를 '히바리'에 데리고 가서 교복을 입은 채로 아르바이트를 하게 했다.

"카오리, 오늘밤만이라도 좋으니 웃으면서 한번 지내보자."

카운터 안에 서서도 한참 동안 웃지 못했던 카오리였지만, 그 유쾌한 헬스장 단골손님들에게 귀여움을 받는 동안 조금씩 이긴 하지만 수줍은 미소를 지을 수 있게 되었다.

그리고 깊은 밤, 손님이 아무도 없을 때 카운터 안에서 그릇을 정성껏 닦으며 소녀는 눈물을 흘렸다.

곤다는 '왜 울어?'라고 묻지 않고 굳이 이렇게 물었다.

"웃으니까 행복해지지?"

그러자 카오리가 고개를 꾸벅 숙이고 작은 소리로 말했다.

"잊고 있었어요."

"뭘?"

"웃는 법을요."

곤다는 안도의 미소를 지으며 성실하게 그릇을 닦는 소녀의 옆얼굴을 향해 말했다.

"이제라도 기억나서 다행이구나. 친구들한테 괴롭힘당하는 레즈비언이라도, 웃으니 너 제법 예쁘더라."

"예?"

카오리가 얼굴을 들어 곤다를 보았다.

"뭐, 나만큼 예쁘지는 않지만."

찡긋! 하고 까마귀 날갯짓 같은 윙크를 날렸다. 그러자…….

"후, 후후후……."

카오리가 처음으로 소리 내어 웃어주었다.

"마음이 조금 편해졌어?"

"네……."

카오리는 쉰 목소리로 대답하고 웃는지 우는지 알 수 없는 표정을 지었다. 감정이 깃든 그 얼굴을 보고 곤다는 "어머, 나보다 예쁘잖아. 너무해." 하고 카오리의 이마를 콕 찔러주었다.

그로부터 며칠 뒤.

문을 열기 전 '히바리'에 카오리가 훌쩍 나타났다. 그리고 입구에 선 채 간절한 얼굴로 이렇게 말했다.

"저, 학교, 그만두고 왔어요."

"어……."

"곤다 씨, 여기서 일하게 해주세요. 저, 뭐든 할게요. 월급은 필요 없어요."

매달리는 눈빛으로 말하는 카오리를 보고 곤다는 무심코 한숨을 흘렸지만 곧 장난스럽게 싱긋 웃어주었다.

"어머, 싫어, 얘. 정말 무례한 아가씨네."

"어……."

"내가 이래봬도 월급도 안 주고 미성년 아가씨를 부려먹을 만큼 못된 사람은 아니야."

"어……."

"봉급을 그리 많이 줄 수는 없지만."

"어……."

"카오리, 어머니는 허락해주실까?"

"아, 예. 조금 전에 마음대로 하라고 하셨어요."

"어머, 그래? 자유방임주의시구나. 그럼 마음대로 하지 뭐. 일단 나는 곤다 씨가 아니라, 귀엽게 마마라고 불러줘엉."

"아……, 예, 마마."

"우후후, 귀엽다. 응, 채용시험, 합격."

"가, 감사……하, 합니……."

카오리는 입구 문 앞에 선 채 양손으로 입을 막고 울었다.

그날 이후로 카오리는 '히바리'의 점원이 되었다.

현재 그녀의 꿈은 일류 바텐더가 되어 자기 가게를 여는 것인데, '뭔가 꿈을 하나 가지라'고 조언한 것도 '꿈은 반드시 이루라'고 한 것도 곤다였다.

"꿈은 반드시 이뤄야 해. 꿈을 이루면 신기하게도 과거까지 바뀐단다."

"어? 과거가 바뀔 수 있나요?"

"응. 꿈을 이룬 순간, 카오리는 분명 생각할 거야. 아아, 여태까지 내 인생은 이날을 위해 존재했구나. 오델로라는 게임에서 까만 줄이 하얀색으로 철컥철컥 바뀌듯, 괴로웠던 과거가 순식간에 반짝반짝 빛나는 소중한 추억으로 바뀔 거야."

* * *

"마마, 샌디 개프 한 잔 더 만들까요?"

멍하니 당시를 회상하는 곤다에게 카오리가 물었다.

"어? 아, 응, 고마워. 잘 마실게."

카오리는 앉아 있던 침대에서 일어나 거실 안쪽에 있는 냉장고로 향했다. 그 가녀린 등을 보며 곤다는 한숨을 쉬었다.

그때 카오리에게 잘난 척 말했던 자신이 지금은 아홉의 비밀을 잊고 꿈마저 내던졌다니…….

나도 늙었구나.

곤다는 마음속으로 중얼거리며 다시 한번 한숨을 내쉬었다.

두 잔째 샌디 개프를 마신 뒤, 카오리는 컵 두 개를 씻어놓고 집으로 돌아갔다.

돌아갈 때 카오리가 남긴 마지막 말이 곤다의 가슴에 여운을 남겼다.

"저는 약한 부분이 있는 마마도 인간적이고 멋지다고 생각해요."

이야기할 상대가 없어지니 갑자기 집이 넓게 느껴졌다. 시계 초침 소리가 방 안에 쌓여 무게를 띠기 시작한다. 별안간 냉장고가 우웅 하고 소리를 냈다.

그 소리에 곤다는 생각했다. 냉장고 안에 칵테일 재료가 얼마든지 있는데, 카오리는 굳이 샌디 개프를 만들었다.

그렇다면…….

샌디 개프의 의미를 떠올린다.

헛된 일…….

어쩌면 카오리는 곤다에게 '미래를 두려워하는 건 헛된 일'이라는 걸 알려주기 위해, 굳이…….

그럴지도 모른다. 아니, 틀림없이 그럴 것이다.

인간은 과거나 미래를 살 수 없다. 우리가 살아야 하는 건 지금 이 순간, 아홉 사이.

카오리는 아홉 이야기를 들려주기 위해 샌디 개프를 만든 것이다.

"이 아가씨는 최고로 매력적인 바텐더가 될 거야."

곤다는 소리 내어 말한 다음, 소파 위에 몸을 둥글게 만 치로를 보았다.

"치로, 너도 그렇게 생각하지?"

검은 고양이는 이쪽을 보지도 않고 귀찮은 듯 긴 꼬리 끝을 꿈틀꿈틀 움직이는 것으로 대답을 대신할 뿐이었다.

"치로, 외로운 나를 상대해달라고 해서 미안해."

이번엔 완전히 무시다. 꼬리조차 움직여주지 않는다.

하지만 곤다는 그 새침한 태도가 오히려 마음에 들었다. 길고양이 치로는 어떤 때라도 자기답게 '고양이의 생'을 완수하고 있다. 이 집에 들어오고 말았다면 일단 그 환경을 받아들이고 집 안을 어슬렁거리며 자신에게 가장 쾌적한 장소를 찾는다. 쾌적한 장소를 찾았다면 그곳에 당당히 자리 잡고 무척 만족스러운 얼굴로 누워버린다.

"치로, 정말 쿨하고 멋진 고양이야."

곤다는 쿡 하고 웃으며 중얼거렸다.

째깍, 째깍, 째깍, 째깍, 째깍······.

초침 소리가 조금 전보다 더 쌓였다.

곤다는 침대 옆에 굴러다니는 40킬로그램 덤벨을 바라보았다. 은색 금속덩어리가 형광등 빛을 희미하게 반사하고 있다. 지금은 양손으로도 들 수 없는 미덥지 못한 자신이라니.

곤다는 허리 통증에 얼굴을 찌푸리며 침대에서 일어나 천천히, 천천히 거실로 걸어가서 장신을 이용하여 벽시계를 떼어냈다. 그리고 뒤쪽에서 전지를 뺀다.

시계를 죽여 초침을 멈춘다.

후우 하고 저절로 한숨이 새어나왔다.

죽은 시계는 거실 선반 위에 올렸다. 초침 소리가 사라지자 방이 깊은 고요로 채워졌다. 그러자 이번엔 괴괴한 '무음'이 방 안에 쌓여갔다.

곤다는 소파로 눈길을 돌렸다. 치로와 눈이 마주쳤다.

"시계 소리가 사라져도 시간은 흐르겠지? 그건 처음부터 알고 있었는데."

검은 고양이가 지루한 듯 야옹 하고 울었다.

* * *

4일 후의 금요일 저녁.

그럭저럭 일상생활에 지장이 없을 만큼 회복된 곤다는 등바구니에 치로를 넣어 '히바리'로 향했다.

늘 다니는 역 근처의 낡은 건물 앞에 서니 고작 일주일 만인데도 왠지 '옛날에 살던 집' 같은 그리움이 가슴을 흔들었다.

발이 미끄러졌던 어둑어둑한 계단. 그 앞에 바구니를 놓고 뚜껑을 살짝 연다.

"치로, 이제 집에 가도 돼."

치로가 안에서 곤다를 올려다본다.

"야옹."

훌쩍 뛰어 바구니 밖으로 나오더니 밤공기 냄새를 두세 번 맡다가 슬쩍 암흑 속으로 사라졌다.

곤다는 텅 빈 바구니를 들고 조심스럽게 계단을 내려갔다. 지하 1층 가게 문에 '오늘 파티룸으로 대여 중'이라는 안내문이 붙어 있다.

응? 파티룸?

고개를 갸우뚱하며 묵직한 문을 밀어서 열었다.

그 순간······.

파팡, 파파파팡!

어두컴컴한 가게 안에서 갑자기 폭죽 소리와 환호성이 들린다.

"앗! 뭐, 뭐야, 이거?"

눈을 둥그렇게 뜬 채 우뚝 서버린 곤다에게 카운터 안의 카오리가 설명했다.

"'근요일의 모임'이에요. 마마의 복귀를 축하하려고 헬스장 여러분이 모여주셨답니다."

"어……."

"곤마마, 어서 오세요!"

미레가 가장 안쪽 자리에서 손을 흔들며 불렀다.

"빨리 이쪽으로 와서 앉아요. 나 목 말라 죽겠네. 자, 마마 자리는 슌 군이 데워놨습니다. 슌 군, 얼른 비켜, 비켜!"

센세의 따발총에 슌 군이 "어, 내가 비켜야 하나요?"라며 옆자리로 물러났다.

"뭐야, 생각보다 많이 안 다쳤네."

"튼튼한 몸을 갖고 계시잖아요, 덤프트럭에 치여도 안 다칠 걸요?"

"그렇겠지?"

샤초와 게라가 싱글벙글 웃으며 말했다.

"저 사람의 회복력은 정말 대단했어요. 보통사람은 불가능할 만큼 경이적인 속도였죠."

아니, 백발 버섯 선생까지 와 있는 게 아닌가?

다들…….

"어머, 난 정말 왜 이렇게 인기가 많은 거니?"

자칫하면 터질 것 같은 눈물샘에서 열을 떨쳐내려고 곤다는 농담을 입에 담았다. "슌 군이 파란 엉덩이로 데워놓은 자리, 고맙게 앉을게." 하고 말하며 자리에 걸터앉는다.

"안 파랗거든요?"

슌 군의 불만스러운 얼굴을 보고 모두 폭소를 터뜨렸다.

"그럼 모두 모이셨으니 마실 걸 나눠드릴게요."

카오리가 이렇게 말하더니 평소처럼 바지런히 음료를 만들기 시작했다. 생맥주에, 솔티 도그에, 우롱차에, 레몬소주에…… 곤다 앞에 놓인 건 럼콕이었다.

"어머, 카오리. 나는 생맥주……."

"그 한 잔은 모두의 선물이에요."

"응?"

곤다가 주위를 둘러보니 친숙한 얼굴들이 싱글싱글 웃는다.

"자, 카오리, 럼콕의 의미를 가르쳐드리자."

곤다가 늘 하던 말을 미레가 가로챘다.

"네. 럼콕의 의미는요……."

카오리가 말을 잠시 멈추고 곤다를 바라보며 방긋 웃어 보였다. 잘 보니 카오리도 곤다와 같은 럼콕을 들고 있다.

"카오리, 내가 말할게. 럼콕의 의미는……."

곤다가 다정다감한 친구들의 얼굴을 휙 둘러본다. 모두 순수한 웃음을 머금고 있었다. 가슴 한가운데가 따스해지는 감각을 만끽하면서 천천히 잔을 들고 말한다.

"'좀 더 의욕적으로!'란 의미죠. 모두 고마워요. 정말 너무너무 사랑해. 그럼, 건배!"

"건배!"

서로 성대하게 잔을 쨍쨍 부딪쳤다.

그 뒤의 시간은 늘 그랬듯 바보스러울 만큼 명랑하고 활발한 '근요일의 모임'이었다.

럼콕은 다른 말로 '쿠바 리브레'라고도 한다. 같은 술이라도 이 이름으로 부르면 조금 의미가 달라진다. 쿠바가 스페인에게서 독립을 쟁취한 날을 축하하는 의미로 '자유'나 '혁명'을 상징하는 술이 된다.

자유, 혁명, 그리고 좀 더 의욕적으로!

카오리가 보내는 메시지를 모두 이해하는 건 아마 나뿐일 것이다.

곤다가 카운터 안쪽을 향해 잔을 들어 보이니, 카오리도 같은 술을 들고 싱긋 귀엽게 웃어주었다.

"아, 맞다. 잊기 전에 퇴원 축하선물을 드려야죠."

게라가 그렇게 말하고 일어난다. 떠들어대던 친구들이 일제히 게라와 곤다에게로 눈길을 모았다.

"자, 이거. 모두 같이 준비한 선물이에요."

소녀풍의 분홍색 상자를 건넨다.

"어머, 기뻐라. 열어봐도 될까?"

"물론."

샤초가 고개를 끄덕였다.

곤다는 포장지를 정성껏 벗기고 내용물을 꺼냈다.

"아앗, 마침 사려고 했던 건데."

트레이닝용 벨트였다. 허리 다치지 말라는 모두의 배려가 담긴 선물이리라.

"한번 해봐요."

근육에 집착하는 미레가 말했다. 곤다는 싱긋 웃으며 입고 있던 셔츠를 벗고는 허리 보호대를 풀고 대신 새 벨트를 단단히 감았다. 그런 다음 "어디 보자." 하며 가장 자신 있는 사이드 체스트를 선보였다.

"우오오오오옷!"

"굉장한 박력!"

모두의 입에서 우레와 같은 갈채가 나왔다.

곤다는 계속 자세를 취하다가 문득 자기 모습이 가게 안쪽 벽에 걸린 거울에 비치고 있다는 사실을 알았다.

거울 속에 행복한 어릿광대가 있다.

모두를 기쁘게 하고, 자신도 기쁜, 거대한 사람.

저게 내 모습이야.

왠지 기분이 조금 홀가분해진 곤다는 쉬지 않고 포즈를 취했다. 친구들이 손뼉 치며 웃는다.

이런 인생도 나쁘지 않네.

1밀리그램의 거짓도 없이 그렇게 생각했다.

모두의 웃음에 둘러싸인 지금 이 순간, 왠지 바보 같고, 어이없고 또 너무나 우스운…….

곤다는 "셰!" 하고 외치며 옛날 만화에 자주 등장하던 포즈를 취하여 폭소를 불러일으켰다.

아슬아슬하게 세이프.

가까스로 눈물을 참아냈다.

***

"오늘 너무 즐거웠어요."

조용해진 가게 안에서 테이블 위를 정리하며 카오리가 말했다.

"그러게. 정말 유쾌한 친구들이야."

카운터 의자에 걸터앉은 곤다는 신이 나서 떠들어대던 모두의 얼굴을 떠올리며 살짝 웃음을 터뜨렸다. 웃으니 아직 조금 허리가 아팠다.

"모두 정말 마마를 좋아하나 봐요."

"나도 정말 좋아해. 아주 그냥 먹어버리고 싶을 정도로."

"후후후." 카오리가 귀엽게 웃으며 말을 잇는다. "앞으로는 좀 더 의욕적으로 살아요, 마마."

"응. 카오리도."

"네."

곤다가 카오리를 향해 거대한 오른손을 들었다. 그 손에 카오리의 자그마한 왼손이 겹친다.

하이파이브, 짝 하고 경쾌한 소리가 났다.

"카오리, 오늘 고마웠어."

정식으로 감사 인사를 하니, 미소녀 바텐더는 여태까지 수많은 손님을 포로로 만들었던 수줍은 미소로 답했다.

뒷정리를 모두 끝내고 카오리와 함께 가게를 나섰다.

가파른 계단을 올라 밖으로 나오니 세상이 엷은 보라색 하늘로 뒤덮여 있다. 곧 새벽이 온다.

"치로, 밥이야."

남은 음식을 싸온 카오리가 '경비묘'를 불렀다.

"어, 안 오네?"

"그러네요. 오늘은 비도 안 오는데……. 치로!"

카오리가 골목 사이랑 건물 뒤편을 향해 몇 번이나 불렀지만 검은 고양이는 결국 모습을 드러내지 않았다.

그 아이는 길고양이인데, 혹시 낯선 집으로 납치된 경험이 트라우마가 되어 어딘가로 가버린 걸까…….

곤다는 문득 그런 생각이 들었지만 입 밖에 꺼내지는 않았다.

"치로, 어디 갔을까?"

카오리의 눈썹이 팔자가 되었다.

역 앞 로터리 쪽에서 흙냄새를 조금 품은 겨울다운 바람이 불어왔다. 가로수 낙엽이 바삭바삭 소리를 내며 두 사람의 발밑을 구르듯 빠져나간다. 바람이 두 갈래로 묶은 카오리의 검은 머리를 쓸쓸하게 흔들었다.

"괜찮아. 치로는 원래 자유로운 고양이잖아. 내키면 돌아올 거야. 그만 가자."

곤다는 이렇게 말하고 카오리의 가냘픈 등을 살짝 밀었다.

평소처럼 나란히 역 앞 로터리까지 걸어가 손을 살짝 흔들며 헤어졌다.

아련한 아침 해를 향해 걷는다. 아직 조금 허리가 아프지만 되도록 가슴을 펴고 느긋한 발걸음으로.

* * *

귀가하여 윗옷을 벗으려다가 문득 창문 쪽을 돌아보았다.

응……?

커튼 틈에서 뭔가가 움직인 듯한 느낌이 들었다.

뭐지?

커튼을 살짝 젖힌 곤다는 무의식중에 '앗!' 하고 소리 질렀다. 신선한 아침 해를 받으며 베란다에 치로가 홀로 앉아 있었다.

"야옹."

유리문 저편에서 곤다를 부른다.

"어머나, 1층이라 다행이야."

혼잣말을 하며 창문을 열어주었다.

치로가 '당연'하다는 듯 방으로 들어온다. 그러고는 주방 앞에서 한 번 더 '야옹' 하고 운다. '먹이를 달라'는 것이다.

"네네, 알겠어요. 너, 카오리가 얼마나 걱정한 줄 알아? 이따 메시지 보내야겠다."

곤다는 냉장고 안에서 햄과 우유를 꺼내어 각각 그릇에 담아주었다. 치로는 목이 말랐는지 찹찹찹 소리를 내며 우유부터 먹기 시작했다.

찹, 찹, 찹, 찹, 찹…….

자그마한 소리가 방 구석구석으로 퍼져간다.

곤다는 한동안 그 소리를 듣고 있다가 문득 뭔가가 떠올라 거실 선반을 향해 걸었다.

"그럼……." 하고 중얼거리며 죽어 있던 벽시계에 전지를 끼웠다.

째깍, 째깍, 째깍…….

초침이 되살아났다.

곤다는 시계를 오른손에 들고 발돋움하여 원래 있던 벽에 걸었다.

째깍, 째깍, 째깍, 째깍, 째깍…….

살아난 시계를 가만히 올려다본다.

곤다는 자기 볼근육이 조금 느슨해졌다는 걸 알았다.

"치로, 오늘부터 나, 의욕적으로 한번 살아볼 거야."

식사 중인 고양이 엉덩이를 보고 선언하자, 세 끼와 낮잠을 허락받은 동거인이 예의 바르게 곤다를 돌아보며 대답한다.

"야옹."

역자후기

✳

작은 목소리로 전하는
우리 모두의 이야기

　우리는 모두 각자의 인생이라는 책을 쓰고 있다. 밝고 경쾌한 페이지도 있지만, 어떤 날은 깊은 슬픔과 고독으로 가득한 지면과 마주해야 할 때도 있다. 이 소설에서는 마치 누군가의 인생 책을 들여다보듯, '히바리'라는 작은 바와 '사브' 헬스클럽에서 인연을 이어가는 인물들의 이야기가 눈앞에 펼쳐진다. 각 에피소드는 주인공의 독특한 내적 갈등과 도전을 다루며, 그들의 삶의 한 페이지를 생생하게 담아냈다. 저마다 상처와 난관을 안고 살아가는 인물들이 서로의 곤경을 나누고 위로하는 과정을 따라가다 보면 인간이라면 누구나 마주할 수 있는 보편적인 시련과 고뇌, 희망의 빛을 발견할 수 있다.

　이 이야기의 중심에는 여섯 명의 독특한 인물이 자리 잡고 있다. 만년 대리에서 벗어나지 못하는 중년의 샐러리맨, 베일에 싸인 수수께끼의 섹시 미녀, 건방지지만 수줍음이 많은 남고생, 금발 모히칸 머리의 치과의사, 젊은 직원들 때문에 골머리를 앓는 광고대행사 사장, 그리고 모두를 따뜻하게 감싸 안는 거구의 게이까지. 이들은 각자의 사연과 고민을 안고 히바리라는 공간에서 만나 서로의 삶에 영향을 미치며 성장해간다.

이렇듯 너무나 다른 인물들 간의 유대와 소통은 한국 독자들에게 다소 낯설게 느껴질 수 있다. 연령과 사회적 지위의 격차를 넘어 자연스럽게 어우러지는 모습이 위계질서가 뚜렷한 한국의 사회적 맥락과는 거리가 있기 때문이다.

일본의 '히바리' 같은 소규모 스낵바는 흔히 '제3의 공간'으로 여겨진다. 이곳에서는 나이나 직업, 사회적 신분이 잠시 뒤로 밀려나고, 개개인의 내러티브가 중심이 된다. 어쩌면 이는 일본 사회의 보편적 모습이라기보다, 작가가 구현하고자 하는 이상적 관계의 모습일지도 모른다. '히바리'는 현실보다는 유토피아에 가까운 공간으로, 차이를 초월한 진정한 소통과 공감이 이루어지는 곳이다.

작가의 의도는 이 작품을 통해 단순히 일본 문화의 한 단면을 보여주는 데 그치지 않았으리라 생각한다. 우리 사회의 인간관계를 되돌아보고, 나이나 지위에 구애받지 않는 진정한 교류의 가치를 생각해볼 수 있는 기회를 제공한 것이다. 이러한 작가의 집필 의도 외에도 이 작품을 한국어로 옮기는 과정에서 몇 가지 고민이 있었는데, 그중 가장 중요했던 세 가지 문제에 대해 지금부터 독자 여러분의 이해를 구하고자 한다.

첫 번째로 주저했던 부분은 일부 등장인물의 농담이나 행위에 나타나는 성적 내용이었다. 특히 샤초의 음담패설이나 미레의 대담한 터치는 한국 독자들에게 다소 생소하거나 불편할 수 있다. 이는 일본과 한국의 문화적 차이에서 비롯된 것으로, 일본 문학에서는 이러한 요소들이 종종 인물의 개성이나 유머를 표현하는 수단으로 사용된다.

저자 모리사와 아키오는 이를 단순히 선정적인 목적으로 사용하지 않았다. 오히려 각 인물의 내면에 숨겨진 외로움, 불안, 또는 인간적인 욕구를 표현하는 매개로 쓰였다. 한국 독자 여러분께서는 이러한 문화적 차이를 염두에 두고, 각 인물의 언행 이면에 숨겨진 진심과 아픔에 주목해주시기 바란다. 표면적인 행동이나 말 너머의 인간적인 모습을 이해하다 보면, 이 소설이 전하고자 하는 따뜻한 메시지를 더욱 깊이 느낄 수 있을 것이다.

두 번째로 고심했던 부분은 일본의 '유토리 세대'를 한국어로 어떻게 옮길 것인가 하는 문제였다. 숙고 끝에 '유토리 세대'를 'MZ세대'로 번역하기로 결정했다.

이는 일견 오역으로 보일 수 있는 과감한 선택이었다. '유토리 세대'는 1987년부터 2004년까지 일본의 여유로운 교육 정책 하에서 자란 세대를 지칭하는 특수한 용어다. 반면 'MZ세대'는 밀레니얼 세대와 Z세대를 묶어 부르는 표현으로, 최근 한국 사회에서 널리 사용되기 시작한 신조어다.

그럼에도 이런 선택을 한 이유는 '유토리 세대'가 일본 사회에서 차지하는 의미와 위치가 한국의 'MZ세대'와 유사점이 많다고 판단했기 때문이다. 두 세대 모두 기성세대와는 다른 가치관을 지니고 있으며, 일과 삶의 균형을 중시하고, 수직적 위계질서보다는 수평적 관계를 선호한다는 공통점이 있다. '유토리 세대'라는 생소한 용어를 그대로 사용하기보다, 한국 독자들에게 친숙한 'MZ세대'로 바꾸는 것이 이 세대가 겪는 문제와 갈등에 더 쉽게 공감할 수 있게 해줄 것이라 생각했다. 이 소설에서 다루는 세대 간 갈등과 소통의 문제는 일본에만 국한된 것이 아니기 때문이다.

독자 여러분께서는 이러한 번역상의 선택을 염두에 두고 읽어주실 것을 부탁드린다. 이를 통해 한국과 일본의 청년 세대가 겪는 고민과 어려움, 그들과 기성세대 간의 관계에 대해 생각해보는 기회가 되기를 바란다.

마지막으로, 이 소설의 중심축인 곤마마라는 인물을 어떤 느낌으로 전달할지에 관한 고민이 있었다. 키가 2미터가 넘는 거구의 게이 캐릭터인 곤마마는 단순히 독특한 설정을 넘어,

주변 인물들의 상처를 감싸 안으며 그들을 치유하는 존재로 묘사된다. 이 책을 번역하는 동안 곤마마를 떠올리면, 자연스럽게 일본의 유명 연예인 마츠코 디럭스가 연상되었다.

마츠코 디럭스는 거구의 게이 연예인으로, 독특하고 강렬한 외모와 카리스마 있는 성격으로 널리 알려져 있다. 특유의 유머 감각은 많은 사람들의 마음을 사로잡았고, 게이로서의 정체성을 숨기지 않고 당당히 활동하며 일본 사회에서 성 소수자의 인권 인식 개선에 크게 기여했다.

곤마마 캐릭터가 마츠코 디럭스에게서 직접적인 영감을 받았다고 단정 짓기는 어렵다. 그렇기에 이분을 언급하는 것이 적절한지 고민이 되지만, 일부 독자들이 곤마마를 비현실적으로 느낄 수 있다는 점을 고려했을 때, 곤마마와 마츠코 디럭스의 외모와 성격 면에서의 유사성을 언급하는 것이 도움이 되겠다고 판단했다. 따라서 곤마마를 상상하실 때 참고가 되도록 조심스럽게 이 점을 밝혀둔다.

유쾌한 농담 뒤에 숨은 게라 씨의 외로움, 당당해 보이는 미레의 상처 입은 내면, 까칠한 태도 아래 감춰진 순의 순수함, 끊임없는 수다 속 센세의 진심 어린 연민, 거침없는 입담 속에 숨겨진 샤초의 따뜻한 마음, 그리고 모두를 포용하는 곤마마의 가슴속 고독까지. 이들의 이야기는 우리에게 타인을 섣불리

판단하지 말라고, 서로를 더 깊이 이해하고 배려하라고 속삭인다.

어쩌면 우리 모두에게 히바리 같은 공간이 필요한지도 모른다. 우리의 약한 모습도, 아픈 부분도 있는 그대로 받아들여지는 곳. 서로의 상처를 어루만지며 격려와 용기를 주고받는 장소. 이곳에서 나누는 진솔한 대화와 교감이 우리를 조금씩 치유하고 성장시킨다.

이 소설을 읽는 동안에도 우리는 각자의 인생이라는 책에 새로운 한 페이지를 썼다. 그 페이지가 타인을 향한 이해와 공감, 그리고 자신을 향한 따스한 위안으로 채워졌기를 바란다. 《소중한 것일수록 작은 목소리로》가 독자 여러분의 마음속에 작은 바를 열어, 일상의 소란함에서 벗어나 자신의 내면에 귀 기울이는 고요한 시간을 선사했기를 바란다.